雁潭扬波

敖维 —— 著

北方文艺出版社

图书在版编目(CIP)数据

雁潭扬波 / 敖维著. -- 哈尔滨：北方文艺出版社，
2021.6
    ISBN 978-7-5317-5010-9

    Ⅰ.①雁… Ⅱ.①敖… Ⅲ.①长篇小说-中国-当代
Ⅳ.①I247.5

中国版本图书馆 CIP 数据核字(2021)第 021802 号

雁潭扬波
YANTAN YANGBO

作 者 / 敖　维

责任编辑 / 李正刚　　　　　　装帧设计 / 书香力扬

出版发行 / 北方文艺出版社　　网 址 / www.bfwy.com
邮 编 / 150008　　　　　　　　经 销 / 新华书店
地 址 / 哈尔滨市南岗区宣庆小区 1 号楼
发行电话 / (0451) 86825533

印 刷 / 成都兴怡包装装潢有限公司　　开 本 / 880×1230　1/32
字 数 / 200 千　　　　　　　　　　　印 张 / 8
版 次 / 2021 年 6 月第 1 版　　　　　印 次 / 2021 年 6 月第 1 次印刷

书 号 / ISBN 978-7-5317-5010-9　　定 价 / 48.00 元

目录

CONTENTS

第 一 章

1

　　一条青石街，沿着小河岸，从西向东蜿蜒，像是小镇的一条筋骨。东头就是中学，县河在北，也是从西向东流的。沿着青石街走，拐个弯就到学校了。拐弯处传说有深潭数丈，大雁南来北往在此落脚饮水。没有人见过潭，也没有人看见大雁落在河边饮水。河水已经浑浊，沿岸的小街，往日的繁华不再。曾经的青石街是秀美的，一条宽宽的，青石条铺就的街，干干净净，光滑可人，如玉石般地温润着人们的日子。如今日子冷却，青条石的缝隙里满是疯长的野草。街尽头的大树还在，大树下的旧码头还在，只是街面上的商铺不在了。街道上的青石条间歇性地跳跃着，稀疏得像老人的牙齿，咀嚼着逝去的时光。青石街上成长过一茬茬学生，如今假日里，街道两旁的高楼终日静默着，影子在夏日的太阳下，忧愁一般，把太阳倾诉成一个灰蒙蒙的疑团。街道上，偶尔还可看见油漆刷过的标语，文字重叠着，模糊着不同时代的历史印记。也有古稀的老人在街上走，他们低着头，好像在这街上寻觅往事。

夕阳在街的尽头。在辽阔的天空与大地之间，一轮即将坠落的日头，把江汉平原燃烧成了橘黄色：江水是橘黄色的，防护林是橘黄色的，村庄是橘黄色的，人影也是橘黄色的。两拨少年从街的东西两头颠着足球往街中间走。孩子们的眼睛都像是期待闪亮的星星，只有他们才算得上是街市里即将升起的灯盏，照亮着一条街道。

两拨都是乡村留守学生。东边过来的，是本地学生；西边过来的，是移民学生。两拨都是女生，她们叽叽喳喳，踢着球，鸟儿回巢一般，宁静了一天的街道，马上就升腾起了无限生机。足球是她们的梦，如乡村田野里的野草，在荒芜了的时光里疯长。她们的足球技术很多是跟着电视学来的。乡村学校没有专业的足球教师，不大规范的体育课堂上，她们也只是按照自己的想法去玩足球，至于水平，没人去追究。只要有快乐，没有什么能影响她们对足球运动的热爱。两拨少年的家庭背景不同，新学期还没开学，她们就结下了足球恩怨，恩怨的根源就在于足球激情的冲动。她们要在新学期开学以前，验证下各自对足球的理解。

东边带队的名叫孙苡，家住青石街东头的乐丰观旁，暑假刚从北京转学回来的。西边带队的叫杨波，是移民新村里的学生。她们前几天刚在镇南面的小学里踢了一场球，两队并没有分出胜负。孙苡从北京回来，自以为拥有正确的足球理念，什么都是新潮的，她对于那帮移民孩子的球技颇有不屑。那天她们进行过一场较量，但结果是平局。今天是她们再次一决高下的日子。

两队人马在街中站定，对峙，彼此虎视眈眈。那个叫孙苡的，说："殷梅你来，给她们秀个脚法，让她们开开眼"。一个女孩应声出列，她把球放在青条石上，然后脚尖轻轻一挑，足球就飞起来了，她两脚轮换颠球，果真儿戏一般。那个叫杨波的也不肯示弱，叫了声："小蘑菇，上。"那个叫"小蘑菇"的，就把球抛起来，再用头稳稳地顶住，然后让球落在脚上。她想把球颠得更飘忽，然而不小心把球踢到了孙苡头上。孙苡以为是挑衅，一个扫堂腿就把"小蘑菇"扫了个屁股蹲。"你，什么意思啊？"那个叫杨波的女孩，语音未落，上去就给她一拳。双方说好的足球比赛还没开始，一场无关球的肉搏开始了，双方互殴，乱作一团。"都干什么呢！还不住手！"一个苍老的声音吼道。

那个叫孙苡的捂着鼻子，回头惊叫了声"爷爷"，低头喊了声"走"，几个正举着拳头的，收手，看了一眼，低头开溜了。那个叫杨波的女孩正在气头上，正发作，却见对手溜了，疑惑中，不知道发生了什么，扭头看见一个老人，愤怒而视，露楂胡子生硬地翘动着，不过，他瞬间脸上阴云散尽，仿佛欣赏一般看着她们。杨波胆怯了，她不由自主地退了半步，扭头就跑，几个小伙伴像是她的尾巴，一溜烟钻进巷子。"小兔崽子们！"一句骂声，温柔得如同自语，接着就是一串爽朗的笑声。

2

杨波带着"小蘑菇"从青石街上一路狂奔，绕过那个兰州拉面馆。她本来和"小蘑菇"几个商量好了，说要是获得胜利，她请客，每人一碗兰州拉面，那么现在还要不要请大家？杨波脑子里闪现出这个疑问的时候，脚步慢下来，她没有回头，跑到拉面馆前也只是停下来几秒钟，接着想往移民新村跑。杨波想，那个孙苡的鼻子出血了，不知严重不严重，她要是停下来，被抓住，就得给人出医药费。她兜里只有十八块五角钱，那是她利用休息时间帮人家摘棉花挣的，连奶奶都不知道。自己挣钱自己花，那样，钱才是钱，奶奶曾经说。她本想花掉兜里的钱，兑现诺言，可是现在是紧急情况，也许同伴们会理解的。

杨波紧赶了几步，感觉身后有些空落，她回头，看见小伙伴们还磨蹭在一丈开外，眼睛还盯着拉面馆看。杨波叫喊："还惦记呢，等人追来，赔钱的吧？还不快跑！"她喊完接着跑，后面的几个也加快了步伐。出了青石街就是新街，新街是镇子的正街，只一家超市，经过超市门口，杨波还往里面看了一眼，没几个人影，她一口气到了环城路交会处，再次停下，回头看伙伴，都已经气喘吁吁，并没有发现人追来，她们这时才慢下脚步，大摇大摆地过镇西边的公路桥，朝移民新村走。

移民新村的太阳能路灯已经亮了，晚霞还没有落下去，整个村子好像正在等待她们归来。杨波使劲地吸了吸鼻子，试图闻到晚饭的味道，然而她啥也没闻到，说："晚饭还早，咱们先到村广场去踢会儿球吧？"没人应声。一个个有气无力地跟着她走，不满的情绪保留在脸上。杨波看了一眼大家的脸色，愧疚地摸了摸自己的钱包，她要把吃拉面的钱分给大家，没人要，各自朝广场上去。也没有人说多余的话，默默地踢了几脚球。杨波也觉得没意思，说了声散了，各自回家吧。于是每个人都带着失落的情绪，磨磨蹭蹭地离开。

看着大家失落的背影，杨波又一次想起了曾经的日子。

杨波自打上小学起就不断有老师问她："你爸咋就给你取了

个男孩名字?""我晕!"杨波不止一次感叹。她曾和"小蘑菇"一起做网络调查,结果显示叫杨波的人还真不少,有男有女,既然有男有女,叫杨波咋就不行了?奇怪的是但凡有这一问的老师,似乎总是跟她有过不去的坎,她从他们询问的眼神里,看到了重男轻女的感觉,或者是对她有瞧不起和不信任的意思。每次她有这份感觉的时候她就故意和老师作对。

这学期,她刚转到雁潭镇中心小学读书的时候,也遇到了一个女语文老师的质疑,这个语文老师人很漂亮,听说还是教学先进。杨波的语文成绩本来是很好的,第一回在她的课堂上,她拿起杨波的课堂笔记看,问:"你叫杨波?这笔记是你写的?"下课了杨波要去缴费,想借她手机给奶奶打个电话,她没借,还说你把心思用在学习上吧!说完扭头就走。杨波强烈地感觉到了她的冷漠,杨波听见她的皮鞋叩打着楼道台阶的声音,心里特别难过。那次以后,杨波就再也没认真听过她的语文课,这事"小蘑菇"可以做证。"小蘑菇"是杨波在郧西老家那边最要好的朋友。杨波听奶奶说,"小蘑菇"的爸爸跟妈妈离婚的时候"小蘑菇"还很小,"小蘑菇"很懂事,爸爸妈妈去离婚,她就在旁边看着,离婚证摆在桌上,工作人员说了很多,然后叹息,摇头,然后要盖章,这时候的"小蘑菇"死死地抓住公章,不让它落下去。"小蘑菇"的勇气并没有阻止她的爸爸给她娶个后妈。杨波记得,奶奶跟她说"小蘑菇"的时候,她在内心深处有一种不祥的感觉。那时候,杨波的妈妈刚和爸爸吵了一架,妈妈收拾东西,说是想出去打工。杨波问妈妈啥时候回来,妈妈没有回答。奶奶说,妈妈挣够了钱就回来。杨波盯着妈妈看,她能感觉到妈妈的委屈,她还坚定地相信,自己的爸爸妈妈即便有矛盾,也一定不会扔下她不管。

杨波的名字是她爸爸给起的。杨波听奶奶曾经说过，爸爸在学生时代还是个好学生，爸爸辍学是因为家里穷。爸爸没成家之前是一个很上进的青年，他高中下学回来，村里正缺教师，爸爸就被聘为代课教师。爸爸爱看足球赛事，算是个球迷吧，这本不是啥坏事，但是爸爸丢掉饭碗确与足球有关，因为他赌球输了公款。那时妈妈恰要临产，杨波出生的时候他刚好又不在身边。爸爸欠了一屁股债，爷爷为了帮爸爸还赌债去陕西挖煤，结果爷爷在矿难中死了。爷爷死了以后，爸爸和妈妈经常吵架，每一次他们吵架，杨波都趴在妈妈的怀里哭。

妈妈出去好几年了，现在都没回来，杨波也不知道妈妈的钱挣够了没有，曾经很多次，她很想问奶奶，可是话到嘴边又打住了，她怕奶奶伤心。每年过年，妈妈要是不回来，都要给她寄来一些礼物——事实上，妈妈很少回家过年。那一年冬天，眼看快过年了，下起了大雪，妈妈又说不回家过年了，杨波伤心了好一阵子。除夕那天，她收到妈妈寄来的一个足球，她别提有多高兴了。她在兴奋之余猜测：妈妈一个人在外面过得肯定不好，那个足球说不定是她在城市里的哪个学校做工，向人家讨的。辛苦的妈妈，肯定不会用血汗钱去给她买足球。即便不是买的，她也喜欢。杨波想：那球是来自城市，有城市里孩子的快乐，妈妈大概也希望她像城里的孩子一样快乐吧？

照这样来说，杨波喜欢足球只是为了一个梦。究竟是怎样的梦，她也不清楚，她只隐隐地感觉到有一种美好的东西在等着她。可是她的梦里经常出现的，除了足球外也就只有奶奶、"小蘑菇"和李怡怡。

李怡怡的爸爸在郧西老家的时候就是村主任，移民搬迁是整建制地搬迁，李怡怡的爸爸到现在还是村主任。在老家郧西，李怡怡家有一座小山，全部是橘子。每年橘子成熟了，李怡怡带着杨波和"小蘑菇"偷橘子吃。吃完了就在橘子林里踢球玩。有一次"小蘑菇"被后妈罚，不让吃饭，杨波就去偷李怡怡家的橘子，结果被李怡怡的妈妈发现。李怡怡的妈妈要找杨波奶奶理论，李怡怡拦住她妈妈说是她让摘的。

杨波最爱唱的一首歌就是《采蘑菇的小姑娘》，她当着"小蘑菇"唱，不仅表达她对"小蘑菇"的信任，更重要的是她能感觉到自己就是那个小姑娘，一个人在明媚的阳光下，走在旷野上，采着蘑菇，唱着歌，那是怎样的一种幸福啊！她真羡慕歌里描写的那位小姑娘。

移民到江汉平原以后，杨波来到了雁潭镇小学读六年级，对于她和李怡怡还有"小蘑菇"来说，一切都是那么陌生，她们和当地学生似乎难以融洽，也有同学嗤笑她们，开始的时候她们告诉老师，后来发现老师的态度好像也不那么和善，她们失望了，失望之后她们就用拳头说话，况且用拳头说话本来就是她们的强项。杨波的爸爸叫杨树根，在郧西老家的时候，要是有小伙伴朝她喊："杨树根，柳树根，讲个故事给狗子听。"那时她两袖一卷冲上去就是一顿拳脚。当然"小蘑菇"和李怡怡一定会站在她的身后。她们是她坚强的后盾。那时她就想，即便惹祸有李怡怡的爸爸担着，每次惹祸受罚的时候，李怡怡总是说，"谁叫我们是哥们儿！"现在不一样了，闯了祸只能自己担着。杨波经常想起在郧西老家时的点滴。"小蘑菇"矮小，李怡怡单薄，在别人的眼里好像都不值一提。但是每次打架的时候，"小蘑菇"下手都够狠。比如那一回小蘑菇乘人不注意就对人头一砖头，差点把人打死。李怡怡细声细气的，你别以为她好惹。她有坚硬的手指甲，还故意留得很长。若是她急了，伸手一爪子，你的脸上就是五条血痕。在同学堆里，李怡怡有一个外号，就叫"梅超风"，都说她那是"九阴白骨爪"。她们三个在老家的时候可以说是"三不怕"，但最怕的只有一个，那就是杨波的奶奶。

杨波的奶奶原本是大户人家的千金小姐。杨波一直觉得，奶奶比所有的人都懂道理，比所有的人都有文化，比所有的人都慈祥可敬。她听爷爷说，她能嫁给爷爷那是杨家的幸运。

奶奶喜欢坐在椅子上看报纸。爷爷活着的时候杨波问爷爷，奶奶咋会看上他？爷爷笑说："你奶奶呀她想占便宜！看上我老实就嫁给我了！哈哈哈！"奶奶也不否认，说"我贱着呢"，说完也笑。可是自从爷爷去世后奶奶就很少看报纸了。每回杨波她们惹祸回来，她都要给她们讲一个故事。她们从她的故事里渐渐地成熟起来。她们开始不再打架，不开心了就抱起足球到宽阔的地方踢足球解闷。时间长了，她们的玩伴就越来越少。到现在，能安慰她们的除了奶奶就是这个足球了。新学期就要开学了，她们要到雁潭中学读书了，她们最大的希望是能有一片绿茵，有属于她们的快乐。新学期的雁潭中学要是能成为一个足球学校该多好啊。能进入一个有足球课的学校肯定是幸福的，也许她们会变成人们期待的好孩子，杨波想。

3

那个叫杨波的移民"假小子"够黑的，孙苡想。孙苡根本没防范她那一拳，她当时的鼻子流血了，正准备放手一搏，突然就听到爷爷的呵斥声。她答应过爷爷，既然从北京逃回来了，就要好好读书，不再打架。殷梅、赵璐、刘欣、沈雪几个见孙苡要开溜，竟早一步跑了。她们钻进小巷绕了几个弯，然后从乐丰观的后门溜了进去。事实上，爷爷并没有追来，她们只是不想让人看到她们的狼狈相。奶奶正在烧晚香，奶奶从来不管她们的事，孙苡的爷爷是从不进这个道观的。

孙苡们几个放下心坐下，几个人围拢来帮孙苡处理血迹。"我孙苡什么时候怕过，要不是……哼，我让她们好看！哎呀，轻点轻点！"赵璐粗手粗脚的，孙苡瞪了她一眼说："还是沈雪来吧！"沈雪战战兢兢地帮孙苡处理完鼻子，说要回去，说她怕妈妈担心。孙苡看了眼她那胆小的样子，说："去，去去！"

沈雪走了，大家都找各种理由说要回去，最后竟只剩下孙苡和殷梅了。殷梅就住在孙苡的家。孙苡的爸爸妈妈在北京开了个服装档口，殷梅的妈妈也在那里帮忙，说是帮忙，实际上是合伙生意，因为服装打版全靠了殷梅的妈妈。殷梅的爸爸叫殷亚军，是镇中学的音乐教师。殷梅的爸爸不大管她，回到家不是写曲子就是抱着一把胡琴拉曲子，孙苡的爷爷好像很喜欢听他拉，一老坐在旁边听，在凄凄婉婉的音乐声里，两个人好像都很受用，往往在这时候，他们谁也顾不上殷梅如何，孙苡咋样了。孙苡知道殷梅的爸爸和爷爷关系很好，他有时候高兴了就写曲子，写完了就让爷爷唱。爷爷有个好嗓子，曲子从他嘴里出来就有了生活的味道，这话就是殷梅爸爸说的。殷亚军在学校里不善处理人际关系，好像混得不好，他从学校回到街上家里，很少看到他笑，好像只有和孙爷爷在一起的时候才有笑容。

孙苡当初到北京去借读，也只读了半学期，这半学期里她喜欢上了足球。借读的那所学校有个足球队，开始的时候她也参加了训练，可是后来她被排除出了队伍，教练说她不是北京户口，按规定不能代表学校出赛。"什么狗屁规定？"孙苡在心里不断地骂了很多回，她的自尊心受到了极大的侮辱，每一回恶毒咒骂时，她都感觉胸腔里好像充斥着一股气流，东突西撞，找不到出口。那个学校是个私立学校，就读的大多是在北京谋生的农村生意人。当地户籍学生很少，有是有那么几个，但孙苡看不惯他们，在她的面前，他们好像故意炫耀着优越感，这就让孙苡很不舒服。

在北京的那段时光，孙苡心底不断地嘀咕：进一个足球队还要看出身！她很不服气，凭什么？就因为她是农村的孩子？这也太欺负人了！孙苡被足球队剔除了，她当然选择了报复。她砸毁了那学校的宣传橱窗，然后就逃了回来。孙苡早就听说，农村中小学也要搞足球进校园，这个消息她是听殷梅告诉她的，当然殷梅也是听她爸爸说的。她是抱着梦想回来的。她回来以后还专门跑了几个乡镇中学去看，看是不是有足球进校园的迹象，她失望了，她没有看见一块绿茵场，她感觉自己掉入了一个荒芜的陷阱里。

回到雁潭镇中心小学读书的时候，孙苡的心一直在足球上。她私下组建了个足球队，主要成员只有刘欣、赵璐、沈雪、殷梅几个。她们在校园那个不足两百平方米的水泥地上踢球。刚回来的那阵子，还风光过，每次她们踢球，总会引来无数好奇的目光，她们的自信心在好奇的目光里发芽，快乐在课间的缝隙里疯长，她们并没有想到，也就在这时候，学校一纸禁令就扼杀了她们的快乐。后来她们利用放学时间到野外去踢球，到后来渐渐发现同学们的眼光变了，看她们就像是看见怪物。她们干脆换了地方，就在青石街上踢球。累了干脆跑到孙苡爷爷的渔船上疯野，开始不把学习当一回事。有一天她们玩嗨了，忘记了上课时间。当老师找到青石街上来的时候，她们正在河边吃烧烤呢。她们被勒令停学，回家接受教育。孙苡爷爷到学校说了两次情，然后就把孙苡和殷梅转到了河流下游的金滩小学。当时刘欣、沈雪也闹着要转学。赵璐的爸爸在镇土管所工作，她爸爸去求过一次情，学校竟答应把她留下。可是赵璐不肯，她不仅哭闹，还公开绝食，说要是把她和孙苡分开就死给他们看。金滩小学离镇子有五里多的路程，刘欣和沈雪的家就在那所学校不远，孙苡和殷梅、赵璐每天上学都要很早起床才能按时赶到学校去。她们不怕苦，踢着球上学，踢着球回家，那些日子别提有多快乐。在那个学校里，她们幸运地遇到了两位理解她们的老师。两个都姓余。小余老师叫余牧扬，是学校校长。大余老师不知道叫什么，她们只听见小余老师喊他叔子。小余老师教英语，老余老师教语文，他们的课堂都很精彩。孙苡喜欢他们，主要原因还是因为他们能够在课余时间和她们一道踢球。特别是小余老师，他不仅是她们足球队员，还是教练。学校外面有一块空地，是多年没耕种的稻田，平整、开阔且长满了绊节子草，那是一个天然的足球场啊！她们每一个人都没想到，她们不仅能在这里意外收获快乐，还以优异的成绩升入了雁潭镇中学。

孙爷爷正跟殷梅爸爸说话的时候，孙苡和殷梅早从外面回来了，她们开始不敢进门，唯恐爷爷追究打架的事。孙爷爷正跟殷梅的爸爸说话，孙爷爷说："孙苡和殷梅顺利地升入中学了，自然很高兴，总算没出岔子，要么就没法给她们的爸爸妈妈交代了……留守孩子，爷爷奶奶带，隔代教育，教不了管不了，能保个安全就算不错了。"

孙苡想听他们还能谈些什么秘密，就继续躲在门外偷听，听了半天，也没听到啥稀奇的内容。爷爷和殷梅的爸爸完全是东拉西扯，看来爷爷把她打架的事早就忘记了。孙苡壮起胆子进门，她喊了一声爷爷，算是打招呼。爷爷没有作声，脸色平静，看都没看她一眼。孙苡喊饿，孙爷爷说："还知道饿就好，知道饿，才知道回家。"殷梅的爸爸问殷梅咋没回来，孙苡说，她还在雁潭小学踢球呢。殷梅的爸爸起身说他该去学校了，正要出门，殷梅回来了，父女俩相互看了眼，没搭话，动作上只是各自停顿了几秒，然后一个进门，一个出门。

孙爷爷见俩孩子闷闷地吃饭，问："又输给那帮移民娃了?"孙苡抬头看了爷爷一眼，说："中学没有足球场，球队怕要解散!"

爷爷知道孙苡说的球队，那是跟她一块玩的几个孩子，就劝说："还踢球呐，快中学了，心该收一收了。"爷爷知道，移民村也有她们这样一群孩子，也要上中学了，她们比了球，还打了一架。这新学期就要开学了，也不知道以后还会发生些什么事。孙苡和殷梅饭都吃得潦草，吃完后又显得很无聊，孙爷爷说，以后踢球玩可以，就是不准再打架。孙苡问爷爷："爷爷您说，一所中学，咋就没有足球场呢?"孙苡爷爷说，现在这条件，已经算不错了，1949年时，这雁潭镇还只有个高小呢!殷梅听孙爷爷这样说，就撺掇孙爷爷讲讲中学过去的事。孙爷爷说自己今天心情好，就给她们讲讲。

孙爷爷说，还是从"开门办学"讲起。那年才有了初中，后来还办起了"农大"。恢复高考后才办起了九年制教育。到了2000年的时候，在校学生达到三千多，每个班都是百十号学生，考试吧，也只能摆到大操场上，大操场摆不下了，就在林荫里，过道上，只要有空的地方都是课桌！那场面就像是赶太阳晒粮啊，呵呵！爷爷笑着说，那些年教学质量还好呢，后来不断地换校长，一年年下来，到现在教学质量也不行了！

爷爷似乎很无奈，说现在的校长又要调走，新任的这个校长叫章学，他姓赵，人们习惯叫他章学，他原来是个民办老师，是后来考转的，刚当了两年副校长，爷爷无奈地摇头叹息起来。爷爷的叹息引起了殷梅的警惕，殷梅瞪大眼睛看着孙爷爷，似乎想知道这赵校长和爸爸殷亚军的关系，孙爷爷看透了她的心思，也就继续讲起来。

爷爷说，赵章学人很机灵，就是长相一点也不随他老子，瘦里吧唧，整个身上估计也没几两肉，说起话来总显得中气不足，还有点沙哑。他的父亲却是个人物，是公社的政法书记——那时的乡叫公社，赵书记人高马大，他腰挂盒子炮，总背着手行走在群众中间，那派头，威风！赵书记虽说没多少文化，但很尊敬文化人。镇里办农业大学的那阵子，他还保护过一位校长，姓万，年轻，在挨斗，他结婚的时候都没人敢去送恭贺，只赵书记去了，这赵书记站在门外，从腰里拔出盒子炮，对天连开五枪，作喜礼……哎！说这些你们不懂。雁潭镇那几年教育质量好，也亏得了这个万校长。赵章学就是这万校长培养起来的……说起他跟殷亚军的过节，还得从你大爷家的孙磊哥说起。孙磊是章学带的第二届学生，有一次课堂上学生喧闹，章学认为是孙磊带的头，就把他拎起来，打了几十个耳光，孙磊逃了学，就跑到南方，去他爸爸那里打工去了。有一年孙磊从南方回来，在渡桥湾的桥上，碰巧遇到了章学，他把章学骑的自行车踹到河里。章学病恹恹的，站在桥上又不着力，任凭孙磊打了几个耳光……那个时候，章学已经是教导主任了，这事后来闹大了，殷梅爸爸带孙磊去学校，给章学赔不是，章学就误以为整个事件是殷亚军暗中唆使，后来在工作上也没少给殷亚军穿小鞋……客观地说，赵章学还算是个好老师，那几年他带的数学课，年年统考都是第一，不过，这个人我也不大喜欢，他整天耷拉着一张驴脸，好像谁都差他两斗米一样，要不然，也不会到现在还光棍呢……

爷爷突然不说了，他可能觉得，跟孩子们讲这些有点不合适。孙苡望着殷梅，殷梅问：“你看我做什么？”孙苡说：“我心里咋就像有个毛毛虫，不舒服。”

4

2013年的9月1日，又是一个开学的日子。

杨波早早起来。整个江汉平原晨雾笼罩，一个陌生而又新奇的世界完全淹没在一片茫茫的白雾之中。杨波的心情就像被晨雾笼罩着的一切，充满了期待，期待着那一轮红日早早地普照大地。杨波是五点多起床的。起床时她怕惊动了奶奶的瞌睡，没有开灯，反正屋里除了一张床就是靠墙的一个柜子，不用担心被东西绊倒。

奶奶还是醒了，问：“妮子，天是不是亮了？”

“没有，外面的雾大呢，您多睡会儿！今天我自己去学校。”杨波回答。

奶奶打开了灯，杨波第一眼看见的是破旧的柜子顶上自己最喜爱的那个足球，足球静静地对着她，好像有诉说不尽的寂寞，它就像是她的那颗无所依傍的心，从郧西老家流浪到江汉平原，最后停泊在那里，对于杨波来说，它才是这个新家唯一珍贵的东西。新的学年，雁潭中学和郧西老家的乡村中学也许并没有什么不同，杨波想：听说新学期，全省要广泛开展足球进校园活动，要是真的足球能进校园了，那么她们这些个热爱足球的乡村孩子无疑又多了一个梦想，一份快乐。杨波决定今天去学校暂且不带足球。

雾从凌晨一直持续到早晨九点钟。

从第一声隐约的汽车马达声开始，杨波就明确地感觉到机动车辆的喧嚣次第冲击着湿漉漉的天空，雾也许经不住震动才渐渐地淡薄起来。当一轮红日突然出现在她头顶上空的时候，她才真切地感觉到那沉寂了一个暑假的生活连同这一片陌生的平原一起就要沸腾起来了。从移民新村到学校也就三四公里路，这个路程是她从小在郧西每天都走过的。暑假的日子她经常站在移民新村的村口向东望，一条弯弯的河流环绕着一个小镇，小镇边上最高的那个建筑就是学校，学校的主体教学楼就像是一艘巨大的航母停泊在水边，仿佛随时要起航扬帆的样子。

暑假的时候她去过小镇的青石街，在那里，她还和另一群街上的足球孩子打了一架。她也曾几次站在校园的门外，努力探寻着足球进校园的迹象，然而她很失望。那次她在校门口徘徊的时候，头上正好有一群大雁鸣叫着飞过，飞向河流北岸叫"雁门口"的方向。雁门口她也去玩过，那里有个森林公园，名字很好听，叫月湖公园。月湖公园有很多沙雕，讲解员说它们描述了远古时期的屈岭农耕文化的盛况。讲解员讲得很生动，以至于杨波觉得那场景就在眼前。在雁门口,她当时登上高处向南望,她看见过雁潭镇中学,当时正值春天,冬小麦疯狂地生长,学校和小镇周围是广袤的小麦田,一片碧绿,就像是宁静的海洋,雁潭镇像是一个岛屿在暖阳下静默着。

几声撕裂一般的农用车喇叭声惊醒了杨波的思绪,她还站在移民新村的家门口。奶奶把她的寄宿生活用品已经收拾停当。

"都装在帆布包里了。"奶奶让她过去,她就过去。她本来就高出奶奶半个头,现在奶奶蹲下了,把一卷钱币塞进小布袋,再掀起她衣摆的下角把小布袋缝在内面。杨波看见了奶奶那嶙峋的身躯慢慢蹲下去,本已经稀疏的头顶也没剩下几缕银丝了,一股悲伤竟然夺眶而出。她挎起帆布包,转身沿着门前公路朝学校走去,身后传来奶奶的叮嘱:"到学校要听老师的话,甭打架啊,记住了……"

新生接待处就设在校门口,门墙上贴着的热情洋溢的大幅标语在阳光下闪烁。老师们则站成了一条通道,目送扛着大包小包的家长和学生鱼贯而入,脸上满是热情的微笑。仅仅就校门口的一瞥,杨波的期待又从心底升腾起来。新学期,新校长叫赵章学,杨波听别人议论过他,听说他很会教书,除此以外,似乎还是一个很守旧的人。杨波想,她的足球梦想肯定要破灭了。她心里一阵隐隐难过,难过之后,她想起了街上的那帮孩子,也不知道她们报到了没有,杨波想着想着,心里忐忑起来,她不知道和她们之间的恩怨如何化解。杨波不担心自己,她怕的是其他的移民孩子受欺负,杨波这样想,不小心把一个女老师撞到了,那位女老师看了她一眼,并不生气,好像还对她笑了笑,那笑是温顺的,感觉像是春风吹过面颊,杨波反而不好意思了,她低了头,赶紧从人缝里挤过去。

第 二 章

1

　　乡村中学开学第一天历来都是一个样，家长带学生来报到，都集中在了十点左右，这个时间段校园内外都特别拥挤，今年的开学工作归余牧扬负责，余牧扬当然了解乡村的状况。早晨七点的时候，余牧扬就把负责安保的老师集中在了校门口，叮嘱大家面对不守秩序的家长，一定要耐心解释，说家长们也是挤时间送孩子来的，送完孩子，他们还要赶回去忙农务。叮嘱完毕，他让大家赶紧吃早餐，他一个人先应付一会儿。余牧扬没想到这几个老师很磨叽，八点半了才来，这时候人流渐涨，他只能放弃吃早餐，和大家一起忙。开学第一天，老婆吴桂英老师也忙，她给余牧扬买了一份早餐放在办公室里。快中午了，吴老师进办公室，看见早餐还在办公桌上，就火急火燎地送过来了。中午过后，家长们都离开了学校，余牧扬打算休息一下，这时校园里的大喇叭响了，通知全体老师到大会议室开会。这是新学年的第一个例会，余牧扬想起来了，新学期还有一个首要工作：撤点并校。这个工作，必须在今天完成。余牧扬急忙往办公楼去。

老师们散坐在办公室，交头接耳，会议室有点闹。校长赵章学进来，屁股刚落椅子，就让教导处钱主任点名。钱主任肥墩墩地蹭起来，想站起来，终于没站起来，他鼓了下腮，迟疑地翻开点名册，开始一个姓名一个姓名地念。"有两个新调入的教师没有到会，一个是金滩小学的老余，一个是中心小学的年轻教师赵凯乐。"钱主任点名完毕汇报。赵校长问校办主任余牧扬，是啥情况，余牧扬说，老余是半边户，家里土地多，他嫌离家远，说都快退休了，不愿来，想请假。至于赵凯乐老师，据说还想着考公务员，也听说是恋爱上出了问题，具体也不好说。赵校长当即就安排他会后去做这两个人的工作。赵校长给大家介绍了一位新来的支教老师，是个女教师，身着运动装，她站起来，抿嘴，开始自我介绍，语言简洁流利，显然口才出众，她发言完毕，老师们记住了她的名字，叫陆雁，很好记。赵校长对余牧扬说，像这样的优秀年轻教师，要重点培养，余牧扬赞同地点了点头。

开学第一天，陆雁起得很早，新生接待工作很快到了尾声，注册完毕，住宿也安排妥当了，她再一次回到办公室，感觉有些累，倒了杯茶，坐下来休息，茶端在手上她就想起了心事：那年高考结束，她觉得自己考得很好，填志愿的时候，她在各类院校里寻找传媒专业，她的梦想是当一个主播，可是爸爸和妈妈商量后做出一个决定，要她选择读师范类院校。她当时还故意说，教育要的是优秀人才，她又不是学霸，教什么书呢！

"啥叫吸引优秀人才，那是屁话，哪个学霸愿意大学毕业到基层去？"爸爸说，"你既然不是最优秀的，到了基层，也还算是优秀的，这对你的人生自然有好处!"她妈妈也附和说:"女孩子嘛，教个书，稳当、安全，又不养家糊口，挣不挣钱都无所谓的!"

　　陆雁就是在爸爸妈妈的坚持下才选择了师范专业。在大学的几年里，陆雁可以说是非常努力的，促成她努力的一个重要原因，是她听了一个乡村教师的事迹报告会。那是读大一的周末，同寝室的同学都出去约会了。陆雁不想过早地恋爱，就只能一个人宅在寝室里。她读了一会儿书，然后打算到附近的书市上走走。她走出宿舍楼门，打开手机地图，寻找最近的书市。她边走边看，突然一脚踩空了。她感觉到了一股力量抓住她的衣服，要不是有人拉住她就摔到台阶下了。她回头看见了他，他并不是一个孔武有力的男生，个头也就一米六左右吧。当时她站稳了以后，看他，比自己还矮半头，他镜片后的眼睛笑眯眯的，他还吸溜一口气，提醒她注意安全啊，然后他们一起去听了个报告会……回想往事，陆雁露出感激的微笑。其实她那个时候根本不知道是什么报告会，报告会上陆雁被感动得流了好几次眼泪，每次他都把纸巾递过来。他们之间并没有人们所期待的下文。陆雁毕业后来到雁潭镇，她也打听过他的下落，有同学告诉她，说那个学长已经到省电视台当了记者……

　　陆雁回转神，想今天的工作，看是否有啥纰漏。

　　早晨，她把教室打扫干净，桌凳摆整齐、擦干净，再把自己花钱买来的名人字画贴在墙上合适的位置。教室的后面有块黑板，板报是她昨天就办好的，她站在板报前推敲过每条内容……在兴奋的心情里，陆雁透过办公室的窗户，看着校园里树冠上的雾还在袅袅缭绕，就如她的思绪一般。她索性坐下来翻阅新生名册，想从名字传达出的信息里初步判断学生的基本情况，例如性别、家庭文化背景、性格等等。这是她在大学读书时在心理学书上看到的。她注意到一个叫"杨波"的同学，她笑了想：扬波起航，好名字！他究竟是怎样的一个孩子？一切只有等他报到了才有答案。新生一个接一个地来，她就一个接一个地注册接待，最后也就只剩下了这个叫"杨波"的同学了。她感觉有点饿，看了看时间，已经快十点了，她这才想起来，原来自己还没有吃早餐。她出校门的时候听见有雁的叫声就抬头看了看天，一群大雁正好在徘徊，鸣叫。她平生第一次发现乡村的教师生活原来也是很美好。

　　陆雁暑假刚来到这小镇的时候，街上的餐馆倒是有几个，可就是生意清淡。餐馆老板抱怨，说镇子上的人都走空了，客流量又小，这生意不好做！今天仅有的几个餐馆都满员了，街道边上，临时搭起的几个早餐点，现在也还拥挤着很多人，这些人都是送新生的家长，过了今天他们还是该干吗干吗去，定然不会在这小小的镇子上挤热闹了，陆雁想。她听有经验的老师说，乡镇学校的开学日就和过节日差不多，家长挤出时间送送孩子也只是图个心安，把一年的关心集中在了这一天。陆雁见有个摊点食客开始往外走，她赶紧挤过去。

　　这个开学的日子刚出门就看见雁阵，自己的名字又有个雁字，这地方又叫雁潭镇，心情不错！她真想找个熟人聊一聊，可在这里她除了学校里的同事就再也找不出熟人了。转眼间身旁的桌子空出了好几个座位，桌子上首只剩下一个老人在用餐，她坐下和老人打了个招呼。老人似乎有些耳背，问了几句话他都是答非所问。冷不丁地，老人问她是哪儿人，她说："竟陵人。"陆雁出生在竟陵雁叫社区，从来就以茶圣陆羽的后人自居。她忍不住打听"雁潭"名称的由来。

老人说："这地方原来本有个很深的潭，有多深？都说是无底洞，能通到龙宫去。传说辛亥那年，有几个水性好的调皮娃潜下去过，说在下面遇到水牛，被吓了上来。大人们都说他们遇到龙了，说他们惊动了龙，可能要遭水灾，全镇子人惊恐了好几年，后来果真就闹了水灾，水灾过后潭就消失了。"陆雁听老人说得有鼻子有眼，身上感觉都有些毛瑟瑟的。老人接着说："二十几年前，这镇子上还经常出北大、清华学子呢！唉！这都是过去的事了！"老人好像在自言自语，见陆雁没搭腔，他抬头看了陆雁一眼接着摇头，说，现在啊，也许是风水坏了！陆雁觉得他说得有些离谱，也就笑了。

开学的第一天注定是非常忙的。陆雁还有很多的工作要做，她草草地吃了点，匆匆地往学校赶，她刚要进校门，被扛包的人顶撞了下，险些跌倒。一个慌张的女学生，她理的是个运动头，扛了一个大的花条纹帆布包，手里拿着个红塑料盆也要进门，过时的上衣似乎勉强地齐腰。女学生对她笑了下，很勉强，那种笑好像仅仅是两只眼睛只在直溜的鼻梁顶闪了下而已。陆雁也顾不上和学生计较什么，只一心朝办公楼走去。

2

撤点并校是个复杂的工作，要求一天内完成，时间紧迫，所有教职员工都紧张地行动起来。被裁撤的学校财产需要往雁潭中学转移，卡车、校车正来去去地奔忙着。教师全体会议结束以后，余牧扬忙了好一阵子，刚要坐下休息，突然想起老余，他还要代表学校去和老余谈心。余牧扬知道老余的想法，他过两年就要退休了，教书辛苦了一辈子了，落下一身的毛病，如果到中学来，他必得担负繁重的教学任务。况且老余早说过，他不想让老婆再辛苦，说他欠家里太多了。其实，余牧扬早就和老余交流过了，老余的思想根源，还是在于对乡村教育现状持悲观态度。他记得老余说过，农村教育，按现在这个搞法没出路，教师没有话语权。他还和余牧扬开玩笑打赌说，要是他余牧扬能混上个中学校长，他就到学校边去卖水煮包子去。

老余说，他经历过的教育不是教育学说了算，而是关系学说了算。对于老余的话，余牧扬只当笑话听，也没有把这笑话当真，老余的意思，无非强调他的想法。余牧扬知道，做水煮包子是老余的一个看家本领，这本领又和《幸福歌》相联系。《幸福歌》是老余最爱唱的一首歌。余牧扬和老余共事的这些年，他总琢磨老余，想：无论日子多苦，生活多么艰难，能够唱着歌生活的人是了不起的人。老余就是了不起的人，因为他就是唱着歌生活的人。

1989 年底，余牧扬是在另一个村小里遇见老余的，那学校离雁潭镇很远，北面就是古老的汉宜公路，老余的家就在路的南面。那一带是有名的棉产区，大集体时代那里叫三合公社。"三合"是什么意思？余牧扬问过很多人，答案却是五花八门，但是如果谈起老余，人们却是津津乐道，可见老余在那一带确实算是个人物。老余有兄弟六人，他排行老六，都叫他余老六。年轻时的老余身材高挑，腰板硬朗，皮肤白皙，完全是一副白面书生相，然而他家里弟兄多，家道穷，念了两年高中就辍学了。"老余要是念了大学还了不得呢！"余牧扬经常听到人们背地里夸老余，表达他们对老余的喜爱。老余年轻的时候人缘极好，干活又不惜力气，还有讲不完的笑话，况且上工收工的时候他都要来那么几嗓子。村里的小伙媳妇一天到晚都爱围着他乐呵，有一回还差点误了工。老队长想批评他，也找不出合理的理由，末了只能提醒，说你那嗓子有狐媚之气，以后少吼点……老余说："白天不唱不好过，夜晚不唱睡不着！"老队长生气了说："唱，唱，你能唱出个媳妇来，唱出个媳妇来就睡着了？"老队长是气话，年轻的老余也不往心里去，说："媳妇，丈母娘给养着呢！大不了，我做上门女婿去！"老余当时是随便说的，他自己也没想到，后来还真做了队长家的上门女婿。

　　余牧扬想起老余年轻时的往事就开心，他出办公室，来到校门口，上了一辆运搬迁设备的汽车，他要到老余家去看看。车爬上公路就朝南面跑，金滩小学就在南面，路边是广袤的田野，庄稼地里的秋季粟开始泛黄。余牧扬看着车外，忍不住又想起老余。

　　老余喜欢吃岳母熬的小米粥，他说他吃到嘴里满口都是秋天的味道，心里装满了各种美好的期待。老余是个天生的乐观派，不知道世界上有愁苦。那一年他的岳父去世。按道理说这是一件伤感的事，可是他就是伤感不起来。岳母哭得死去活来，他的大姐夫见他没一点伤心的样子，劝他说："好歹也哭几声，做做样子，也不怕姆妈更伤心！"老余在出殡的时候也就跟人学哭。哭是要有内容的，老余找不出内容，想到以后的日子一定会有很多难度，渐渐也就有了些悲伤。他终于哭了，有好事的人专门去听他哭，想知道他哭什么。偏偏他的一句哭词被人听去了：可惜了，家里的好劳力了！老余的哭词里究竟是否有这句，余牧扬至今也不清楚，反正这一句被当笑话传说了好久。那一年三合公社领导决定修滚水坝，家家户户派的任务都很重。滚水坝修了三年，眼看就要竣工的时候却被上级叫停了，原因是涨水的时候淹没了上游邻县的上百亩农田。结果又用了一年的时间把它炸毁。老余见群众不满，就编了个顺口溜："三合人民干劲大，三年修了个滚水坝，三年修，一年炸。"人们传他编的顺口溜，这顺口溜一传就给他带来了灾祸，他当年的转正指标给取消了。

老余的岳父去世以后，自留地归他老婆打理，老余也只在星期天放假了才到地里转转。有一回余牧扬去找他，看见他老婆在晒场上打粟谷，老余蹲在场边欣赏，余牧扬看见他抓起一把黄亮亮的金粒儿，出神地看，像个哲人或者是诗人。后来余牧扬和老余谈起这事，老余说他喜欢那种成色，那种感觉。他说种粟就像搞教学一样，认真地把期待种下去，看它发芽，看它长高，看它长出肥实的狗尾巴，在期待的目光里，那一片秋风里的金色浪涛就是一片海，甚至比海还要亲切还要有生机。老余说，看见粟就联想到了课堂的读书声，琅琅悦耳，似泉、似涛，一切都是那样富有韵律感。

余牧扬每次想到老余，总要感慨好一阵子。老余现在真的是老了，放眼当下教师群体，他是唯一还坚守在乡村教育阵地上的教育前辈了。他辛勤耕耘一生，还没获得过任何奖励，他唯一的愿望是希望拿到高级职称以后退休，去年他最后一次申报高级职称，最终还是名落孙山了。老余的心凉了。余牧扬让司机把车开到老余家去，他想和老余聊聊天。老余的家就在公路边，是个平房四合院。车在院门外停下来，院门紧锁。余牧扬断定他肯定又在田里忙，余牧扬知道老余家的田在哪儿，车回去的时候可以绕道经过。余牧扬就吩咐司机先去村小装车，装完车再绕道去找老余。车绕道经过老余家的那块粟谷地的时候，余牧扬果真看见了老余，他让车靠边停下，他要和老余聊一会儿。老余看见余牧扬，很高兴，他停下手里的农活，拉余牧扬坐下来抽烟。余牧扬向老余转达了领导的意见，希望他能克服困难，站好最后一班岗。老余说他自己早想通了，答应把田里弄利索了，就去学校上班。

余牧扬回学校以后，还要去找赵凯乐谈心，中途碰到了殷亚军老师，他知道殷亚军认识赵凯乐，就让殷亚军代自己跑步路。殷亚军老师知道他还有其他工作要忙，愉快地答应了。

3

殷亚军到镇中心小学恰恰碰到了赵凯乐，赵凯乐正准备回家，扛了个大包，见殷亚军笑着过来，问："有，有事?"殷老师就说是余牧扬让他来，找他了解点情况。赵凯乐的情况，殷亚军知道些大概，镇中心小学和他家离得近，他和赵凯乐有接触，要说深交，还谈不上。殷亚军知道赵凯乐的家，离镇也不远，他老爸还是村支书，赵凯乐本人的初中时代，就是在雁潭中学度过的。他大学毕业后，考了一年公务员，没考上，回头考乡村教师，也是试一下，没想到高中榜首，殷亚军就只晓得这些。殷亚军见赵凯乐的精神状态不是很好，免不了打听他的爱情故事，赵凯乐也不隐瞒，就把自己的初恋故事说给了殷亚军听。

赵凯乐说，那个女老师殷亚军见过，叫陈美好，上学期期末，陈美好不辞而别。赵凯乐说他第一次见陈美好的时候，陈美好背着一个花背篓，背篓里还有个约两岁多的小男孩，小男孩的头上似乎戴一顶黑色的、缀有假辫子的瓜皮帽，远远看去像是一粒蝌蚪儿在空中游动。

那个秋季开学的早上，赵凯乐在办公室门口等陈美好，她是新任班主任，赵凯乐要把教室的钥匙转交给她。开学前领导还告诉他说，分来了个美女支教生，叫陈美好，这下好了！领导说的时候还长长舒了口气，好像暂时放下扛在肩上的担子一样。赵凯乐说，领导的心思他懂，无外乎是想通过婚约把年轻人留住。

赵凯乐说，你知道，在镇中心小学，城里学校有的，都不缺，只缺一样：年轻的教师，尤其是年轻的男教师！年轻的女教师不是不缺，而是走马灯一样，看似有，其实没有。赵凯乐说他选择留下来教书，开始也是充满矛盾心理的。他来之前就听说，与他年龄相当的，年轻的女教师，就像是一盏盏新年的花灯，每年挂起来，每年都有新的。他也怀疑过，那流动的灯盏，究竟有没有一盏属于他，为了他能再挂一年、三年、十年甚至一生。他记得，他当时人还没到，领导们就已经在为他找一盏花灯了。

赵凯乐说，陈美好要来，领导阶层还高兴了一阵子，当然他也是挺开心的，最起码身边又多了一盏灯。领导们也只是高兴了一阵子，并没有下文，陈美好就像是一粒石子投到了平静的湖里，陈美好在他的心里，荡漾了几波涟漪就又归于寂静。赵凯乐说，那天，他看见陈美好从教师周转房里出来，急匆匆地朝教学楼这边赶，背篓里的小蝌蚪在空中游得很欢。到了办公室门口，陈美好还抱歉地对他笑了笑，很苦涩，还有点勉强。赵凯乐说，他赶紧帮她把背篓卸下来，把小男孩从背篓里抱出来。那时候他才发现，小男孩并非戴有瓜皮帽，他的头发黝黑，四周被整齐地剪了一圈，似锅盖状，只有后脑勺处留有一溜头发，乍一看就像是戴着一顶有假辫的小黑帽。小男孩很乖，他闪着明亮的眸子，怯怯地喊他叔叔，声音不是那么清晰，但他能听懂。那个时候他才知道，小男孩就叫蝌蚪儿。他看着蝌蚪儿扑到陈美好的怀里，她抱起"小蝌蚪"窈窕着身子朝教室去，只给他留下一串嘚嗒嘚嗒的皮鞋声。

赵凯乐说，开学的那天，他到她的教室去看，陈美好正在布置教室，"小蝌蚪"在一边玩，他蹦蹦跳跳地念着一串儿歌：小青蛙，跳跳跳，丢了尾巴穿绿袍；绿荷叶，红花草，幸福生活多美好；左一跳，右一跳，跳着跳着长大了！赵凯乐说，小朋友真聪明，他当时问"小蝌蚪"，儿歌是谁教你的？"小蝌蚪"用手指着陈美好。赵凯乐说，原来是你妈妈教的！小朋友马上把头摇了起来，小声说"是姑姑"。

赵凯乐说，有一天，他走进办公室，听到人们议论，说"小蝌蚪"不是陈美好的孩子，是她收养的孩子！赵凯乐觉得不可思议：是什么人的孩子？值得她收养？这可是要付出一生的代价的！

殷亚军老师接过话题说："也许是出于爱心。著名歌手韩红，知道吧？她没结婚，还资助了一大批孤儿。1999 年贵州马岭河风景区缆车发生事故，一个父亲在死去后，手上还托举着一个孩子，韩红当时参加救援，就收养了这活着的孩子，取名厚厚……"

赵凯乐说，他当时也坚信，不论陈美好收养的是谁的孩子，在这孩子身上发生过什么故事，都能证明陈美好是一个非常善良的女人。赵凯乐说，他至今记得，陈美好要去上课了，把"小蝌蚪"就留在办公室，拜托他照看。"小蝌蚪"很乖，他一个人静静地爬在小课桌上画画，显然是招人喜爱的孩子。有个数学老师，也拢过来看，她还把"小蝌蚪"抱起来，就像是抱着自己的孩子一样。陈美好下课了，看见孩子影响了老师办公，就喊了声："蝌蚪儿，自己玩去！""小蝌蚪"就从老师的腿上滑下来，低着头朝外走。赵凯乐说，也许是大家对"小蝌蚪"的爱让陈美好感到了温暖，她那冰冷的防范态度后来变得温和很多。

殷亚军问：陈美好是哪里人？赵凯乐说，她的老家在四川和湖南交界处，那里人习惯用背篓背孩子，可以腾出手来做事。殷亚军问赵凯乐，为什么会对这样一个女人感兴趣？赵凯乐说，那天晚上，他在自己的寝室里赶备课，大约是十一点左右，他听到一阵急促的敲门声，开门一看，是陈美好。门口的灯光照在她的脸上，苍白、急切，像是霜天里的月亮，赵凯乐说，她来敲开门，喊："蝌蚪儿，蝌蚪儿喊肚子疼，帮帮忙！"说完，就转身下楼，下楼梯的时候他挨着她走，他那时才发现她只穿着睡衣，整个人像是半剥开的熟透了的香蕉，他甚至能闻到那熟透了的气息，那不是香蕉的气息，是女人的肉味，鲜活的，生动的气息。赵凯乐说他当时打了一个冷战，拉了她的手小跑起来。

殷老师问孩子后来怎样。

赵凯乐说，"小蝌蚪"大约是吃了不洁的东西，呕吐不止。到了医院，医生检查，说是受凉而已，并无大碍。打完针，吃完药，"小蝌蚪"平静了很多，陈美好也恢复了平静。

赵凯乐说，他在医院，看见她握着孩子的手，坐在病床上，睁着那双大眼，闪着长长的眼睫毛，像一只温顺的鹿。他瞟了她一眼，嘴唇惨淡地应和着洁白的牙齿，秀美的鼻尖上亮着细细的汗珠。赵凯乐说他第一次发现她是这样的美，平静而有韵致，他有些醉了。

殷老师听赵凯乐这么说，顺口开起玩笑，说他这是一见钟情。赵凯乐说，陈美好还爱读书，很有才华，她还给他讲过读书的故事。她说过读书就是一个人的花开。

殷老师就笑着说，具体讲来，我也听听。

赵凯乐说，她说在德国，有个名叫克罗蒂娅的小姑娘，想象一棵美丽的大树，树上长满很多书……几十年以后，她还是个孩子，是一个出生在中国农村的地地道道的笨孩子，穷孩子，她不仅没有德国女孩的想象力，有时还饿着肚子。对于书的饥渴，我想大概和她是相同的。赵凯乐说，他听陈美好说，她少年时读的第一本书、最感动的便是《闪闪的红星》了，她说她能在梦里遇见潘冬子，开始童年生活的烂漫之旅。赵凯乐说，陈美好白天放牧，坐在小说变换的季节里，晚上吃完饭就往院坝处去给小朋友们讲冬子的故事……赵凯乐说他能想象到，星光满树，就像小伙伴闪烁的眼睛，她一定幸福极了！星星也在树顶涧落，她就唱："夜半三更哟盼天明，寒冬腊月哟盼春风，若要盼得红军来，山上开满映山红……"

赵凯乐说，陈美好还跟他讲了她小时候自己挣钱买书的故事。她为了能买回自己喜欢的书到山里挖药材，有一次差点从山崖上滚下去。陈美好说，"一个人的花开，可以芳香很多人"。赵凯乐说，陈美好还跟他谈川端康成、马尔克斯、伍尔夫、菲茨杰拉德……那天，陈美好还朗诵了启功先生的毕业语录："入学初识门庭，毕业非同学成。涉世或始今日，立命却在平生。"赵凯乐说他被陈美好征服了，他说是陈美好让他懂得了阅读的意义。

殷亚军老师问赵凯乐，那孩子是她的吗？她为什么突然不辞而别呢？赵凯乐说，"小蝌蚪"就是陈美好的孩子，她是结过婚的！听说男方是高干子弟，人家嫌弃她的家庭背景，是农民，以为门不当，户不对，硬是逼迫她离婚，陈美好到乡下来教书只是为了逃避。赵凯乐说，陈美好消失以后，他也问过自己，他选择当了乡村教师，是不是他最大的不幸呢？他无法回答自己。

殷亚军笑了，说就因为这单相思，就不打算再教书了？赵凯乐说他现在也是犹豫不决，是继续教书呢，还是去考公务员。殷亚军果断地说，一定要教书，你不教书，可惜人才了……赵凯乐说，陈美好让我发现了一个怪现象，在基础教育领域，教书的不读书，我觉得，干这行特没意思。殷亚军和赵凯乐很谈得来，他们在一起竟然聊了很多、很久，聊得最多的，还是乡村教育存在的问题。

4

开学第一天，班主任是最忙的，所有科任教师只是给班主任打个下手，也就是在班主任忙不过来的时候，帮着去教室招呼节把课。余牧扬是陆雁班的英语老师，下午最后一节课前，班主任陆雁问他能不能上一节课，余牧扬顺口答应了。余牧扬意识到自己还没领课表，他就急忙去教务处，拿到课表和作息时间表一看，余牧扬惊呆了：时间安排得密密麻麻。他问教务处钱主任，说课咋能这么安排呢？钱主任说这是赵校长的意思。钱主任说完，就把历年来的课表、作息时间表翻出来给余牧扬看。

原来今年的课表是在往年基础上演变来的，余牧扬揣摩了一会儿，他发现一个规律，每换一个管教学的副校长就增加一节课。他浏览了一下作息时间表：起床、早读、早操、晨读，然后是一二三四节课；午饭，饭后半小时、自习、一二三四节课；晚饭，饭后半小时、晚读、自习一二三节再加上重点班的一个叫"晚拖"的课，"晚拖"下课已经是十一点过十分了。余牧扬说我带两个班英语，课这么密集，还要忙校长办的一大摊子工作，你看这，吃饭只有十五分钟。老婆吴桂英的课还要多，三个班数学，还要管理女生部，吃饭都没有充裕的时间。

余牧扬拿着课表去找赵校长商量，进门发现殷亚军也在。殷亚军故意大声说，全校音乐，还有地理，生物，我又不是收破烂的。其他课是主课，课时津贴占一股，我每门只零点一，这不公平。赵校长看见余牧扬进来了，说：余主任正好来了，你看看人家的课表，比你的还重。殷亚军说："我说的，跟他不是一回事！他累，还有钱得，我呢？"余牧扬没想到这个殷老师比自己还急，抢在他前面来质疑了。余牧扬不想接替殷老师的话题，也不想接赵校长的话题。他示意殷老师坐下来。余牧扬对赵章学说："赵校长，最近我老想陈望道先生的故事，陈先生误把墨水当糖水喝了，还说真理的味道比糖甜。虽说这是一个读书的故事，但我想，它还透露出了另一个信息，理想的味道其实也很甜。我也想啊，我们的教育，我们的教育追求，是否力争让孩子们尝到理想的味道？"

赵章学说："你说的，那是专家们的事。我们要做的就是时间加汗水，什么叫素质教育？说白了就是数字教育！对学生来说，分数就是硬道理!"

余牧扬说："这是不是太功利化了？我们的工作，是撒播理想信念的种子……"

"你老是理想化，"赵章学很不高兴了，"我不求有功，但求无过!"

殷亚军抢过话题，说："你求无过？没错，但不能要了别人的命，对吧？"

"你，你这是什么态度？"赵校长双手撑桌子，想站起来，他没能如愿，因为他也累了一天了。

余牧扬赶紧用手制止双方，说："赵校长，你看是这啊，这白纸黑字的课程表，就是形式主义，官僚主义的怪胎嘛，一切，按照教育部要求执行，这才能无过嘛!"

赵校长拉开抽屉，取出一支烟，摸出打火机，点燃，吸了一口，烟从嘴里吐出来，再从鼻孔进去，然后用舌头把烟顶出嘴唇，一派轻松的样子。

殷亚军乘机插嘴，说："时间表这样安排，完全没考虑老师们的身体!"

赵章学说："老师身体，几十年都没人关注，我一关注，问题来了! 都有病。你也不看看乡村教师缺成这样？我现在是明白了，别关心老师的身体，自寻烦恼! 老师的身体好不好就那么一回事，完了就完了，就不指望了!"

余牧扬建议说："教育的本质是促进人的发展，是为了把生物的人变成社会的人……教育原则应该坚持人文主义、尊重生命、权利平等、社会正义、团结与责任……"

赵校长不耐烦了，问："你这是在给我上课吗？"

余牧扬语塞，尴尬地扶了下眼镜，说："那么，我的课能不能减，要么减我老婆吴桂英的？这样安排，吃饭时间真都没有了。"赵校长说，暂时先顶着，过几天吧，过几天再说。

　　余牧扬回到家里，老婆吴桂英正在烧饭，余牧扬把刚才和赵校长之间发生的事说给她听。吴桂英老师说："你脑子也不会转，开学前传闻说你和他都是校长人选，人家只怕早把你当敌手了，你还去建议呢，就不怕人觉得你想篡权？"余牧扬说身正不怕影子歪。吴桂英说："你心不歪，只是我信，人家信吗？课能忙得来就忙，忙不过来，看他们咋说，尽心就好。"两个人说完话开始吃饭，余牧扬把饭刚端在手上，有人敲门，是学生来喊他上课了。余牧扬想起来了，他答应过班主任陆雁，要招呼最后一节课呢。他放下饭碗，匆匆忙忙往办公室赶。

　　在余牧扬的眼里，那课表上满满当当的每一节课就像是一颗颗炸弹，随时都有爆炸的危险。余牧扬一边想，一边往教室赶。今天的英语课，他打算放电影《迷失东京》，先让学生认识自己，认识到自我的价值。电影并不是全部放完，他只是选取了电影《迷失东京》中的一段经典对白，算是学前预热，提高学生兴趣。走进教室，听得见稀稀拉拉的翻书声，同学们的眼睛都渴望地盯着他，他们对他不了解。余牧扬先是用英语自我介绍，然后用汉语，把名字写在黑板上。随着多媒体打开，他介绍了电影《迷失东京》，然后把经典对白片段放出来，他用汉英两种文字，把对白写在黑板上。片段放完，他带领学生模拟表演：

　　夏洛特：我很困扰，会好起来吗？

　　鲍勃：嗯。会，会好起来的。

　　夏洛特：是吗？像你一样。

鲍勃：谢谢。你越了解自己和了解自己要什么，你就越不会被困扰。

夏洛特：对。我只是不知道我应该干什么，你明白吗？我尝试写文章，但是我讨厌自己写出来的东西。我也试过拍照，但是拍出来的东西很普通。每个女孩都会经历玩摄影的阶段，比如照马，或者照你的笨脚趾。

鲍勃：你会开窍的，我可不担心你。继续写文章吧。

夏洛特：但我太平凡了。

鲍勃：平凡也不错。

课堂上，有个女同学很疲倦，在闭目养神。余牧扬问她叫什么，她回答：殷梅。余牧扬想起来了，她应该就是殷亚军的女儿。

余牧扬说："我知道大家累，看这样好不好……从现在开始，我每周的这节课只要大家集中精力学习二十五分钟，余下的时间嘛，属于大家自由活动！"（啊啊啊！学生欢呼起来）

"可说好啊，我的这二十五分钟，如果浪费一分钟就从你们的时间里扣回来，如果浪费两分钟……"

"扣回去！"

余牧扬看了看手表，然后把手表递给殷梅，让她掌握时间，说："余下的时间我们各一半，现在可以开始了吗？"

教室里马上紧张起来。学习活动完成了还剩一分钟。余牧扬说："今天是第一次，大家表现很好，这最后的一分钟算是奖励。"他做了个手势大家就争着朝外跑。这是一个意外得来的活动时间，同学们都很开心。

第 三 章

1

九月二号早晨，第一节是班主任的课，要选班干部。这个消息，杨波头一天就知道了。开学的当天，班主任安排她住宿以后，匆忙中忘记关水龙头了，杨波看见老师出了寝室门，赶紧跑去把水龙头关上了。班主任出门的时候又想起来了，回头看见杨波已经帮着把水龙头关上了，觉得这个同学细心，有节约意识，就把她喊出门交代她暂时帮着管理班级。后来班主任陆雁还专门找杨波谈过话，希望她能在班会上自告奋勇，竞选班长职务。杨波想了几个晚上，她有些兴奋，当然也有期待，她期待在班会上，勇敢地站起来，向同学们表白自己的能力和态度，她内心深处对班主任充满了感激。杨波后来没有主动竞选，是因为心底有个疑问，班主任为什么对她这么好？是同情，还是信任？她不断地回想开学第一天的所有细节，她是最后一个报名注册的学生。报到时，班主任陆雁的眼神是诧异的，当时她也想起了校门口的一幕，她想道歉，话到嘴边变成了问候，她说，老师好。老师也只是笑了笑。杨波翻开衣服，把奶奶用线缝住的衣兜撕开，把一卷钱拿出来，老师的眼睛注视着她，她有点不好意思，感觉脸有点热，老师的眼睛里没有鄙视，只有关切，这让她放心下来。她记得当时她把钱摊在桌上数，问老师要交多少，班主任赶紧帮她。她把生活费交给老师以后，最后只剩下十元钱了。她问老师寝室在哪里，老师说，我带你去。杨波没想到，老师很热情，还帮她拿行李。

到了宿舍，杨波看到了一双双挑剔的眼睛，同学们要么嫌寝室采光不好，要么嫌床位不合意，不添堵好像不舒服似的。杨波随便找了个铺位，老师去洗漱间洗手去了，她开始铺床。老师电话铃响，急急往外走，她忘了关水龙头，水哗哗地响，杨波赶紧跑过去把水龙头关上，抬头看见老师站在门口，正回头看她，老师向她招手，她怯怯地过去。老师希望她能竞选班长，更好地为同学们服务……老师和她交谈完毕，是带着微笑离开的。

下早自习的铃声响了，是早餐时间。杨波最后一个离开教室。她一个人把教室打扫干净，倒垃圾的时候才有同学回来。她遇到的是孙苡和殷梅，她们是走读生，不在学校进餐。孙苡拉起嗓子说："哟，除了会打架，还会扫地呢！图表现，给老师看哪，老师在哪儿呢？"殷梅笑起来。杨波知道她们还没有忘记暑假的恩怨，懒得理会，快步朝垃圾桶方向走，身后传来殷梅的抱怨："呛死了，水都不洒。"学校的正东面是学生公寓，公寓前面就是一个超市。早晨超市的生意特别火爆，同学们在这里购买日常生活用品和学习用品，还要买上很多的吃食，每一个从超市出来，都是大包小包。杨波在超市门口等了很久。超市的人流拥挤，她就到运动场的草地上坐下来等，等到人流稀少后才进去。上课铃声响了，超市里的同学如四散的马蜂一般飞出来。班主任已经在教室门口等待了，杨波只能饿着肚子往教室跑。

　　讲台上的电子白板设备已经打开，杨波坐定，回头看见教室里多了几位老师。英语老师昨天见过，还有三位老师，还有一个女老师，他们都是班上的科任教师。秩序安定之后，老师们和大家见面。一个是殷梅的爸爸，是音乐、地理、生物老师，殷老师自我介绍完毕，殷梅带头鼓掌，显得很自豪。女老师姓吴，是数学老师，她正介绍的时候，杨波听到孙苡小声说话，说她就是余牧扬的老婆，杨波还听到嘻嘻的笑声。第三个男老师身穿运动装，头发凌乱，感觉刺猬一般，他迈着坚定的步伐上台，人还没站稳就张口了："我，姓赵，赵钱孙李的赵，叫赵凯乐，我是你们的思品课老师，副班主任，兼代体育课，我知道，有很多同学，喜欢足球运动，如果大家配合，我会把足球课堂开起来……"同学们笑着鼓掌，班主任也笑起来。殷梅的爸爸、余老师、吴老师笑着离开教室，只有赵凯乐老师回到教室的后排坐下。

　　班主任最后介绍自己，说她叫陆雁，和大家已经熟悉，是班主任，也是语文老师，希望和大家一起度过美好的学习时光。杨波很喜欢听她说话，她语音甜甜的，还带着磁性，听她说话心里很舒坦，她喜欢上了这个老师。杨波悄悄回头扫视了一圈，发现大家都是一副很受用的样子。班主任问大家："进入新的环境，你们有什么样的感觉？"

　　没人回答。

不知是谁说了一声"感觉，饿啊！"教室里马上爆发出一阵哄笑。

班主任迟疑片刻，说学校要求今天上报班干部名单，班干部选举前，我们先做个游戏，希望通过游戏加强了解。她拿出一沓卡片，要求同学们在卡片上填写上自己的基本情况，包括兴趣爱好等等，然后收上去洗牌一样洗散，再发下去，每个同学都会得到一张。班主任说："每个同学现在人手一张卡片，下面就请你按照卡片上的资料介绍新同学，再由这个新同学向大家介绍自己最喜爱的一个家庭成员。"课堂气氛马上热烈起来。

杨波的卡片恰恰是那个叫孙苡的同学拿到的，孙苡白了杨波一眼，照卡片上的信息念了一遍。班主任当时尚不了解她们的恩怨，就提醒孙苡："给大家讲述你最喜爱的一个家庭成员吧？最好是妈妈。"孙苡并没有接受老师的提议。

殷梅同学站起来，她要代替孙苡说，班主任同意了。殷梅说："她喜欢爷爷，爷爷是家乡这条河流上的渔夫。我们从小是喝着爷爷清炖的鲫鱼汤长大的，爷爷那小小的渔船里装满了我们童年的快乐……"

杨波听着，思想开始跑马。陆雁叫了声"杨波"，杨波匆忙站起来说："我家，我家……我最喜欢的是奶奶，起先还有爷爷，可后来，死了……"她有点哽咽，眼泪也快掉下来。这时有一个嘲讽的声音说："什么杨波啊，简直是杨过嘛！"

另一个调戏的声音悄悄喊："杨过、杨过，你姑姑叫你玩'贪玩蓝月'（游戏广告语）呐！"

"她没空啊，她在玩《盗墓笔记》呢！"

又一声悄悄的戏谑："别糊弄我了,《盗墓笔记》还能玩?"腔调怪怪的。

杨波抬头恰巧看到孙苡在窃笑,她真想从桌子上过去给她一巴掌,她忍住了,她想起奶奶的叮嘱,她答应奶奶不打架,她也不敢正视班主任的眼睛,那双温柔的眼睛肯定正在看她。杨波想坐下去,这时她看到"小蘑菇",把一本厚厚的书砸向孙苡。孙苡黑了脸站起来。"坐下!"一声断喝从后面传来,体育老师怒目站着。他不结巴了,杨波很奇怪。停顿了片刻,班主任宣布活动继续。活动结束,班干部选举并没有如期举行。班主任说,一次活动,大家不能够相互了解,给大家几天时间,了解了再选举,当然也欢迎大家毛遂自荐。

2

中午吃过午饭,杨波正在水池边洗碗,李怡怡站在教室的廊檐下喊她过去。李怡怡悄声说,孙苡想竞选班长,殷梅已经在帮忙活动了。李怡怡告诉杨波,说殷梅找了她爸爸,让她爸爸跟班主任说,要真说了,班主任会改变主意的,你想都别想了。李怡怡问杨波是咋想的。杨波说,我本来不想竞选班长,既然她们搞腐败,那我们就一定奉陪。两个人正说话,"小蘑菇"过来了,她把嘴凑在两人耳边,说了几句,杨波犹豫了一会儿,说你们两个人去办吧。

"小蘑菇"离开以后,杨波和李怡怡进教室,殷梅看她们进来,就拿勺子敲饭盒,嘴里念叨:"天长啦,夜短了,耗子大爷起晚了。"

孙苡问:"耗子大爷干吗呐?"

赵璐笑了,说:"耗子大爷穿套裤呐!"

杨波知道她们在讽刺嘲笑自己,当没听见。李怡怡拿出指甲油涂抹指甲,杨波就借口打听那指甲油的品牌。这个时候,殷梅的饭盒子又敲响了,殷梅念叨:"丁丁丁,丁丁丁,你妈是个狐狸精;囊囊囊,囊囊囊,你妈是个乌龟壳……"李怡怡随手将指甲油砸过去,"你骂谁呢?"她奔过去,伸手一抓,没抓着,殷梅跑出教室,孙苡在身后喊,梅超风啊,快看啊,九阴白骨爪啊……很多同学都赶来看热闹,看李怡怡追得殷梅满操场跑。班主任陆雁突然冒出来,喊李怡怡站住,李怡怡大声吼:"她仗着她爸爸是老师,骂人,欺负人!"殷老师也赶来了,杨波看见他喊殷梅过去,好像没问几句话,伸手就几巴掌,然后抓住女儿,把她拖到李怡怡面前,让殷梅道歉。孙苡上前拦住,说与殷梅无关,要揍就揍她。殷老师很愤怒,说:"你以为我不敢?"他举起的手被陆雁抓住。杨波也被带到老师办公室,陆雁问她原因,她不能说。没有人说明原因,每个人挨了一顿批评,老师把她们放了。

下午体育活动时间,学校安排大扫除,同学们都不太乐意。班主任在这个时间要开会,体育课是赵凯乐老师的,所以劳动还得他负责。劳动任务分组的时候,"小蘑菇"抱出一大堆口罩,李怡怡说,谁跟她一组,就有一只。杨波知道那口罩是李怡怡从家里拿来的。李怡怡家是做生意的,经常请帮工,口罩是必备的,李怡怡送口罩只是想为自己拉选票。同学们都来要口罩,特别是男同学居多。孙苡几个似乎很吃惊,脸上写满羡慕嫉妒恨,她强拉了几个女生,领了任务就出了教室。李怡怡看见孙苡她们灰溜溜地走了，也不再强调谁跟她一组，见人就发口罩，他还双手送给赵凯乐一个。赵凯乐老师有疑惑，问口罩是哪里来的，李怡怡说她跟爸爸要的。李怡怡的午饭是回家吃的，从学校到家也不足三里地，李怡怡上午就谎称肚子不舒服，向班主任请了一节课的假。早晨第四节下课，她借了一辆自行车，骑上车就往家里跑，她记得家里的仓库里有大量的口罩。李怡怡回到家，妈妈刚蒸完一格子馒头。妈妈问她咋就跑回来了，她说取东西。妈妈问啥东西，她不回答，伸手抓了几个馒头，一边吃一边去库房，她胡乱地抓了好几打口罩，塞进书包，背上包就跑。妈妈喊她，说不吃饭了？她说下午有劳动。劳动结束了，李怡怡很是得意，能为朋友尽量多地拉选票，击败竞争对手，让她觉得很有成就感。

3

仅过了一天，赵凯乐有事请假了。他下午有一节体育课，按照学校惯例，但凡老师请假，空出来的课都要班主任顶上。陆雁本来打算上语文课，她看见同学那种不情愿的样子，当即宣布上体育，同学们一阵欢呼冲出教室。由于没有准备活动内容，陆雁只能让大家在球场上踢球。陆雁叫杨波组织对抗赛，杨波很为难，她怕孙苡几个不听她的。李怡怡知道她的难处，她撇开孙苡一帮人组织了两个队。孙苡很恼火，当即也组织了两个队。这样问题就来了，一个球场，两组比赛，球场该谁用呢？李怡怡和孙苡争吵起来。陆雁把她们叫过来一问才明白原委，看来这堂活动课她不亲自组织是不行了。陆雁就组织四个小组开展淘汰赛，她亲自裁判。她让同学们先做预备活动，说自己去换件衣服就来。

班主任陆雁有一套黑色的紧身运动衣，是专门表演穿的那种，那还是她在大学时参加大学生运动会表演时穿过的。近些日子天气一直不好，三天两头下雨，陆雁老师经常穿的运动衣还没晾干，陆雁就把这套拿出来穿上。她来到球场，同学们都停止了练球，一个个睁大眼睛看着她。突然间，殷梅激动地拍起巴掌，同学们受到传染一样都跟着鼓起掌来。陆雁宣布小组对抗赛开始，四个小组没一个动的。孙苡说球场先让李怡怡她们组，李怡怡却要谦让孙苡她们组，因为她们都猜不透班主任给她们设的是啥套路，不敢再争抢。其实陆雁并没有设啥套路，只不过是随便换套衣服而已，是同学们自己想多了。小组对抗赛气氛很和谐，大家都很开心。课后陆雁喊杨波过来反馈意见，杨波把同学们的想法说给陆雁听，陆雁开心地笑了，她笑同学们聪明可爱。杨波说："老师，你笑起来，样子真好看！"

　　时间没过两天，班上竟出了个"黑社会"团体，团体成员有五个：孙苡、殷梅、刘欣、赵璐、沈雪。她们仿照陆雁的穿着，统一黑色。李怡怡跟杨波说，她们是想拉选票，在耍花招，要杨波去给老师报告，说她们搞小团体。杨波不想去，她觉得打小报告很不光彩。李怡怡就说，你不去，我去。李怡怡报告回来，杨波问她啥情况，李怡怡很丧气，说老师说了，同学模仿老师很正常，只要不是真的"黑社会"就行。李怡怡做了个无奈的鬼脸。杨波说，老师肯定是对的。李怡怡说，她认为她们这样做总是有些不妥，究竟不妥在哪儿，她也说不清楚。杨波就说不怕，她们只是一时心血来潮，说不准下周潮就退了。

　　又一周，班上竟然又多出四个。李怡怡替杨波着急了，说："老师说了，下周必须确定班干部，只怕下周更多。"李怡怡的担心没错，选举的这周星期一，班上又多出五六个黑色运动衣，凑在一起竟黑压压一片。李怡怡对杨波说："完了完了，你还是被孙苡算计了，班长的位子，保不住了。"

周三下午班会再次选班干部，班主任没有发选票，她在班上展开了一个"论穿着"的讨论，讨论中学生如何穿着才合适。班主任刚把问题抛出，班上就炸开了锅，有认为个性点的，有认为朴素点的，有认为有什么就穿什么的，也有人针对"黑社会"展开批评的……班主任让杨波先谈看法，杨波说应该穿校服，因为近来一段时间穿校服的人越来越少，穿校服至少有自我警示作用。杨波的话刚落，殷梅率先站起来，说："老师不是强调健康美吗，我们是跟老师学健康美呢！"

有男生笑出声，小声说："妹子，你穿成那样，就不怕碰到猥琐男？"接着就是一阵哄笑。

刘欣站起来指责，说："你嘴咋恁毒呢，农药喝多了吧？"

那男生也不示弱，反问："你长得'秀色可餐'吗？行头和脸蛋儿不在一个重量级上，就不觉得奇葩？"

眼看冲突升级，杨波不想让老师难堪，她主动站起来劝说："请安静，别跑题了！"

刘欣她们几个伙伴在一起玩的时候孙苡是老大，既然是老大，那么自家弟兄被人算计了，她是绝对不会作壁上观的，于是就冲杨波问："嫉妒了？"殷梅接着孙苡的话茬说："你的朴素我们还是万分同情的，别红太狼的平底锅——层出不穷行不？"

殷梅的话显然有辱没她贫穷的意思，杨波被呛，按照原先她的脾气，她定然会赤膊上阵，以拳相对，但班主任的眼睛看着她，那是信任而温暖的眼光，杨波难堪地坐下。李怡怡不干了，就指着孙苡说："你们那虚荣的玩意儿，还值得嫉妒吗？山寨的衣服，我家用火车拉……"

班主任不慌不忙，她用手指在嘴上做了个"嘘"的姿势，教室里马上寂静下来。她让每个同学把自己的看法写下来，办个墙报让公众去评判，然后宣布下课。到了第二天，只有杨波提交自己的看法，墙报也没人办，"黑社会"也自觉解散了。班主任专门拿出一节课时间，对同学们的心理逐一进行剖析，她提名杨波为班长人选，并给出理由。杨波没有想到，全班举手一致通过了。班主任说："班长确定了，其他干部还是由同学们自己选吧，只是一条，必须公平公正，李怡怡同学，孙苡同学，你们说呢？"李怡怡和孙苡都羞愧地低下头，原来老师是有针对性的。

4

学校要迎接新学期开学工作检查，所有班主任被集中在一起，他们站在教学楼前的国旗旗杆下，教务处领导在发课表，发下的新课表是按照教学大纲设置安排的，它和学校现行的课表相比，无论是课时还是课程教学内容，都有很大的差距。

学校要求各班把应付检查的课表贴在教室的旧课表上，课还是按照旧课表上。班主任陆雁拿了新课表到教室，把它贴在旧课表上，同学们都围拢来看稀奇，大家一片欢呼。班主任就解释，说是检查用的。同学们一个个就唉声叹气，蔫儿了。她们回到各自的座位上，议论这新课表是如何如何的好。杨波看见学生眼里闪烁着渴望之光，心中的那个感觉怪怪的。

检查是不定期的。从第二周到第三周，各班的课程表就不断地撕了再贴，贴了再撕。这虽然看似一个简单机械的程序，却深刻地刺痛了学生们的心。这天又要换旧课表，同学们拒绝撕新课表，请求按新课表开课，教室里群情激昂起来。有同学喊："我们找教导处去！"大家一窝蜂地就朝教导处跑，杨波想拦没拦住。很多班级竟然也响应起来，一切都乱了。迎检前夕学校出这么大的乱子是有史以来的第一次。校园的喇叭紧急通知班主任进班，所有领导到会议室开会。杨波后来听说赵校长亲自主持会议，还强调说，狠抓教学质量没错，哪个班出问题，要严肃问责。班主任传达学校意见的时候，同学们一片嘘声。孙苡站起来，说："体育课不开足球，音乐课还被占用，美术课只写在课表上，我们不干！"

班主任说："同学们，冷静，这旧课程表，我也没法改变，领导考虑的是教学质量……"

"我们不管，就按照教学大纲的课表上！"殷梅说。

孙苡说："不按照新课表开课，我们申诉。"

孙苡用"申诉"一词把班主任逗乐了。杨波见班主任态度有缓和，就举手发言，她说："可以照英语老师上课的办法，提高效率，没必要牺牲休息时间。"同学们要求班主任再去跟领导说说。

陆雁最反感形式主义，尤其是学校为应付检查在课表上的反反复复。陆雁觉得，学校给学生的应该是信任感，而不是欺骗，学校这样弄虚作假对学生的成长很不好。她觉得自己有必要去和领导谈。陆雁首先去了教务处，钱主任建议她找赵校长谈。陆雁到了校长办公室，看见余牧扬也在，胆子就大了。她强烈建议按照教学大纲开课，说学校这样做是对德育的损害。余牧扬本来静静地坐在一边听，听着听着就忍不住笑出声来。他不笑还好，他一笑，赵章学校长就恼火了，认为他们是串通好了的，说："你们都串通好了来逼宫的？是吧？"赵校长的话让陆雁很震惊，她瞪大了眼睛，说不出话来。余牧扬赶紧劝解，说："不就是个课表嘛，犯得着这样误会？"他示意陆雁回去，说："检查的那天，你们班照新课表上课，谁不让了？"陆雁知趣地告辞出来，她感觉一股心酸涌上心头。

第 四 章

1

    教育局开学工作检查的这一天，全校所有的班级都换上了新课表，新的课表、作息时间表都是按照教学大纲去设置的。清早学校的大喇叭就通知了，要求各班把新课表、作息时间表贴在旧课表上，课还是照旧课表上，作息时间在检查团来之后照新作息时间执行。陆雁这天进班，她贴好课表时间表，回头说，今天就照新课表上课。同学们一片欢呼。这一天，陆雁的班级显得很特别：别的班上课他们下课，别的班下课他们班上课。他们班学生踢球，别的班级在做作业；他们班唱歌，别的班还是在做作业。检查团还没来，很多班级学生就给学校提意见了，他们写信质疑，说学校不公平，甚至有学生在教务处门口贴大字报。教务处钱主任，把大字报半卷成喇叭状，往赵校长桌子上一拍，说陆雁班擅自按新课表上课，影响了正常的秩序，造成全校学生情绪不稳，问赵校长咋办。钱主任嘴里说着，眼睛斜着往头上看，似乎要从天空里找到答案，事实上他只能看到天花板，他胖而臃肿的脸上好像还有一丝不怀好意的笑。赵校长没有在意他的表情，任凭那喇叭筒在桌子上散开。余牧扬也在办公室，他想起前两天陆雁来闹得那一出不愉快，只能装着一派与己无关的样子，等到赵校长喊了他一声，他才抬起头。赵校长问他，有陆雁班的课没？余牧扬说有，已经上过了。赵校长又问他，看课表了没？余牧扬说是按班主任的安排上的课，没在意课表。钱主任认为余牧扬没说实话，说："你也不必为她打掩护，现在你们看咋办吧？"钱主任说完，转身往外走了。

赵校长打电话，让陆雁来校长办一趟，不一会儿，陆雁来了，她很轻松的样子，看不出有一点紧张的情绪。赵校长把大字报给她看，陆雁展开喇叭筒，看了一遍还笑出声了，问，这是哪个班学生写的？还真有才呢！赵校长看她那个样子，有点气不打一处来，说你还夸上了，是你弄出的矛盾，你看咋解决？陆雁立刻严肃起来，说赵校长，你这话可不对了，啥叫我弄出的矛盾？这课表，作息时间表，老师，学生，哪个没意见，现在都是我的不对了？赵校长说："这也是没办法的事，这几年，教育质量年年下滑，升学率上不去，你说咋办？"

陆雁说："就不能从教学效率上想办法？"

赵校长说："这么多年都是这么过的，你不能说一出，是一出吧？"

陆雁说："教学质量的高低，真的与课表没关系，教学积极性不高，你就是每天排一万节课也没用！"

赵校长本来是喊陆雁来问情况，批评她几句，甚至想让她做个检讨啥的，现在看来是不可能了，还没给她讲道理，她给他先讲道理了。赵校长摇了摇手，说这事，算过去了，你去忙吧。

赵校长一厢情愿了，这事并没有过去。

第二天早上，老师们似乎比任何一天都早，校园的宣传栏边围了很多老师。赵校长刚走到宣传栏前，看见赵凯乐老师在绘声绘色地读什么，好像是故意读给他听的。原来不知道是谁在宣传栏里贴了两首诗，诗是用 A3 纸打印的。标题分别是《求您了，让我安静地教书》《假如恨，就让他当老师》，赵凯乐读得很投入，没有发现他走过来：

我不想晒课，对着镜头，我怕羞

我不信这种那种模式，一毛钱没用

教书的路上心太堵

别动不动对着喇叭吼

笔记备课已经搬走，进教室我只能空着手

要求交的材料没写，学生的成长手册没填，我很无助

我不奢求公务员工资，我知道天高地厚

爱表扬谁是谁，别兴师动众大会小会让我陪斗

别用师德吓我，我不偷不摸，也不私自补课

我只想拿点薪水养家，然后快乐长寿！

赵凯乐读完还赞叹，说写得还真是那么回事，他接着读另一首：

如果你恨他，不用带他去八达岭看虎

撺掇他去当乡村教师吧

看他玩命，看他挣扎

你只管背手而立，不断地唠叨，看他未老先衰，早生华发……

赵凯乐叹息说，"太有才了！"他回头看见赵校长，尴尬地说挺好，挺好的两首诗，围观的老师们哈哈笑起来。赵章学校长问："完全是负能量，谁干的？"赵凯乐说不是我，说完赶紧躲开。围观的人群迅速散去，只留下赵章学校长一个人还站在那里发呆。赵校长很奇怪，这两首诗他在哪儿见过？他想起来了，那天他去打印室打文件，工作人员忙，他就坐在电脑前浏览网页，他看见过这两首诗，他记得当时好像还做过剪贴玩，可是，眼前这个，是谁张贴的？有啥目的？他有必要查一下。

2

这天早办公，余牧扬来到校长办，赵校长早就到了。余牧扬屁股刚落座，赵校长让余牧扬私底下查一查，看宣传栏里的诗是谁贴的。余牧扬说："这也不是太大个事，没必要吧？"

赵校长说："查一查，也不是和谁过不去，了解一下思想动态也是应该的。"

赵章学嘴上这么说，他心里对余牧扬也有怀疑，他怀疑这事和余牧扬有关，让余牧扬去查，他也乘机观察一下余牧扬的表现。依照赵章学的提示，余牧扬抽了个空，了解了赵凯乐昨天夜间到今天早晨的活动。殷亚军老师说，赵凯乐昨夜和他在镇上，陪他喝酒到深夜，由于校门关了，他不想打扰别人，就去他家，在他家住了一夜，是早上才回到学校。余牧扬问他们咋就想起来去喝酒呢？殷老师说，是他心情不好，喊的赵凯乐。据殷老师讲，昨天下午他去陆雁的班上音乐课，进了教室，刚播放了一段音乐，广播室里喇叭就喊，说是春季安全演练，让学生到羽毛球馆集中。开学到现在，学生的音乐课总是被其他课占用，好不容易要上一节了，又被挪用了，学生不干，就赖在教室，坚决不去。殷老师说，你也知道，陆雁的班，前几天刚闹了"课表革命"，加上这样一闹，不被点名批评才怪。殷老师问余牧扬："安全演练活动是不是归政教处管？"余牧扬说是。殷老师说："我的心情糟就糟在这儿，陆雁班的学生迟迟不到位，批评他们的应该是政教处领导，对吧？偏偏不是，而是教务处！教务处的钱主任，他还连带我一起点名批评，一个大喇叭，喊得满校园响，遇到你，你心情能好得起来吗？"各处室工作分工不明确，常常是教导处越俎代庖，这个，余牧扬知道，到现在，有的科室领导干脆省心，乐见教务处管理各项工作。余牧扬安慰了殷老师几句，他想，宣传栏里的诗不可能是赵凯乐早上回来故意贴上的。

余牧扬回头碰到了陆雁，他试探性地问她早上啥时候见到赵凯乐的，陆雁说，很早。早自习前，天麻麻亮，他们班学生要踢球，去找赵凯乐拿球，看到赵凯乐还醉卧在自己床上。当时学生喊叫，说赵老师吐血了。学生喊她去看，原来是赵凯乐把红墨水打翻了，红墨水泼在他呕吐的秽物上。陆雁说她是看着赵凯乐起床，收拾干净后下来的，那个时候宣传栏上就已经贴有诗了。余牧扬很吃惊，说："你敏感了，我并没提宣传栏的事啊？"

陆雁说："你以为我不知道，是校长让调查呢。"

"不是赵凯乐，也不可能是陆雁。"余牧扬跟赵校长说。赵校长回答说："赵凯乐是排除了，那陆雁呢？谁能证明她呢？"余牧扬听赵校长的那个意思，是想继续查下去，去查陆雁。余牧扬想：看来赵某人对陆雁也是不放心的。余牧扬回头把自己的难处和想法和老婆吴桂英说了，吴桂英就出主意说："你不能单独查，查的过程中还得把赵校长攀着。"余牧扬明白了老婆的意思。他接下来调查陆雁，只要赵校长在办公室，他就打电话招某某老师来谈心，涉及陆雁老师的话题还故意大声，让赵校长听见。叫到校长办公室来谈心的老师有很多跟校长走得近，从他们提供的信息来看，陆雁完全被排除了。余牧扬问赵校长，还查吗？赵校长说不要查了，这事就让它过去吧。余牧扬听赵章学说不查了，他如释重负，回到家和吴桂英又说起这事。吴桂英说，他本来对你心存芥蒂，让你查就是对你也有不放心，看着吧，说不准别人也在秘密调查你呢！余牧扬听老婆这样说，心里像是吃了毛毛虫一样难受。

3

吴桂英的猜测没错，教导处钱主任这个时候正在秘密地查余牧扬呢。钱主任是刚被赵校长提拔到教导处主持教学工作的，对于赵校长的吩咐自是不敢打折扣，他年轻，没有和余牧扬共过事，他知道余牧扬和老余的关系很好，老余人随和，他就去和老余聊天。钱主任把话绕了个圈，就是不敢直接问余牧扬的行踪，只问老余家的春耕情况。老余说最近没回去，昨天余牧扬还问起家里的状况呢。钱主任问，他啥时候问的？老余问，你关心这事干啥？钱主任呵呵两声，说是想知道他们俩在一起都说些啥。老余说日白，瞎扯。前晚在他家吃饭，他跟我讲了个寓言，我都不知他扯啥意思。钱主任让老余说来听。

老余说，都是酒话。他说从前有三个乞丐，他们要到远方去。这一天他们来到了一片沙漠边，他们必须穿越沙漠才能到达远方。他们看见有人已经越过了沙漠，有的还在沙漠里努力地走。他们坐下来，谁也不愿意拿主意。这时的三个乞丐里，有一个有一块面包和半瓶水，另一个乞丐只有半块面包和半瓶水，第三个乞丐既没有面包也没有水。开始的时候大家都没有言语，就那样默默地坐着。他们坐了很久。有一块面包的那个拿出面包揪了一小块含在嘴里。有半块面包的那个拿起自己的半瓶水润了润嘴唇。那个一无所有的乞丐只能眼巴巴地看着他们，最后他终于忍不住了问："我们究竟怎样才能穿过这沙漠呢？"那两个人白了他一眼什么也没说……钱主任问啥意思啊，老余笑说，余牧扬说是对当今基础教育现状的看法，具体啥意思，他没明说。钱主任走了以后，老余感觉不对劲，钱主任为啥平白无故找他谈心？

老余要去上课了，他一边走一边想，越想越觉得哪里不对劲，冷不丁地撞到了吴桂英老师，他尴尬地道了歉，吴桂英并没怪他，笑他丢了魂了。吴老师刚走两步，老余把她喊住，就问余牧扬这两天是不是和教学线上的领导闹意见了？吴桂英问老余为啥这样问？老余就把教务处钱主任找他谈话的事说给吴桂英听。老余也是随便一说，没想到捅出乱子。老余一节课下来，听到教务处有人吵架，吴桂英老师的声音很高，像是大合唱里的高八度音，问，凭什么？凭什么猜忌别人？问把老师分三六九等对待，是不是真的？问凭空增加老师工作量，是不是真的？问前几天备改检查，是不是把老师的笔记备课全收走，老师空手进教室？老余赶紧往教务处方向去，他要把吴老师劝开。来到教务处门口，看到带重点班的丁老师在劝，说他一周也有三十二节课，都一样。有老师就质疑，说你们的课重是重，含金量高，值钱，每节课补五元，我们呢，一元。殷亚军老师抢过话头，说你们带主课，还有一元呢，我们带音乐、体育、美术、生物的呢，才两毛钱一节的补贴。另一个老师反过来劝殷亚军老师，说两毛就两毛，别人站四十五分钟，我四十五分钟站，混个点，谁知道你下了几分力？悠着点儿！所有人都哄笑。

余牧扬是啥时候来的？没人注意。人们都在听吴桂英吵架，看热闹，瞎起哄。余牧扬对吴桂英老师喊了句，人们才发现他来了。余牧扬说："散了吧，有课的上课去，没课的该办公了！"老师们知趣地散去，吴桂英红了脸，看了他一眼，也离开了教务处。教务处的争吵，赵章学校长听到了，他不便出面，才让余牧扬来处理。赵校长的意思很明确，是让他来劝老婆的。赵凯乐没有走，他跟钱主任说，宣传栏里的诗真不是他贴的，也不是陆雁，更不可能是余主任，这事因他而起，他一定会查出个结果。

4

赵凯乐的调查是公开的，他不是领导，在效果上没毛病，老师们犯不着藏着掖着，没有老师承认宣传栏上的诗是自己贴的，更不是自己写的，况且没那水平。老师们也好奇，上网一查，发现诗歌是从网上来的。既然是从网上来的，印出来必然要通过打印室，赵凯乐的这个想法只是偶尔地一闪，由于忙月考，想过忘过。这一天，赵凯乐去打印室拿检测试卷，发现放资料的桌子上有一张打印的诗稿，和宣传栏里贴的一模一样。赵凯乐问打字员，这是谁印的？打字员说，是赵章学校长的吧，反正我帮他印出来了，没见他来取。赵凯乐转身去问赵校长，赵校长想了半天，恍然大悟，说那天他在打印室等资料，上网，看到这诗，觉得好玩，拿它练习排版技术，没想到工作人员给印出来了。但是又是谁拿去贴在宣传栏的呢？赵凯乐说："这个，我更不知道了。"赵凯乐从打印室回到办公室，把赵校长的话说给老师们听，老师们就猜测，说校长是不是故意愚弄人呢？原来捉鬼是他，放鬼也是他。赵凯乐说，问题的关键是谁贴出来的？绝对不是校长贴的，这可以断定。大家围绕谁贴的又讨论了几天，最终还是没有结果。

眼看月考临近，赵凯乐还有几套思品卷子没讲完，他跟陆雁班的同学商量，看是不是把体育课让出来，同学们一致反对。殷梅站起来劝他，说："老师啊，你难道不是只想拿点薪水养家，然后快乐长寿吗？"殷梅的话来自宣传栏，宣传栏的诗，可能刚贴上就被撕了，应该没让学生看见，殷梅是怎么知道的？赵凯乐问殷梅，宣传栏里的诗是不是她贴上去的，殷梅说是。殷梅说她帮班主任到印刷室抱卷子，看那诗歌写得好，她贴出来，想让爸爸看见，希望爸爸不要太较真。赵凯乐无语了，他调查了这么多天，原来只是这么个结果。

真相大白了，陆雁的麻烦来了。赵校长要亲自到陆雁班蹲点抓班级工作。余牧扬传达校委会会议精神，征求陆雁意见，陆雁很委屈，觉得学校领导不信任她，她要辞去班主任职务，赵校长叫陆雁老师不要误会。赵校长没有去班级蹲点，但他一有空就找陆雁谈心，有时候还是晚上，陆雁推辞了几回，她把这件事告诉了赵凯乐。赵凯乐听说就骂龟儿子，老光棍，不安好心！赵凯乐跟陆雁说他再喊你，你给我打电话。赵凯乐嘴上这样说，心里根本没把事当事。

月考过后，各班都在搞试卷分析，召开科任教师联席会，都在走过场，陆雁班迟迟没动，主要是科任教师牵扯的班级多，想缓一步进行，不至于让老师们着忙。陆雁的想法并没有和教务处沟通，教务处要求她班的联席会议务必在本周完成。

周五下午全校学生放假。赵凯乐答应班上的学生，在全校放假后要辅导他们练两个小时的足球。陆雁班的足球活动基本上都安排在学生的休息时间里。赵凯乐放假了不回家，留在学校义务教同学们踢足球，这种热情感动了陆雁，陆雁也打算陪着赵凯乐和同学们一起过一个愉快的周末。原本打算的周末联席会只能往后推。

下午学校放假了，学校里只剩下他们一个班的学生，陆雁辅助赵凯乐搞了一会儿足球教学，抬头看见教务处的钱主任趴在门口看他们。陆雁这才想起来，班级安排的周末活动应该给教务处汇报一下。她让赵凯乐先忙着，说要去教务处通融。赵凯乐眼看着她兴冲冲地去，眼看着她情绪低落地回来，问了才知道教务处对她的这个周末活动安排很不满意。赵凯乐安慰了她几句，就都投入到活动辅导当中。球场上的足球重新飞起来，哨声，笑声也就飘起来，快乐的周末气氛也浓起来。

赵凯乐训练结束，把每个学生交到家长手里，回头找陆雁做晚饭，没找到。正着急，接到陆雁电话。他问陆雁在哪儿，陆雁说校长办。赵凯乐问余牧扬在不？陆雁说不在。赵凯乐猜着了几分，他风风火火奔上办公楼四楼，校长办公室门半掩着，赵凯乐踢了一脚，进去。陆雁像是看到救星，问，你找我？赵凯乐会意，说不是约好了，晚上去你家吗？赵凯乐对赵校长说，她是我女朋友，她妈妈要见我。赵凯乐说完，手扣着头，只嘿嘿笑。赵凯乐看见一道闪电从陆雁的眼睛里划过。陆雁红了脸，说校长，没事，我们忙去了。下楼梯的时候，陆雁在赵凯乐的腰上打了一拳，赵凯乐差点跌在楼梯上。

陆雁记得第一次见赵凯乐，是开学的第二天，是余牧扬带到教室门口来的。赵凯乐当时朝她笑了笑，那笑有些空洞，和她握手又有些犹豫，样子不尴不尬。他自我介绍说："我叫赵、凯乐、你能来，又多了盏灯……"他有点口吃，涨红了脸……灯，是什么意思？陆雁不得要领，赵凯乐只是尴尬地笑……陆雁正想，原来他也一肚子坏水。

5

赵凯乐有一段时间没有回家了。

老师们每周只一天休息，周六周日都安排有课，每人根据自己情况调休。赵凯乐代全校体育，无论怎么调都难。今天是他的休息日，还有一节课没调开，是体育，早晨第一节，上了这节课才能休息。陆雁来观摩他上足球课，她站在球场边。上课途中赵凯乐的电话响了。赵凯乐看着陆雁说，是妈妈打来的。妈妈问他考虑得咋样了，"啥事咋样了？"他问。电话那头妈妈就发火了，连珠炮般地数落起他来。赵凯乐这个时候才想起来是什么事。

上周他回过一次家，妈妈托人给他介绍了个对象，女方家是邻镇人，又恰好在雁潭镇的一个村小教书，今天是约好了见面的日子。他把这事给忘了。

赵凯乐把陆雁喊来，交代了几句就要走。陆雁笑着问："你不换个行头，就这样去?"赵凯乐打量了一下自己：他上身本是白色的运动衣，由于没洗，看上去有些灰不溜丢。下身倒是黑色的运动裤，看起来还不那么脏，只可惜裤腿上挂破了个洞。足球鞋是名牌，也没来得及洗，只要不脱下来，臭气是闻不到的，他想。陆雁建议他说："不慌，还是先换套干净的衣服再走。"

赵凯乐挠挠头，笑了说："都还没洗，忙嘛都……"

赵凯乐跑到足球场地边，从球队装备的包里拿出一贴膏药，翻开裤腿把洞贴起来，再拿墨水染了下，然后站直了对陆雁笑笑，还做了个"OK"的手势。

陆雁笑了，说："其实你还是很帅气的！要不是在农村教书……"陆雁的话没说完，见赵凯乐的脸色有些难看，她赶紧打住。

陆雁叫赵凯乐把钥匙给她，说她抽空帮他把衣服洗了。

赵凯乐租了一辆出租车，的哥年龄和他差别不大。他们出去的时候，太阳笑眯眯的，阳光晒在身上暖洋洋的。女方约定他去她舅舅家见面。她的舅舅是某局领导，母亲刚刚去世，所以祭礼在乡下的祖屋里举行。车出了校园向南，过了灌溉大渠桥，沿河走十公里再向南直走。车在导航仪的指示下，慢条斯理地碾过道旁树荫里太阳的斑驳。赵凯乐慵懒地躺在车里，努力地想象着那个对象，但是他脑子里全是母亲笑眯眯的双眼。

前面路口出了车祸，来往车辆有的慢慢爬行，有的干脆停下来。赵凯乐让的哥下车去查看，他一个人在车里听音乐。他想找《葬礼进行曲》预热下感情，接着独自笑了。他想普天之下没有哪个司机会在行车途中听这个音乐，给自己找晦气的。

不一会儿的哥笑着回来，直摆手。赵凯乐问啥意思，的哥说："我刚听说你要找的那个领导被双规了……"赵凯乐头脑有些空白，他感觉是个玩笑。下车，听了一会儿议论，一屁股坐在那条灌溉渠的岸边，抬头望着太阳，太阳依然笑眯眯的。赵凯乐想起了陈美好，她现在在哪里？"小蝌蚪"还好吗？的哥见他发呆，问，还去吗？赵凯乐说，回去。

　　赵凯乐就回来了，同学们围过来向他要喜糖吃。

　　"吃个屁！都一边儿去！"赵凯乐有些不耐烦了。

　　赵凯乐的妈妈是下午第一节课的时候来的。

　　赵凯乐的娘黑着脸进了教务处的门。凯乐妈妈是有名的"麻辣烫"，钱主任见识过她的厉害，他不敢怠慢，赔着小心，招呼凯乐妈妈坐，凯乐妈说不坐。钱主任客气地递了杯水，凯乐妈说不渴！钱主任笑问她，谁招惹你了，这是？凯乐妈用食指指着钱主任说："就是你！"她气呼呼地质问，为什么给儿子安排那么多课？她拉着长腔，说："我就这么一个儿子，他也是人啊，也要生活，要传宗接代啊……"凯乐娘把相亲未果的责任都归罪到学校了。凯乐娘把一办公室的人都骂跑了。陆雁闻讯来劝她的时候，她一个人正靠在门框上抽泣，陆雁赶紧前去安慰。陆雁想：作为教师，尤其是乡村教师，要生存也要奉献，想想也感觉心疼，更何况一个要急着抱孙子的母亲呢！陆雁送走凯乐娘，已经是大课间活动时间，她不知道赵凯乐现在忙什么，陆雁感觉太阳有些刺眼，她就用手摸了把脸，她这时候才发现自己刚才还流过眼泪。陆雁终于有了一个明确的疑问：多年以来乡村人口大量涌向城市，乡村所有好的东西也似乎抽丝一般慢慢被抽走了，留守儿童问题多，教师结构上年龄老化，知识老化问题也日益凸显。当今农村教育的出路究竟在哪里呢？

第 五 章

1

　　"牵羊羊，卖枣枣"是一个时刻，它也是一个专用名词，广泛流传在每一个学生的口头语里，专指每一天，晚饭前的一节课。整个校园，只有三楼的九年级重点班，还有老师在声嘶力竭地吼，其他所有班基本是放羊式教学，学生不愿学，老师懒得教，大量的题海堆在课桌上，像是老师甩给学生的锅。杨波没力气，也没心情看那一道道故弄玄虚的练习。上课的音乐铃声催魂似的响，是音乐《铃儿响叮当》的旋律，铃声在杨波听来，诉说出的是她的心情，有同学跟着铃声的节奏唱：牵羊羊，卖枣枣，快呀快点跑……半数同学折腰趴在课桌上，从外面进来的同学也没见跑，他们鸭子掉蛋一样，一会儿一个，且懒洋洋地喊报告。这是一节思品课，赵凯乐老师站在讲台上，一个劲儿答应请进，继而请字也省略，最后干脆连进字也省略，只摆头示意。杨波真想跑出教室踢几脚球，本周她是带了足球来的，到现在一脚都没踢。同学们喊完老师好，软绵绵地坐下。杨波问老师，可不可以改上体育课？赵凯乐老师犹豫了好久，同学们一个个瞪大眼睛，看着老师的嘴，那个词终于挤出来了，教室一片欢腾，半死的生命突然都活过来了。"小蘑菇"第一个抱了杨波的足球跑出教室。

杨波随大流流出教室，像一片荡漾在水面上的树叶，泊在操场的一角，她空着肚子提不上力气。杨波回头看整个教学楼，一楼是七年级，老师们都站在门口，教室里叽叽喳喳，闹着交响。二楼是八年级，有同学干脆出教室趴在廊檐上。三楼重点班传来老师对答案的声音，普通班一片静寂。老师们在过道里站着聊天。整个学校只有她们班在操场上，杨波的优越感升腾起来，她看见本班的同学们脸上尽显得意神情，心底隐隐有一丝幸福。同学们在操场上疯赶打闹，赵凯乐老师吹哨整队，哨声急急地吹了好几遍，同学们才集中到一起。队总站不直，这也怪不得同学们，因为学校的体育课从来只在课表上，早操都改成了早读，整个学校也只有她们班上过几节体育课，这已经算是不错的了。

赵凯乐嘴里叼着哨子，在队伍前来回踱了几步，不停地打手势，告诉同学们站直，示意大家保持安静，还有同学在交头接耳。他干脆把哨子从嘴里吐出来，说全校师生都在监督你们呢，是不是想回教室上课？大家立马安静下来，他说："今天教大家几个基本的足球技能……"唉！有同学失落地叹息。赵凯乐意识到，同学们出教室来，只想踢几脚球，并不想学啥技能。他无奈地摇了摇头。他此刻脚下是杨波的足球，那是一个正规的比赛用球，赵凯乐老师就踢了一脚定位球，球挂死角入网。

"你们自己分组对抗吧！"赵凯乐说。

"早就分好了。"孙苡说。

　　赵凯乐挥挥手，然后双手叉腰，低着头往场地边走。他确实不知道，班上早就有两支壁垒分明的球队，也不知道两支球队的恩怨。赵凯乐到了场地边，回头瞬间看到了两个阵营，孙苡和杨波分别组成两支队伍，孙苡站在中线上，脚踩着杨波的足球，两手抱在胸前，挑衅地看着杨波。杨波示意"小蘑菇"过去开球，赵璐大概觉得杨波她们藐视了自己，她让孙苡退下，由她来开球。她们都盯着赵凯乐看，意思是让他裁判。赵凯乐走过来，只好鸣哨开球。赵璐把球传给孙苡，杨波抢断，传给李怡怡，李怡怡传球给"小蘑菇"，赵璐紧逼"小蘑菇"，"小蘑菇"想传球给杨波，杨波又被孙苡防死，刘欣过来帮助赵璐协防，快速抢断成功，传球给孙苡，孙苡早有准备，突然启动，甩掉后卫防守，一路突奔，拔脚怒射破门。教学楼上传来喝彩，杨波回头看见一楼、二楼栏杆上爬满了脑袋。一楼的部分学生不顾老师劝阻，争相往球场跑。杨波本来没打算和孙苡她们争输赢，只想活动下筋骨的，这时又看到孙苡得意的神情，那压在心底的虚荣心瞬间袅袅起来，她觉得有必要认真对待了。这一轮她亲自开球，她示意李怡怡、"小蘑菇"打她们最为拿手的穿插配合，她们三个都有自己的默契队友。中场开球哨响，她们只几脚简单的传球就撕破对方防线，李怡怡抢得头球，破门成功，比分变成一比一。

　　赵凯乐见这球踢得精彩，也来了激情，他拍拍手，哨子吹得更勤了。在接下来的判罚中，赵凯乐不断强调各方保持克制，注意动作规范，因为场上的火药味已经很浓了。操场上围观的同学多起来，很多老师也来观战。教务处领导到广播室的喇叭上喊话，喊无关的班级不要围观别班的体育课。其实教务处并不知道，陆雁班的这节究竟是啥课。赵凯乐心虚，怕学生踢球闹矛盾，把他私自调课的行为弄穿帮了，他吹停了比赛，招呼同学进教室。同学们意犹未尽，一个个赖在外面，像是黄昏时不肯归窝的鸡，在空地上游荡，觅食。赵凯乐如同赶鸡子上架一样，他连哄带骗，恩威并举，总算把同学们邀进了教室的门。"小蘑菇"是最后一个进门的，她刚要进门的时候，赵凯乐把她喊住，谁的上衣忘记在操场边了，赵凯乐要她去拿回来。

衣服是赵璐的，"小蘑菇"进教室后扔给她。赵璐正和同学吹捧孙苡的球技，冷不丁有东西扔来，瞪了"小蘑菇"一眼。"狗咬吕洞宾。""小蘑菇"嘀咕了句。赵璐不屑，说："野孩子，就是缺教养。""小蘑菇"是重组家庭的孩子，最恨别人说她是野孩子，赵璐无疑戳到她的疼处。"小蘑菇"从屁股下拖出凳子，朝赵璐砸去，幸好没砸到人，否则要出人命了。赵凯乐大惊失色，从讲台上奔过来，对着"小蘑菇"一顿吼。"小蘑菇"委屈地看着杨波，她可能希望杨波跟老师解释清楚，可杨波没动嘴，杨波的脑子一片空白，她只能看着"小蘑菇"逃出教室。"小蘑菇"逃出教室门以后，下课铃响了。

晚饭过后，赵璐气冲冲地找杨波，说"小蘑菇"偷了她的手机，要杨波帮忙要回来。杨波说"小蘑菇"绝对不会偷。杨波这个时候才觉察到有一段时间没看见"小蘑菇"了，她没看到"小蘑菇"打饭。杨波赶紧去找，整个校园里没有她的踪影，杨波意识到事情有些不妙，她赶紧找赵凯乐老师，把自己的感觉说出来。赵凯乐安慰杨波，说不会有啥事，她又没和赵璐打架。

杨波让赵凯乐打"小蘑菇"家的电话，问回去了没有。电话那头家长很生气，说没有。赵凯乐让杨波在学校里再找找。杨波找遍了校园，没找到"小蘑菇"，她再一次向赵凯乐来回报，说

"小蘑菇"失踪了，她也没找到班主任。赵凯乐紧张起来，再给家长打电话问讯，"小蘑菇"的爸爸说，吃饭的时候，班上有个同学诬赖说她偷了手机，她跑回来了，过了一会儿就不见了。杨波对电话喊：你们打她了没有？那头说打了。杨波对赵老师说："赵璐赖'小蘑菇'偷了她的手机，'小蘑菇'跑回家，又挨了打，她真的失踪了!"

"我还以为，我批评了她，她斗气逃学呢，原来……"赵凯乐没把话说下去。赵凯乐赶紧打陆雁的电话，不一会儿陆雁来了，她说，必须先找到"小蘑菇"。

陆雁和赵凯乐开始的时候没有把学生失踪的事向学校汇报，他们带着杨波在学校周围一带，"小蘑菇"可能去的地方找了一遍，没有找到人，也没有得到任何消息。

当天晚自习下了，他们才回来。回来以后发现赵璐不在教室。有同学反映，说赵璐害怕了，她害怕"小蘑菇"真出了事她要担责任，她跑回家了。陆雁赶紧给赵璐家长打电话，确认赵璐是否在家。电话是赵璐爸爸接听的，赵璐爸爸说赵璐在家，并且表示愿意帮助学校寻找"小蘑菇"的下落。赵璐爸爸的话提醒了陆雁，她必须得把这个偶然事件汇报给学校领导。

"天大地大，学生安全第一大"，这是余牧扬经常念叨的一句，余牧扬听到陆雁的紧急汇报以后，也慌了，他赶紧和镇派出所取得了联系。在派出所的配合下，他们逐渐扩大范围寻找，找了一夜，又找了一天，都累了，还是没找到"小蘑菇"。寻找范围扩大到了全省，也及时地向全省的公安网监发出了协查请求。

第三天，学校接到网监公安的通知，说根据 QQ 信息记录显示，人可能在湖北恩施的某家网吧里。得到这个消息，杨波很高兴，陆雁和赵凯乐，还有当地派出所民警赶紧往恩施去。陆雁出校门的时候，赵璐拉住班主任的手，说："见到她，就说我要她回来。"赵璐说完就哭了。陆雁只能安慰赵璐，说这不是她的错。自打老师出门以后，赵璐就不断地催促杨波打电话询问情况。时间又过去了一天一夜，班主任说他们在当地公安的帮助下，几乎翻遍所有的网吧，还是没找到。他们正坐在网吧里，筛查"小蘑菇"QQ群，希望能从中找出线索，但是一点线索也没有。班主任的话提醒了杨波，杨波对着电话喊，武汉，吴家山，足球特色学校，那里有一个同学，那个同学不在"小蘑菇"的好友群里。陆雁在电话那头听杨波这样说，把电话挂断了。杨波所说的那个同学，原来是"小蘑菇"最好的一个朋友，由于不同意和她们一起来雁潭镇读书，被"小蘑菇"清理出了朋友圈。就在前几天，"小蘑菇"还在表示后悔呢。

陆雁挂断杨波的电话是急于要去武汉的吴家山中学，他们找到了杨波说的那个同学的家，"小蘑菇"果真跑到那个同学的家里去了。

"小蘑菇"回来了，杨波问她，她说想转学。她跟赵璐争吵过后，回到家，她跟爸爸说了自己的想法，说不想在这个学校读书了，她话没说完，就被爸爸揍了一顿。"小蘑菇"说她真的没偷赵璐的手机，赵老师让她拿赵璐的衣服，她根本没看，也不知道衣服里有手机。赵璐也很后悔，说她坚信她没偷，还劝她说问题会弄清楚的。杨波后来带"小蘑菇"找了班主任几回，让班主任帮忙还"小蘑菇"的清白，班主任劝她们放心，就是没说帮着调查。

学校不准学生带手机进学校，赵璐是走读生，手机是她妈妈的，刚带进学校，就不见了，要不是陆雁打电话，赵璐的爸爸还不知道。杨波刚从班主任的办公室出来，赵璐的爸爸就去了。没过几分钟班主任就喊她、赵璐和"小蘑菇"去见赵璐爸爸。进了班主任的办公室，她们都很紧张。

赵璐爸爸说："手机丢了就丢了，同学之间，不能相互猜忌。"

"小蘑菇"坚定地说："我真的没偷！"

赵璐的爸爸笑说："没人说你偷啊？我知道，是赵璐冤枉了你，我让她给你道歉！"赵璐爸爸的话让杨波都觉得心里暖暖的，她觉得赵璐有个好爸爸，真幸福。班主任这时候对赵璐爸爸说："手机找到了，是别班同学在操场边捡到的。"班主任说完就把手机拿出来，还给了赵璐的爸爸。

2

班主任陆雁送走了赵璐爸爸，她让"小蘑菇"和赵璐先回教室，唯独把杨波留下来。班主任要向她了解"小蘑菇"的情况。班主任跟杨波讲了一段发生在前一段时间的事：

班主任说，她上周值夜班，下晚自习，她提着那个特大号电筒站在操场的跑道上。她看见同学们从楼道里往出口拥。她把教学楼的西头巡查一遍，然后再把楼道的闸门锁上，来到东头。教学楼里一片平静，还听得见麻雀叽叽喳喳的闹声。一楼教室里的灯虽然都熄了，但是被楼前的路灯照着，依然能看清里面的一切，她把每个门都推了推就朝二楼走。

班主任说，她到了二楼，开始用电筒把每个角落都照了个遍，一切正常。她来到三楼，刚转过楼梯，就听到了一声惊叫，她赶紧跑过去，一个身影从阴暗处一闪就不见了。她跑过去用电筒一照，发现地上落下一件红色的风衣，她拿起衣服，闻到衣服上有浓浓的烟草味。衣服分明是女孩子穿的，为什么有烟草味道？陆雁说她当时就想，只要弄清衣服的主人，这一切不就都明白了吗！接着她就锁了楼道的门到政教处去填写记录。在第二天早操前，经政教处查实，这红色的女式风衣竟是她们班殷梅的。班主任说她想了想，觉得不可能。因为殷梅和孙苡都是走读生，晚自习放了以后，殷梅不可能一个人滞留在教学楼上。

班主任说，她觉得这里面很有蹊跷，她要弄个水落石出。她把孙苡找来问，孙苡说殷梅的风衣放在教室里的，晚自习下了之后匆忙回家，把它忘记了。班主任说到这里，停了一下，说后来，风衣事件才有了新发现。

班主任问杨波，你去过实验楼后面的女生厕所吗？杨波说没有，说因为厕所很小，没有路灯，只有大白天的时候才有女生去，她从来没去过。班主任陆雁说她去过，说那天晚自习，她要回宿舍，顺便就绕到了这个厕所去。发现里面有一粒鬼火在闪，她快速地用手电照去，她发现了"小蘑菇"，她正蹲着抽烟。班主任问杨波："小蘑菇"抽烟，你知道吗？杨波低下头。班主任说殷梅的红风衣就是她穿过的，是"小蘑菇"亲口承认的。杨波回答说这个事她知道。班主任说知道了，不早汇报。班主任问杨波，她为啥要学抽烟？

杨波说："她爸爸是个酒鬼、烟鬼，从来都不管她。后妈整天只想拿她出气，还说她从头到脚坏透了！'小蘑菇'郁闷的时候，就从爸爸的烟盒子里捞一根出来，躲着抽，后来就上瘾了。"杨波说她亲眼看见"小蘑菇"的手腕上，有一道道刀子划伤的痕迹……杨波不敢往下说了，她看见班主任好像在战栗，整个身体都在颤抖。班主任说了声，你去吧。杨波看了班主任一眼，小心地退出办公室。

3

"小蘑菇"回到班级以后，赵凯乐心情无缘无故地糟糕。这天大清早，赵凯乐锻炼结束，坐在旗杆下的台阶上正休息，教务处钱主任来找他，说："有专家组到学校观摩，为了推进足球进校园，考察学校，雁潭中学没有打算进首批试点，但还是要应付一下……"钱主任要赵凯乐下午上一节足球观摩课。钱主任和赵凯乐说话的时候，杨波就在旁边，杨波还担心赵凯乐老师推辞，好在他答应了。中午，赵凯乐老师在教学楼前值班——这天是他的安全岗，杨波故意经过他身边，问了声好，正要打听足球课内容，突然听赵凯乐大喊一声，"跑什么跑？"杨波吓了一跳，抬头看见李怡怡正在追一个男同学，一边追一边骂。赵凯乐喊住李怡怡，李怡怡过来，说那个男生欺负"小蘑菇"，杨波问咋欺负的？李怡怡说他喊"小蘑菇"是移民棒子，李怡怡很是不平，把头转向一边。赵凯乐就逗李怡怡，说你这样爱干净，却要和一个邋遢学生闹，不寒碜？李怡怡说，我喜欢，咋啦？赵凯乐也不生气，说不咋啦，你去吧。

杨波拉了李怡怡，示意快走。李怡怡今天又换了一套新衣服。杨波刚洗过碗，手还是湿的，碰到了她的手，李怡怡把手抬起来。杨波看着她那多彩而锐利的指甲，说真的像魔鬼，难怪老师看不惯你。两人回到教室，坐下来。杨波责怪李怡怡破坏了自己的计划，李怡怡问啥计划？杨波就把自己听到的消息告诉她。李怡怡问杨波，体育课真有老师来观摩？杨波说是。李怡怡高兴了，说足球就应该进课堂，电视上都宣传几年了。杨波说是上级来考察的，看能不能足球进校园呢，还听说学校本来不同意，还是班主任好不容易争取来的。李怡怡说，我们都盼，盼到现在，学校要是再这样下去，我跟"小蘑菇"都要转学了。

为了等着给领导上观摩课，赵凯乐硬生生等了一节课考察团领导才来。下午第二节课是吴桂英老师的数学，吴老师很大方，说借给他，不要他还。足球观摩课先在教室上理论，然后再到操场演练，赵凯乐老师是这样安排的。赵凯乐老师讲的是"足球的基本打法"。他疲惫地打开课件，他语速比平时慢了许多。他有一着急就结巴的毛病，今天语速慢反而显得更流畅。他首先把要讲的内容展示出来，重点是"局部战术"。他说围绕这个重点，主要学习"二过一配合"以及"传切配合"。赵凯乐的课件不是老师们经常用的 PPT 课件，是动画课件："撞墙式二过一""交叉掩护二过一""回传反切二过一""斜传直插""直传斜插"等，这些课件还是他参加特长教师培训学习那段时间弄的，他本以为用不着的，现在却派上了用场。足球理论在动画演示下直观地表达出来，这让听课的老师耳目一新。有儿个听课的老师向来都是中国足球的喷子，他们似乎很满意这样的教学，私下嘀咕着，赵凯乐轻描淡写地看了他们一眼，继续讲："控球 8 号，靠近防守队员，突然传球给 9 号，快速穿插防守队员身后，携 10 号回弹球，带球射门……"

下课铃响的时候，听课的老师们还沉浸在赵凯乐的足球局部战术里。赵凯乐总结说："足球意识里，最重要的是团队意识，这个问题,我们下一节课在球场上演练,下课!"

　　休息十分钟后,有课的老师去上自己的课了,没课的老师也来到球场陪专家。站队的时候,杨波发现李怡怡特意换了套名牌运动服,她还刻意把自己的长指甲上涂上了指甲油。杨波笑声问李怡怡,本周带了多少套衣服,李怡怡刚要回答,赵凯乐喊了声立正,眼睛扫过来。清点人数,发现少了个同学,是"小蘑菇"。赵凯乐问李怡怡,李怡怡说她不知道。赵凯乐让李怡怡去教室或者寝室看看,李怡怡说她午饭时候就没见过她人。赵凯乐问班主任知道不?杨波说不知道。赵凯乐就让杨波先维持纪律,他去找班主任。赵凯乐老师正准备离开,同学们都往教学楼顶上看。教学楼顶是网栏封闭的,"小蘑菇"竟钻出网栏,悬坐在楼顶的边沿向同学们招手,她的腿还在高空里摆动着。

　　"她该不会要跳楼吧?"杨波这样想的时候一阵惊恐,她喊"危险,快下来!"同学们惊慌失措,跑着喊着。教学楼里上课的学生和老师们纷纷地跑出教室,操场上乱作一团。

　　"是'小蘑菇'!"李怡怡惊叫一声,往教学楼顶跑。班主任来的时候,很多同学已经都上顶楼了。"小蘑菇,"杨波轻轻地呼唤,好像唯恐声大了惊吓到她,"你,你别乱动。你听我说,你还信任我不?"杨波问。"小蘑菇"使劲地点了点头。杨波说:"你再相信我一回,好不好?"杨波觉得自己是在哭着哀求。李怡怡看准了铁丝网有个破洞,她苗条的身体就机敏地钻过去,新运动装被铁丝挂破了几个大口子。"小蘑菇"发现了李怡怡,她喊了声:"你,别过来!"陆雁老师也没有个准确的判断,她说:"你别冲动,现在是两个人都有危险!……"就在陆雁老师还想再说什么的时候,只见李怡怡迅速地一把抱住"小蘑菇",迅速一个后仰，翻到安全地带。李怡怡勇敢救人只是电光石火的一瞬，就是这一瞬让在场的所有人都心惊肉跳。

是什么原因导致"小蘑菇"要做出如此过激的行动？班主任反复追问，"小蘑菇"就是不说。赵凯乐的课没有继续下去，听课的专家已经走了。杨波想，足球可能永远也进不了这个校园了，杨波想着想着就恨起了"小蘑菇"，她真是太不争气了。

晚上，"小蘑菇"告诉杨波说：昨天请假回家，后妈喝醉了，拿起大棒子打她，爸爸还漠不关心……"小蘑菇"很伤心，杨波对她的怨恨在可怜的情绪里化为乌有了，她必须把"小蘑菇"的情况汇报给老师。杨波对于陆雁老师的尊敬与热爱，准确地说就是从这一次开始的。她把"小蘑菇"的情况汇报给了班主任以后，班主任还专门去了一趟"小蘑菇"的家。班主任回来之后，把"小蘑菇"接到自己的寝室和她一起生活，从此，全班同学对"小蘑菇"开始关怀起来，同学们的关怀里有一丝羡慕、嫉妒，但绝对没有恨，他们都能感觉到"小蘑菇"的幸福，都能具体地感觉到，为什么人们把老师比喻成蜡烛，比喻成人类灵魂的工程师。杨波告诉"小蘑菇"，一定不要辜负老师，一定要听班主任的话，做一个好孩子，否则，太对不起老师的爱了。"小蘑菇"向杨波保证，一定要洗心革面，努力做一个好学生。

第 六 章

1

学校的大喇叭又喊通知了，说晚自习召开会议，要讨论有关工作事宜，让全体教师到会不误。对于会议内容，赵凯乐有预感，似乎与他前几天的监考经历有关。期中考试期间，他被安排去一个村小学监考，回来他和赵校长争吵过一回，他发牢骚说赵校长是官僚主义，尽搞形式主义，教师没有话语权。赵校长不爱听，说话语权是吧，你不是上过一节足球观摩课吗？足球要不要进校园？下个例会，我就给话语权，你就跟老师们说说。关于足球进校园这事，老师们意见不一，赵校长对推进足球进校园也持反对态度。赵凯乐听他说过，老师的工作就是教学，就是备教改复考，学校工作就是检查老师是否完成教学进度，是否把全部精力投入进去，其他都是不务正业。赵凯乐想，赵校长所谓的给他话语权，无非是推卸责任，好给上级有个交代。

赵凯乐回想起前段日子，全镇中小学的期中考试都安排在周

四、周五两天，周六统一改卷，周日休息一天。赵凯乐周四早上去一个村小监考，第一场语文还没考完，赵凯乐就打电话给赵校长，要求换个人去代替他。赵校长以为他病了，问他哪儿不舒服，赵凯乐说不是病了，赵校长一个字没说就挂了电话。赵凯乐和赵校长争吵，已经是周六下午的事。成绩公布以后，各学校陆续有人打电话来质疑，有指责暗中电话联络舞弊的，有指责篡改考试成绩的，有指责进考场、胁迫监考老师的，有举报老师与学生联手舞弊的，也有举报让学生在试卷上做暗号的……赵校长这个时候才想起赵凯乐的那个电话，他喊赵凯乐去校长办，问他前天是咋回事，赵凯乐说，他监考还没到半小时，那个班的语文老师就进考场来了，塞给他一包烟，赵凯乐说着就从兜里掏出那包烟，拍在桌子上，说赃物上缴！赵校长问他当时咋不举报，赵凯乐说我打电话你不接，他反问，老师们啥时候有话语权了？赵校长说他不负责任，他说赵校长是官僚主义……

校园喇叭喊完第三遍，校园归于寂静。赵凯乐往校长办去，要是真叫他发言，他宁愿不要话语权了。赵校长不在，余牧扬在。赵凯乐问余牧扬会议内容，余牧扬说的和赵凯乐想的一样。赵凯乐说："没法说，拿着祖传的鸡笼子不放，学生小鸡似的往里装，学生都没精打采的，我懒得说。"赵凯乐举例说中国教育有两个最辉煌时期：一个是春秋战国时期，一个是五四时期。为什么那两个时期出世纪伟人？没人像我们现在这样偷工减料的！余牧扬点头称赞说他说得很好，他要赵凯乐就这样说。赵凯乐说："这是拿我挡子弹使，你告诉他，我不说。"赵凯乐丢下话，快速离开了校长办。

赵凯乐到会比较迟，教务处钱主任正在跟陆雁校对学生信息。陆雁解释，说五十几人的班级，有九人是离异家庭，这几乎近百分之二十了。钱主任说，其他班一样，有比你的还多呢。大姚老师接过话茬，说现在兴过年搞对象，火线快活，年完了，走人，谁还在乎后遗症呢。大姚是有名的"姚油嘴"，满嘴跑火车，他的话经常很糙，部分男教师起哄笑起来。赵凯乐在一阵快活的笑声里找了个地方坐下。会议开始，赵校长讲话，说有老师抱怨没话语权，今天的会议，就是充分民主，给大家完全的话语权，学校想听听大家对推进足球进校园这件事的看法。赵校长说完，没人搭腔。赵校长引导，说前几天，赵凯乐老师的那节观摩课，上级领导认为很好，评价很高，市局要在全市首先搞四个足球特色学校试点，大家畅所欲言吧！还是没人支应。赵校长看了看赵凯乐，叫声：赵老师？赵凯乐说他没话说。

"足球那么臭，还进校园？草坪得多少钱打理？简直是异想天开！"大姚老师说。殷亚军老师接着说："口琴进校园还差不多，现在是连乒乓球都不能进，台子多贵啊，又占教学的地方，只有口琴最好，书包里一放，自己买来自己用，不要国家一分钱，百把块钱还能吹它百来年，五线谱都不用教，反正音乐是小科，不值钱……"很多老师开心地笑起来。

余牧扬说："我个人以为，特色办学，求同存异。同，就是普遍的教学质量，'异'就是特色文化内涵。一直以来，农村教育不断复制城市的应试教育，我们也该反思，农村教育的目标，功能和方向，是不是出了问题呢？"会场马上沉默。

有老师站起来，说不必讨论，继续复制，不就完了？

老余不同意，问："就算我们的师资和城市一样，这城乡的步调就能一致吗？"

"农村教育问题说一千道一万，还是师资问题，新课标以来，国家对教育，对教师的要求，有了很大的调整，但我们总是跟不上步伐，事实上我们很难和城市同步。"一个老教师说。

吴桂英老师说："孩子天生下来就各有各的出息，不一定非得考重点，做什么人上人！都去坐轿了，那谁来抬轿呢？这家庭也好学校也罢，教育孩子最重要的是品性、忠孝仁义廉耻，一个没品性的孩子即使出息了还不如没出息……"

陆雁很赞同吴桂英老师的观点，说："从一定的程度上，讲感知力培养优于智力培养，感知是艺术的源泉、创造的动力，我们的教育，就应该是感知化的过程……"

教务处钱主任说："近些年来尽管天天喊素质教育，只要高考的指挥棒没变，这考试成绩还是衡量学校办学质量的唯一指标！"赵章学校长敲了桌子，说大家是不是扯远了，现在是讨论我校要不要申报试点学校？

"不要！"一个果断的声音说，"老模式运作简单，大家都习惯了，省心，没必要找麻烦！"

赵校长说，看来今天意见难统一，足球的事以后再议。赵校长看了下手腕上的表，会议不能就这样结束。他看见余牧扬拿了一本教育杂志，就让余牧扬选篇文章读。余牧扬翻开书，说就读这篇吧，《教育的火种在家里》：

"就当下而言，我们倡导新家庭教育观。什么是新的家庭教育观？简单地说就是儿童教育需要浪费时间。我这个想法相信在座的家长都会感到害怕。你们最怕的就是浪费孩子的学习时间，怕耽误了成长，怕孩子输在起跑线上。但是我所说的不是让你们的孩子真正地浪费时间，而是为孩子成长提供一个宽松、自由、

富有张力的成长空间，因为孩子的成长需要闲暇、需要犯傻、需要犯错，要给他们一个自由探索的空间。(有零星的掌声)

"这里就有一个教育的思考：未来时代的教育应该是一个怎样的教育？我们的孩子要面对未来的智能时代，他们必须具备三大能力：敏锐的感受力、深刻的思考力、活泼的创造力！

"我希望，我们的学校教育能和家庭教育一起，发现儿童、捍卫儿童、尊重儿童！当然这里的捍卫和尊重是有前提的，那就是从爱护出发，要有适度的体罚教育，没有适当的体罚，教育是不完整的。有好多次有家长打电话来询问孩子的情况，问孩子欠缺什么，我就开玩笑说他什么都不缺，就缺一点，欠揍！(笑声)

"在此我想向家长谈谈我的四个观念：一是新的家庭教育观需要捍卫家庭的完整；二是需要尊重儿童的权利；三是儿童需要生活教育；四是建立正确的代际关系；五是建设家庭文化，树立新文化观，提高文化自信。新型家庭教育的主要目标是努力实现倡导科学、呼唤真爱、捍卫家庭、崇尚尊重、共同成长、平衡和谐、积极阳光、亲近自然、家校互助、文化自信……"

赵章学校长的眉头早蹙起来了，吴桂英拿一本书抛向余牧扬，余牧扬闷着头，冷不防有东西飞来，抬头看见老婆愤怒的眼睛，他停下来。四目相对，情感复杂，大姚向来是看戏不怕台子高的主，他嚷嚷着叫余牧扬给吴桂英认错，说他不认错，晚上罚他跪搓衣板。老师们哄然大笑。赵校长宣布散会。

2

赵凯乐在例会上一言未发，他其实有很多话想说。余牧扬杂志上读的文章，那些话说到他心里去了，散会以后他很想找人交流，他想到了陆雁。陆雁寝室的门没关，屋内没人，她可能到班上招呼学生去了。赵凯乐看到桌子上有个打开的日记本，笔放在上面，看样子走得匆忙。赵凯乐就把笔记本拿起来看，原来陆雁在写诗。赵凯乐朗诵起来：

我的夜晚，走近你／内心隐秘的故事／挂在树梢／照亮一段／尘世里的路／……

嘿！真不错，赵凯乐赞叹起来，他想，什么样的隐秘故事，竟让她难以忘怀？赵凯乐仿佛看到一个孤独的人，在月亮升起的傍晚，徘徊在林荫道上。他接着往下看另一首诗，这是一首有标题的诗，标题为《一滴水也疼》，他再次朗读起来：

微笑／在一滴水的背面／为这一滴水／走进另一个世界／没有遇到你／也许／当我变成／一滴水的时候／……

赵凯乐走神了，他想起了陈美好，他不自觉地把陆雁和陈美好比较起来。陆雁与陈美好相比更像个诗人，浪漫乐观，也不乏淡淡的忧伤。陈美好呢？更像个教师，一个书卷气息十足的教师，博学沉稳，在平静的表面下有汹涌的心，生活的挫折让她的性格多了一丝悲壮。赵凯乐自惭形秽起来，他太平庸了，他不是天生就平庸的，而是生活，赵凯乐这样想，他对于现状的不满情绪再一次涌上心头。赵凯乐放下日记本，又去翻开陆雁的班务日志，陆雁在班务日志中说，她发现很多学生的问题都是不了解自己造成的，只有让学生了解了自己，才能让他们发扬优点，改正缺点。她提出了个大胆的育导设计：发动家长和老师，帮孩子们在自己身上找优点，培养他们生成优点，克服缺点，一点一滴地培养他们的人格。她说，如果这个活动开展好了，既加强了家校教育的联系，也培养了孩子们成长的自信心。赵凯乐认为她的设想很有创造性，但实施起来阻力肯定不小，学校目前这个现状，就是她想这样去做，也不一定能得到支持，谁信她呢？赵凯乐在陆雁的教育设想中看到了陈美好的影子，他有些莫名的感伤。赵凯乐脑子里满是"一滴水"，他想走进一滴水，进另一个世界，只怕也要等他变成一滴水的时候，他也隐隐地感觉出了一滴水的疼痛。

陆雁回来了，推门发现屋里有人，吓了一跳，喊，是谁？赵凯乐正偷看人家日记，被突然的一声断喝吓得哆嗦了一下，他下意识地回答：是我。他赶紧把陆雁得日记原位置放好。他讪讪地迎过去，说真把人吓到了。陆雁问他哪来的门钥匙，赵凯乐说你门没锁啊。陆雁问他来干什么，赵凯乐说想和她聊聊，陆雁睁大眼睛。赵凯乐赶紧说聊那个，余牧扬读的文章，我觉得好像是我写的。陆雁说管他谁写的，有什么用！她叹了口气，说她很累。赵凯乐知道她这是逐客令，有些失落，他只能告辞离开。

3

赵凯乐有思品课早自习，半夜醒来再也睡不着了。教学楼后面是实验楼，实验楼三层上有一居室，那就是他的寝室，透过寝室的阳台玻璃，刚好能看见教室里的一切。起床铃声响，外面的天还是黑乎乎的，赵凯乐开始洗漱，抬眼望着教室，黑魆魆的，好像不断有人进出，过了一会儿灯亮了，只听见李怡怡嗲气着嗓子喊："哇，这么多玫瑰花儿，真女神耶！大家快来看呀！我班出女神了耶！"在一片叽叽喳喳的声音中，突然冒出个高嗓门儿的男生追问："你知道为什么520用3除不尽吗？"

"因为爱情是容不下小三的!"一个男生的声音。

"错,因为小三是永远除不尽的,哈哈哈!"另一个男生的声音。

"都给我统统滚出去!"是李怡怡的尖叫声。

"干吗呢都?"好像是杨波进去了。

到了自习铃响,赵凯乐进教室的时候,教室里安静了片刻,接着就是一片朗朗的读书声。班上好像什么事情都没发生,唯一不同的是讲桌上有一束鲜花。赵凯乐意识到了什么,他装着不在意,安排了同学们的学习任务。班长杨波从座位上起来,她到讲台前,说老师您能出来一下吗?出了教室门,杨波说,班上有人谈恋爱。赵凯乐问是谁,杨波说她不敢确定,她要老师查下花就知道了。赵凯乐让杨波回到座位上。赵凯乐回到教室,同学们读书的声音停下来了,都睁着眼睛看他。赵凯乐知道那一双双眼神的意思,他没有追查问花是咋回事,问同学们看他干什么,喊了声读书!读书声像雷阵雨一样下起来。

下课了,赵凯乐拿起花,说:"你们以后要给班主任送花,最好送到她寝室里,放在教室,容易产生误会。这一回,我可以代劳。"赵凯乐拿着花出了教室,他径直往班主任陆雁的宿舍去,他知道身后肯定少不了有注视的目光。

4

早饭过后,赵凯乐叫杨波去办公室,说班主任找。在办公室,杨波告诉班主任,早上的花是八年级某个男生送给殷梅的,殷梅昨天过生日,殷梅自己可能知道,也可能不知道,说早读看见殷梅始终低着头。陆雁叫杨波喊殷梅来，殷梅来了，不坐，站着哭。殷梅说那个同学是大姚老师班的，她和那个同学啥事都没有，都是一条街上的，她恨死他了。殷梅怕爸爸殷亚军知道揍他，要老师替她保密。陆雁就劝，她说正常的同学感情，也没啥错，只要你态度端正就行。殷梅见老师没有严厉批评她，离开办公室的时候很高兴。赵凯乐来了，陆雁说学生正处于青春期，需要正确引导，她现在正为这发愁呢。赵凯乐说："我看过你的班务日志，设想很好，可以建议学校建个心理咨询室，或者心灵小屋，这样一来，问题不就解决了？"陆雁惊讶地看着赵凯乐，赵凯乐不知道她啥意思，是怪他偷看了日记呢，还是赞同他的提议，赵凯乐不敢确定，他借口有事，出门走了。

下午，赵凯乐到教务处打卡上班，碰到大姚老师，他问大姚老师，是否知道学生送花的事，大姚问什么花？赵凯乐把早自习的情况说给大姚老师听。赵凯乐建议他重视学生心理健康教育。大姚不屑地说，成材的树不用管，心理健康顶屁用。教导处钱主任帮腔说，学生学习好坏，像跟心理健不健康，关系不大吧？赵凯乐是大姚班的体育老师，他说陆雁老师就重视心理疏导，劝大姚多和陆雁老师交流。大姚说自己班学生心理健康着呢，他就喜欢看别人班的学生心理不健康。赵凯乐觉得再说下去没意思，打完卡，再没与大姚说一句话。

事有凑巧，刚过了一天，教务处失火了，要不是有老师及时发现，灭火，说不定会酿成大祸。"教务处的门从来都是人走门锁，头一回忘锁门了。"钱主任说。老师们都很奇怪，堆在地上的习题演练试卷被烧个精光。教务处没有人吸烟，火是怎么烧的？是人为纵火，一定是学生恶搞，赵凯乐从墙上的一行留言判断出来，墙上歪歪扭扭地写着："洛阳亲友如相问，就说我在写作业。"颇有杀人者某某的挑衅意味。"太猖狂了。"政教处领导说，必须彻查，追责班主任。案情很快查清，是大姚班的一个学困生，他抱怨作业太多，老师督促太紧，偶然进教导处，看到考卷，临时起意，本来只想烧了自己班的，没想到把所有卷子都引燃了。大姚指着学生鼻子骂脏话，直到再也找不出肮脏词语了。还是有老师来看热闹，主要是想拿大姚开心。赵凯乐也来了，他想起前天大姚说的话，也假装劝大姚，他模仿大姚的口气重复他那天的话，还真有几分像，大姚也被他逗乐了。赵凯乐反问大姚："这就是你说的心理健康？"大姚在老师们的哄笑声里，脸涨得通红。

第七章

1

殷梅过生日，大姚老师班男生送鲜花，引起了班级同学热议，殷梅整日提心吊胆，先是怕杨波告黑状，后又担心杨波不帮她保守秘密，让爸爸殷亚军知道，班主任找她谈话之后，她才知道，她误解杨波了。杨波作为班长，已经在班上明确宣布，不准任何人再提及此事，但殷梅还是不安心。直到大姚老师班发生了学生纵火案，杨波再度安慰她，她才彻底放下心。

纵火案发的后一天，杨波经过校门口，发现公路上挤满了人，还拉了一条红线，两边的车辆都靠边停着，有几辆车上装满了大白菜。大部分人杨波认得，是他们移民新村的村民，杨波不知道发生了什么事，站着听了一会儿，原来是村民要求政府处理大白菜。移民搬迁来那会儿，不谙种植，政府见蔬菜行情不错，倡导种大白菜，没想到的是菜丰收了却卖不出去，移民朋友就不干了，闹着索赔、闹着上访……杨波看见班主任陆雁，她一边接电话，一边往校门口来，杨波赶紧离开。杨波回到教室，上完一节课，下课的时候，有同学喊她，说班主任找，要她去办公室一趟。

杨波见到了班主任，才知道爸爸带村民在闹事，杨波在办公室意外碰到爸爸，虚荣心让她觉得脸上有点热烫。爸爸的裤子破裂着，露出了里面的秋裤，还有点瑟缩，有几个移民正跟余牧扬老师说话。班主任看见了杨波的窘态，拉她过去，商量着想通过她，做移民朋友的工作，说政府的事也是学校的事，况且学校是定点的移民学校。杨波明白了老师的意思，虽然班主任并没有强行让她做什么，她就那么站着想，等着接受安排任务。爸爸过来，问了她在学校的一些情况。杨波听懂了大人的谈话，由于学校是移民对口单位，需要完成部分白菜消化任务。南水北调中线工程离雁潭镇也就二十几里地，在雁潭镇的周边都有移民新村。移民问题也就成了雁潭小镇一个社会问题。陆雁老师班移民新生多，任务重，正在协商，班主任想让杨波先动员班上同学，通过家长解决问题，杨波犹犹豫豫半晌，答应试试看。

杨波和班主任一起回到班上，班主任发出倡议，同学们议论纷纷，有同学骂移民棒子事多，有同学表示不要管闲事。班上的移民学生都低头不语，杨波心里非常难过。啪，一声巨响，有人拍桌子，全班同学寻声看去，是殷梅。她把长发往脑后一理，扎头发的丝巾更惹眼，殷梅白里透红的脸有些激动，眼圆、眼大、透亮如火，火光灵秀地说："留点口德吧，别骂人家了，我爸都说了，移民朋友很不易，背井离乡的，谁愿意啊？不就是帮着卖点菜，至于吗？"全班同学都惊呆了，就连孙苡也呆了，孙苡的神情好像说这是殷梅吗？班主任笑着示意殷梅坐下。殷梅坐下的时候，看了杨波一眼，杨波感觉那一眼有感激也有安慰，反正她心底有一种暖暖的感觉。

后来的几天，是一场帮助移民卖白菜的活动，表现最积极的竟然还有孙苡、刘欣。特别是刘欣，她的爸爸仅仅是北方一个煤矿里的矿工，家里还很困难，光景也并不比杨波好到哪里去。杨波曾听班主任说过，幸福的家庭都是相同的，不幸的家庭都有各自的不幸。杨波认为班主任说得真好，她切切实实感受到，自己比刘欣幸运多了。

刘欣的白菜任务多数是赵璐爸爸帮卖的。卖白菜活动结束后的一个晚上，睡梦中杨波被一阵哭泣惊醒，是刘欣还有赵璐、沈雪。刘欣觉得对不起赵璐，内疚地哭。杨波本来是想劝大家的，结果劝着劝着大家都哭起来。她替刘欣难过，同时内心也极度愧疚。她想到了自己从老家带来的那个最珍贵的足球，她决定把足球赠给刘欣。那天夜里，熄灯铃过后，寝室里没人讲小话，也没有人入睡，杨波听得到每一个床铺上都有翻来覆去的声音。夜静悄悄的，只听到平原深处好像有火车碰撞铁轨的声音：哐当、哐当、哐当……卖白菜活动是从第二天开始的，在整个活动中，班级同学给了杨波太多的感动，杨波盘算着如何把这份感动传达给移民父老，她陷入了极度的烦恼当中。

2

大白菜事件后，孙苡与殷梅突然爆发了冷战，两人互相禁言。杨波也看见赵璐、沈雪两边讨好，刘欣整天闷闷不乐。杨波不敢直接问她们，怕孙苡误会。杨波让李怡怡打听，李怡怡说，孙苡本来和我们不睦，她们的事，最好不过问。杨波觉得李怡怡说得有道理，也不去向班主任汇报。仅仅过了一天，孙苡的爷爷来到学校，孙爷爷找到班主任，问孙苡和殷梅闹啥矛盾？陆雁老师回答说没有！孙爷爷说两个人回家不在一路走，饭都各吃各的，话也不说，肯定闹矛盾了。陆雁问孙爷爷殷亚军老师知道不？孙爷爷说他也没问。

陆雁老师问杨波，杨波说不知道。陆雁批评她这个班长是咋当的？同学之间闹矛盾也不过问。陆雁把殷梅喊出教室，一会又把杨波喊出去。原来孙苡和殷梅的矛盾根源还在杨波身上。卖白菜活动后杨波跟殷梅商量过一件事，说想搞个文艺活动，把活动中的感动传达给移民朋友，殷梅很赞成，还给她出主意，说元旦快到了，可以编一台节目，去移民新村演出。两个人商量了几回，都觉得有点难。殷梅回去跟孙苡商量，孙苡认为殷梅先跟杨波商量，是有意回避她，说殷梅投靠了杨波，背叛了自己，两人说不拢了，就相互斗气。陆雁老师听殷梅这样说，很高兴，说这是好主意，有意义，值得去做，还把殷梅表扬了一番。杨波说这事一个班做不了，况且学校不会同意。陆雁老师说，学校方面她去商量，让她们等消息。听班主任这么说，殷梅和杨波都非常兴奋。

学校不同意陆雁老师的建议，说学生的任务就是学习，不能搞这些邪门歪道，况且期末考试临近。陆雁老师把学校的意见说给同学们听，同学们都很沮丧。此前班主任做过殷梅和孙苡的思想工作，还在班上夸过殷梅，学校的意见，分明是打脸班主任了。班主任陆雁还没拿出自己的看法，孙苡抢先站起来，说她们几个不读书了，再去搞这个活动，学校就管不着了吧？陆雁批评她孩子气，让她坐下，说这事她还得跟音乐老师商量一下。

　　同学们没等到班主任的回复，却等到了音乐课。班上好几个星期没上音乐课了，音乐课总被其他主课霸占，殷老师也乐于把音乐课送人，他给同学们的解释每次都一样：不要怪我，我也没辙。但是，这一次音乐老师和往常不同，他做出了个重大决定，音乐课再不送人了，他要帮助同学们利用音乐课排练节目，同学们听殷老师这样说，一片欢呼。

　　殷老师在教务处门口吵架是晚饭后的事情。杨波刚洗过饭盒要往教室去，听到教学楼上有人吵架，殷亚军老师的嗓门很独特，他说镇小，社会问题多，难免会集中校园里来，很多矛盾，能在校园围墙内解决，是好事……杨波喊殷梅，说你爸和人吵架呢，殷梅跑过来，她们一起往教学楼跑。围观的老师、同学渐渐多起来，杨波和殷梅站在外围，看不清状况，只能听。班里的同学几乎都来了，听了一会儿，她们弄清了原因，音乐老师为了音乐课上的表态才和教务处领导争吵的。杨波忍不下去了，她要声援老师，她举起饭盒，用筷子拼命敲。同学们看她敲，都敲起来，锅盆碗筷交响曲，震得满楼响。班主任陆雁刚好来，她觉得同学们行为过激，当即批评杨波，让她带领同学回教室。同学们回到教室议论纷纷，班上原本有不赞成搞演出的同学，听说教务处批评了殷老师，他们态度马上转变，表示一定要支持这个活动。同学们议论了一阵子，教室里也逐渐安静，他们只能等待一个结果。第二天晨会上，学校答应部分班级排练元旦节目，条件是除音乐课外，不能占用正常的教学时间。照学校要求，杨波她们班要想排练节目，甚至演出，只能用晚自习下了以后的课余时间。白天除音乐课，从课表上根本找不出时间，但是同学们还是接受了，因为班主任和殷亚军老师早她们一步答应了学校。

　　杨波兴奋得都快找不到北了，她回了一趟移民新村，把好消息告诉给了每一个乡亲，乡亲们表示热烈欢迎，移民新村的干部让杨波她们放心准备，说村里马上开始筹备演出事宜。杨波想表演个节目，但认为自己没有艺术细胞，不像殷梅，信手拈来，她去向班主任求助，陆雁理解她的心情，说帮她写首诗，让她朗诵，结合朗诵还可以配上舞蹈。班主任很快把诗歌写出来了，诗歌的标题是《白云深处的告别》，杨波很喜欢。学校多年来很少有文艺活动，学校里很多班的同学听到这个消息，个个精神振奋，自愿报名参加，报名参选的节目竟多达六十几个，最后筛选出了二十个，这些节目都是同学们自发组合创作出来的。为了把节目排好，又不能出安全事故，赵凯乐老师也来帮忙了。同学们完成了一天的学习任务，晚自习下了，在赵凯乐的带领下，到镇文化站的排练厅去排练。文化站的排练厅很多年都没使用了，是殷亚军老师暂时借用的。进移民新村开展元旦演出筹备活动，经移民村委会、镇政府的商讨，传进了市政府等上级领导的耳朵，上级领导高度肯定了学校的工作，还表示将给予资金支持，并要求局镇协办，学校承办，一定要把这个活动搞好。学校领导如梦方醒，赶紧答应，表示一定不辜负上级领导重托，不遗余力地把这个工作做好。

　　杨波和她的伙伴经过了反复的排练准备，节目《白云深处的告别》终于成熟了。到了演出这天，天气竟骤然变冷，气温降至零度，学校考虑到杨波她们演出服装很单薄，建议他们这个节目取消。杨波不同意，她急哭了，陆雁第一次看见她哭泣，就试探地问："你们不怕冷吗？我怕把你们冻坏了。"杨波说不怕，她和大家商量过，大家说宁愿冻死也要参加演出。陆雁在她身上轻轻拍了两下，什么也没说。那天演出开始的时候，天空真的飘起了雪花儿，落在脸上有些温润，杨波望着天空，充满了期待。舞台上，余牧扬老师正演唱歌曲《油菜花》，后台能听见热烈的口哨声和呐喊声。

该杨波她们上场了，杨波用眼神征询小伙伴，前台已经报出了下一个节目的名字："请欣赏配舞诗朗诵《白云深处的告别》。"大家唰啦一下就把裹在演出服装外的棉衣脱下来。

她们就像是斗士一般，杨波的心紧绷起来，眼里瞬间噙满泪花。已经起舞，杨波款款上台，她望着西边的天空，那个老家的方向朗诵起来：

告别了，朝夕相伴的白云
我要去远方
不是流浪
而是去履行一个诺言
也许我再也不会回来
但我会永远
铭记一座大山的嘱托
带走一座座山的尊严
……

台下响起热烈的掌声，杨波的心跟随着那掌声的声浪在起伏，那里面有故土的声音。就在谢幕的时候，就坐在台下前排的各级领导涌上舞台，纷纷脱下自己身上的棉衣把她们紧紧地裹在胸前。台下的掌声更热烈了，好像大地也在战栗。"贺新年，进移民新村慰问演出"成功了！

3

庆元旦、进移民新村慰问演出的成功，让杨波成了移民新村里的明星，杨波得到了村民们更多的关怀，她的自信心不知不觉地建立起来。看着奶奶在人们的赞美声里开心地微笑，杨波充满了自豪。《白云深处的告别》感动的不仅是离开故土的人们，更感动了她自己。杨波真想回老家看看，那里毕竟还有亲人。

放寒假的第二天，杨波就搭乘了西去的汽车，她要到郧西姑姑家去了。她的姑姑家就住在火车站旁边。杨波没有把回郧西的真实意图告诉奶奶，她打算趁着假期挣点钱，自己买双足球鞋。孙苡有一双漂亮的足球鞋，孙苡让她试过脚，建议她也买一双。她当时明明很喜欢却说鞋码小了，以后再说。直到殷梅也穿上了同样的鞋，杨波要买双足球鞋的愿望才强烈起来。她穿的也只是一双旧的普通球鞋，还破了个洞。杨波想：她如果想买鞋，家里肯定会给她买的，但绝对不会是价格昂贵的足球鞋。她决心自己挣钱买一双。

杨波曾住在姑姑家，那时候还跟车站旁边的大人们一起卖过开水、熟鸡蛋、方便面什么的。那时他们只在慢车上卖。火车到站了，她们从这头小站上去，下一个小站下来，等反方向的列车来了再卖回来。这一次杨波回郧西，她决定单干，只有单干才挣得多，不用给别人交提留。

杨波从小花钱很仔细。她喜欢把长辈们给她的零花钱积攒起来，然后再化零为整，再把钱换成不同版本的钞票。妈妈出去打工，好几年都没回家了，她经常在夜里，百无聊赖，她把钱拿出来一张张数，钱对于她来说就像是集邮一样有趣。离开郧西的那阵子，她还用老版钞换回了几百元现钞呢，那些钱她都给奶奶了，既然给了奶奶，她就不能再要回来。

她至今都还记得，奶奶接到钱时的惊讶神态，每当回想起那些往事，她就有一种想法：她要自己挣钱上学，减轻家里的负担。回到姑姑家，杨波就开始了自己的挣钱行动。开水是自己烧的，鸡蛋是自己从临近的乡下买的，方便面是从批发市场上进的。姑姑心疼她，开始的时候还陪着她在四等小站的站台上冻了好几天。杨波不上车，只在站台上卖，这样姑姑才放心。腊月二十七这一天，杨波要等最后一列慢车的到来。她打算在这一列火车离开后，年前就再也不叫卖了。小站上提着开水瓶的人跟着火车移动，杨波也跟着大家跑。

慢车上的旅客需要开水的人多，卖开水是用不着抢生意的，只能是抢时间，必须赶在火车开动之前。杨波的开水瓶里剩下最后的一杯水了，就在她跟着车跑动的时候，她看见了一个熟悉的脸，那竟是刘欣。

杨波反应过来，她赶紧跟着车跑，她想弄明白刘欣为什么会在这列车上，她也想把这最后一杯水送给她喝。一个阿姨伸出头来，看样子可能是刘欣的妈妈。杨波没看清楚，不知道是不是刘欣的妈妈，此刻，她只能判断，她只是不明白，她们此刻要干什么去。她只是机械地跟着车跑。杨波喘息着站定，眼看着列车毫不迟疑地朝着落日的方向行进，她的心里犹如听到了一声呼唤，那是刘欣的声音。她琢磨了很久。

4

乡村的元宵夜是沉寂的，雁潭小镇上偶尔的几声爆竹点缀着欢乐的梦。杨波从郧西回来，奶奶告诉她老师来过，说班主任叫她开学后早一点到学校。她猜测了一会儿，看了一会儿晚会也就去睡了。正月十六是春季开学日，照惯例也是外出打工族滞留在家的最后一日。这一天人们要干的最要紧的一件事就是扫墓，他们要把清明节的祭扫提前到这一天，然后才安心地出去打工。天还没亮，镇子四周的旷野上鞭炮就噼里啪啦地炸开了，整个原野的早晨都弥漫着硝烟的气味。河岸边的柳树正要爆芽儿，桃杏李树也试着吐翠。梨树历来是这平原西北角春天的招牌，今年也早早地在枝头积蓄着力量，总之，鲜亮的活色充斥着每个人的眼帘，一切都好像跃跃欲试的样子。

杨波本来起床很早，上学途中她经过镇长途汽车站，一辆客运汽车也刚好出站。她看见一个小女孩提着一个红灯笼，追着汽车跑出百余米追赶汽车。小女孩一边跑一边哭着喊妈妈，她希望妈妈留下来，她的奶奶又在她的后面追。小女孩停下来哭得很伤心，杨波觉得那女孩好像就是另一个自己，她忍不住跑过去抱起那个小女孩。杨波看着汽车拖着一团灰尘远去了，她的心里也一下子落空了，她也想哭，但她不能，她要让小女孩开心地笑。

杨波想起了寒假车站的一幕，她想起了刘欣。东方的太阳已经升上了天空，旷野上祭扫的爆竹声正在掀起高潮，杨波来到学校，见人就问刘欣来了没有，同学们都说没有。

同学们把教室打扫干净了，杨波觉得很内疚，她想到了早晨遇到的那个小女孩手里提着的小红灯笼，就朝街上跑去。杨波买了十个小红灯笼，她要把它送给自己最好的伙伴。同学们用小灯笼装点教室，教室门口挂两个，其他的都挂在教室里。教室里由于有了红灯笼马上就增添了喜洋洋的气氛。刘欣没有来，同学们叽叽喳喳，杨波很失望。她在校门口等待了很久，回到教室才把自己寒假的经历讲给同学听，同学们都惊呆了。

　　杨波问李怡怡："刘欣家是不是出了什么事?"李怡怡说不知道，杨波紧张起来。她想起了孙苁和赵璐，问刘欣为什么没来?孙苁说不太清楚，你问沈雪。沈雪哼唧了半天，说你还是问赵璐吧。杨波就去问赵璐，赵璐看了她一眼，沉默了一会儿好像下定了决心，说："这个，我说了你不能跟别人说啊!"杨波点头。

　　赵璐对着杨波耳朵悄悄地说："她爸爸出矿难，死了!"

　　杨波终于明白了，她觉得嗓子眼里很堵。刘欣不能失学，杨波坚定地想。杨波听说，班主任去了一趟刘家榨，刘欣还是没有回校。同学们都很想刘欣，沈雪说："刘欣是想来学校的，可能是她奶奶正和她妈妈闹矛盾。"杨波想看个究竟，再做努力，她对刘欣的遭遇感同身受，况且刘欣还帮过她，她必须让刘欣回到班里。杨波把班干部召集起来商量，让大家想办法。杨波她们正商量，班主任来了，受同学们的感染，班主任决定和同学们一起，再到刘家榨村家访。

　　刘欣正带着弟弟玩足球，那是杨波送给她的。刘欣一边颠球一边数数，每回数到十就把球从弟弟的头顶颠过去，逗得弟弟咯咯笑，弟弟满地去捡球，捡到了再给姐姐踢。刘欣听到有人喊她，转身看见老师带着一群同学来，激动地跑过去。杨波拥抱了下刘欣，同学们也都争先恐后地和刘欣拥抱。叽叽喳喳的吵闹声把刘欣的奶奶惊出来了，奶奶盯着同学们看，班主任和她招呼，说你看，我又来了。杨波发现刘欣奶奶的脸色在阴晴之间变化着。刘欣奶奶盯着杨波看，问这个就是那个移民同学吧？刘欣老说起她。班主任说是的，她叫杨波。班主任见刘欣奶奶似乎对杨波感兴趣，就把杨波的身世、家庭情况说给她听。班主任说到杨波的爷爷在秦岭山挖煤，遭遇了矿难，杨波看到刘欣的奶奶流出了眼泪，她还把杨波拉到自己的怀里。刘欣的妈妈出来了，班主任示意奶奶屋里说话。

班主任进屋，同学们就在外面带刘欣的弟弟玩足球游戏。足球游戏是"遛猴"，大家围绕一圈，刘欣带着小弟弟在中间拦截不同方向遛来的球。球在圈子内飞来飞去，逗得小弟弟开心地乱叫。班主任进去好一阵子了，杨波进去探听虚实，听刘欣妈妈说钱的事，杨波想到刘欣家的困难，她摸了摸内衣兜，她思考再三，最后还是把钱掏出来，那钱虽然不多，但是那是她的劳动所得。杨波跑过去，把钱塞进刘欣的奶奶手里，说："这钱是我寒假挣的，这也是我们的一点心意。"同学们看见杨波拿出这么多钱来帮刘欣，纷纷翻开自己的兜儿，把买零食的钱全搜出来，塞进刘欣奶奶的怀里，央求说："让刘欣去上学吧！"

刘欣又可以上学了，杨波从刘欣家里出来，抬头看见太阳都是笑眯眯的。走过刘英大桥，杨波说她想唱歌，"小蘑菇"说，那就唱《采蘑菇的小姑娘》吧，同学们一起唱起来，班主任小声跟着哼，突然都回头看着自己的老师，不唱了。陆雁不明白，问看她干啥，同学们说看老师唱歌呀！班主任有些不好意思，说这歌，真好听。

第 八 章

1

学校对新学年中考寄予了厚望，校园的大喇叭整天喊，要紧张起来，紧张起来！信息技术中考刚过去，又迎来体育中考，接下来还有实验技术操作考试，这段时间学校所有工作都围绕中考这个主题展开，决战中考的标语都实时更新了好几回了，全校师生的脸上就是看不到紧张的情绪。这段时间，对余牧扬来说，只差把标语贴在自己身上了。赵校长信心满满，只有他绝对相信，教育质量特别是升学率，今年一定比往年好。余牧扬经常看见老师当着赵校长面抱怨，说他抓教学，是历来最疯狂的。赵校长不生气，好像还很受用。余牧扬太了解赵章学这个人了，功利心重，为达目的不择手段，为了在中考上打个翻身仗，他也是身体力行，带了两个班的课，工作量上他是最重的。他总是以自己为尺度，去衡量每一个老师的工作，到头来，他抱怨老师，老师抱怨他。中考誓师大会这天，赵校长满怀激情发表演讲，希望能激励全校师生，可结果还是喊声大，回声小。原来安排好的各班级挑战，应战发言，各班都应付了事。到了晚上，赵校长可能郁闷了，想起了余牧扬，快快地来找他聊天。太阳有时也会从西边出来，余牧扬想：他可能是太孤独，也可能是疑惑太多。赵章学想不明白，他问余牧扬，当今农村教育究竟怎么了？

余牧扬问："叫我说？"

"你就说。"赵章学很诚恳。

"那我就直说了。"余牧扬说，"我还是以为，办学的核心思想出了问题。乡村该走特色办学之路，突出文化内涵发展；提倡高效课堂，变行政管理为行政服务；改革教学管理模式，打通家庭教育与学校教育的最后一公里；走学校教育促乡村文明，乡村文明服务学校教育的新路……"赵校长说："我让你说，你就一大堆，究竟哪堆是重点？"余牧扬说都是重点。赵校长苦笑着摇头，他想抽烟了，转头看见吴桂英老师在家，把伸进兜里的手抽出来。他站起身告辞，快走到门口时站住了，说明天要出趟门，让余牧扬负责学校工作。赵章学告辞离开了，吴桂英神神秘秘地问余牧扬，说你知道他要干啥去不？余牧扬说不知道。吴桂英笑了，说上武当山。余牧扬问："他去武当山干吗？"吴桂英说："当然是朝圣啊！"

"你扯的是哪儿跟哪儿啊！"余牧扬不信。吴桂英说她才不是瞎扯，吴桂英说："人家为了终身大事，你看，人家都四十几的人了，还单身。前几天，听说有人给介绍了个小寡妇，各方面都挺合适，就是有一点不太合适……"余牧扬来了兴趣，问哪点不合适，吴桂英说："那个小寡妇迷信，这不，明天他们要去武当山求神问卦呢。"听吴桂英这样说，余牧扬想起来了，近一段时间，校门外总有成群结队的大巴经过，车里头不是女人就是老头，大巴停在雁潭镇丰乐观南面的环城公路上，那阵仗浩浩荡荡。余牧扬叹息说："这年头，不问苍生问鬼神！"

两天以后，赵校长回来了，余牧扬并没有从他脸上看出有任何喜气，赵章学一如既往地抓他的中考中心工作。突然有一天，教育局纪检领导来到学校，说有人举报校长搞封建迷信。余牧扬惊骇不已，赶紧给吴桂英老师打电话，问她跟自己说的话还与谁说了？吴老师回答说没跟任何人讲。余牧扬问了好几个老师，都说不知道。余牧扬从老师们的神态判断，确实没有老师知道这事。是谁这么缺德？余牧扬实在想不出。余牧扬反复跟上级领导沟通，说这事可能是个误会。

领导问余牧扬："举报的可能是个学生，不管举报人是谁，有还是没有这件事？"

余牧扬说："肯定没有，肯定是某个学生恶作剧，回头认真核实。"赵校长见余牧扬果断地为自己开脱，态度很坚决，便说没有这事。由于这件事可大可小，领导批评了几句也算过去了。领导走了以后，赵校长耿耿于怀，整日郁郁寡欢，说要调查，不查出来心里不舒服。余牧扬也懒得劝，因为余牧扬知道赵章学的婚事又吹了，他有气是应该的，查一下也没啥不妥。事情很快查明，还真是学生，这个学生不是别人，就是陆雁班的刘欣。刘欣家遭了变故，她的奶奶认为家道不顺，也去武当山请过神，她看见了赵校长。刘欣的奶奶把这事说给了刘欣听，刘欣又就把这事说给同学听，陆雁班的同学本来对学校现状不满，几个同学一商量，就把校长给举报了。赵校长了解到这个结果，心里更不得劲儿，碰到陆雁，鼻子里呼出的气很冲，眼神怪怪的。陆雁跟余牧扬发牢骚，说校长咋这样？她纳了闷了！

2

陆雁再次找余牧扬，是在一个星期以后。各班申报贫困生补助，陆雁班的核定人数被核减一人，这一人恰恰是刘欣。陆雁家访那天，她给刘欣奶奶保证过，现在弄成这个状况，她不仅难堪，工作还很被动。余牧扬说这事不是他审批的，让她去问政教处。陆雁到政教处问，政教处说按照学生比例，她的班级报多了。陆雁说发申报表的时候，没有说按比例申报啊？领导回答："现在说也不迟啊。"陆雁猜测到了学校对刘欣的态度，但是她没有预料到后面发生的事：刘欣举报了校长，然后又救了校长，还得到表彰。

这事还得从余牧扬说起。那天陆雁老师下课，碰到余牧扬去上课，问赵校长为啥看她的眼神有敌视态度，余牧扬一笑了之。余牧扬进教室，刚要开始上课，孙苡举手发问，问班主任为啥不高兴？杨波也举手，问刘欣的贫困补助为啥被取消？刘欣在座位上大声说是报复。同学们瞬间跟着起哄，余牧扬叫大家先好好上课，说同学们的意见他会处理。

课顺利地上完了，事情却没有完。当天半夜，刘欣几个偷偷溜出寝室，开始了她们的报复计划。赵校长住一楼，灯还在亮着，她们绕到后窗下，听到哗哗的流水声，刘欣把手里的砖头砸向窗玻璃。静静的夜晚，发出巨大的声响，惊动了值班的余牧扬，余牧扬去的时候孩子们已经跑了。余牧扬喊几声赵校长，没回声，他只听见水响声。余牧扬打电话，没人接。余牧扬意识到出事了，他喊来安保教师，把赵校长的门撬开，一股浓重的煤气味扑面而来，赵校长被及时送进了医院。赵校长煤气中毒，所幸发现及时，没有生命危险。转危为安的赵校长对余牧扬感谢万分，余牧扬说，要感谢的另有其人。赵校长问是谁，余牧扬说，是陆雁班的同学，叫刘欣。赵校长睁大了眼睛。

陆雁班的刘欣英勇救人的事迹在全校传播开来，事迹叙述版本来自余牧扬，余牧扬在表彰大会上说，刘欣造了老师的谣言，认识了错误，要去给老师道歉，发现老师煤气中毒，急中生智，砸碎玻璃，救了老师……表彰会后，陆雁老师把涉事的同学召集起来开了个会，会议内容不得而知，但有一条消息是明确的，刘欣被取消的贫困补助名额恢复了。

3

煤气中毒事件以后，赵章学校长身体一直不好。余牧扬见他脸色蜡黄，建议他几回，让他注意休息，最好去医院做个检查。赵校长总是说过段时间吧，等中考结束了再说。中考终于结束了，余牧扬再劝，赵校长说，等中考结果出来了再说。中考结果出炉了，雁潭中学中考成绩再次下滑，全市排名比上届下滑了两名，居全市倒数第二。赵校长垮了，赵校长真的住院了。

余牧扬早就知道赵章学有病，不仅在身体上，还在心理上。在他余牧扬的心里，赵章学是一位兢兢业业的好老师，他把毕生的精力都奉献在了教育教学上，他就像是一匹拉磨的驴子，兢兢业业地绕着一个轴转，他的远方永远在一个圆上，但他从不沮丧。从这个意义上说，赵章学的确是一位优秀的教师，但他不是一个合格的校长，这一点，赵章学在那次和余牧扬聊天的时候就承认过。赵章学早就有病，没人比余牧扬清楚。现在的农村中小学教师，工作中不敢得病，就是病了，只要还能在讲台上站稳，你就不能请假。因为你就像是一个萝卜，拔掉了萝卜坑还在，没有多余的萝卜填。

赵章学老师在乡村教书数十年，大大小小的荣誉获得无数。大家都说他应该一生无憾了，但在余牧扬看来，他的人生其实并非无憾，而是大大地有憾。他的遗憾在于他一生未有婚史，根本的原因是他从小身体素质差，整体上一个瘦哩吧唧的猴子形象，最要命的是他不长胡子，很有点太监相。尽管他年轻时也还白白净净过，可就是不招女人喜欢，以至于四十了还是单身。听说他后来也曾订过婚，可恨当时打工潮兴起，女方打工走了以后就再没回来。从那以后，赵章学变得很单纯，他几乎把全部的心血都倾注在了教学上。乡村一年年地变化，学生一代代地成长，然而赵章学老师，除了混个校长的官职，余下的就是年龄的老化，单身生活一切照旧，照旧得有些落伍，落伍得让曾经的同事也不敢去亲近他。

赵校长是突然间住进县医院的，不久他就病退了，他得的是什么病没人知道。老师们纷纷猜测，有人揣测说他遭受不住中考失败的打击，借口养病；也有人说是上级追责，解除了他的职务……总之，众说纷纭。在各种揣测就要归于平静时，又一个传言如炸弹一样在校园里炸开了。那一天起床铃刚响过就听有人喊，喊说谁贴了大字报。大字报贴的满校园都是，内容是说赵校长利用手中的权力和女教师姚耶有不正当的关系。老师们都坚定地相信大字报的内容，因为姚耶本人实在可疑，她一个乡村教学点的代课教师，突然间被调到中学来，任毕业班的班主任，还兼任校出纳。

学校的老师尤其是男老师，都特别关注姚耶的一举一动——事实上，他们从姚耶来到学校的第一天就关注上她了。姚耶刚来学校出现在操场跑道上，她身着粉红的毛呢子短风衣，下穿黑色超短裙（人称包臀裙），长网丝袜，脚蹬红色高跟鞋，两手胸前举过肩膀，好像故意让手上的三枚金戒指在太阳下闪光一样，她扭动着臀，行走在所有人的目光里。

姚耶和赵章学之间的事情现在闹得沸沸扬扬，上级主管部门就来调查，一查查到了钱主任头上，钱主任也不否认，直言大字报就是他贴的。钱主任可是赵校长重用的人，为啥要举报赵校长呢？这还得从中考结束后的另一件事说起。中考结束后的第三天，赵校长挂记着中考成绩，他要到市里去几天，当然他去的时候也带上了姚耶。赵校长临走时把学校全面工作交给了钱主任负责。按理说他赵校长不在，负责全面工作的担子该交给余牧扬才对，可是他没有。钱主任从来没主持过全面工作，心底当然高兴。钱主任这人有个小毛病：遇啥高兴的事总爱喝几杯，校长离开的这天又恰逢他的一个亲戚请客，钱主任一高兴就喝高了。他从亲戚家回来的时候已经是傍晚，他不知咋的就想着给老师开会。老师们都集中在了会议室，说啥呢？他没想好。大概是酒醉心里明吧，他想起了前几天听到的传言，说家庭有困难的教师可以申报救助款，他就让大家先写申请。老师们听说，都很高兴，等到会议结束，申请早写好了。交了申请的老师们一个个满心欢喜地离开会议室。第二天早上有老师上厕所，看见自己写的申请竟请被丢在茅厕里，去问钱主任，钱主任说自己喝多了，不记得发生了什么。这事就荒唐了。赵校长闻讯赶回来，一怒之下解了钱主任的职，而且没商量余地。赵校长根本没考虑自己的把柄还攥在钱主任手里，这个把柄就是姚耶。姚耶与赵校长的事钱主任撞见过，他一直没有声张，这一回面对赵校长的决绝，钱主任选择了报复。赵章学的校长职务很快被罢免了，罢免了职务的赵校长，只好办理了病假手续。余牧扬被任命为新一任中心学校校长，这对余牧扬来说真是个大大的意外。

余牧扬从教育局开会回来，抽时间去了一趟赵章学的老宅子，他想和赵章学谈谈，事实上他很有几天没见到赵章学了。赵章学人很憔悴，他见到余牧扬来很高兴，还约他下馆子，说家里简陋，去馆子里一醉方休。余牧扬推辞说改天吧。余牧扬从赵章学家回来，心情一直是沉沉的，他的内心陷入了极度的痛苦之中，他心里空落得有些难受。

余牧扬后来也被领导找去谈过几次话，领导鼓励他改革，鼓励他把学校办出特色。余牧扬向领导提出要求，希望能完善学校设施，给学校建个足球场，他还希望能给学校多派些年轻的教师。他的前一个要求领导答应得很爽快，后一个要求却没得到立刻回复，余牧扬知道领导的难处。当上了校长的余牧扬没啥得意，反而有一种怪怪的感觉，感觉有力使不上，就像是用力砸在棉花上。转眼就要放假了，余牧扬召开了第一次干部会议，他想听大家说些真话，可就是没人发言，余牧扬只好自说自话，他说："乡村义务教育，三年一循环，一年一总结，三年就像是三个套着的圆圈儿。学校年复一年地画圈儿，老师也年复一年地画圈儿，年年努力着要把圈儿画圆，可是每年都像阿 Q，想努力地把那个圈儿画圆，结果不仅没有画圆，而且还瘪得厉害。"大家都笑。余牧扬鼓励说："学校具体有哪些问题？大家尽管说。"

眼看着要冷场，幸好有陆雁老师站了出来。陆雁以前是校团支部书记，虽然说是个官，但从未履行过权责。她说："我觉得还是传统、体制问题，它才是祸根。现在我们学校有多少管理制度？制度很全面啊！问题是谁管谁？这些年都把谁管住了？原因很简单，这个'管'字就是特权！都去争特权管理权去了，那还有教育公平吗？"陆雁发现大家都盯着她看，她停下来，不说了。

余牧扬说："这教育嘛，老讲素质二字，谁能回答我，这学校里当干部的和当群众的比，哪个素养更高？陆老师说得好，特权管理，对于群众，它仅仅规定了你能干什么，不能干什么！往轻里说它不具备鼓励功能，往重里说它根本不把老师当人看！究竟有没有具备鼓励功能，把老师当人看的制度？"没人回答。余牧扬说："有！那就是来自群众的、智慧的、科学有效的评价制度！这个制度，就是尽量让懂教育的人说了算！"

陆雁质疑说："恐怕，我们的师资力量，跟不上啊！"

余牧扬说："我们也别指望复制什么名校教育模式。赵凯乐都说了，特色办学是唯一出路。赵凯乐还说，当下的农村只有求同存异，求普遍的教学质量，存'异'就是保持自己的特色文化内涵，真正让学生先成人再成才！只有这样才能生存。我同意他的看法。"所有人都睁大眼睛，以为是开玩笑，余牧扬脸色平静，不像是随便说。会议陷入僵局，余牧扬说："根据上级要求，假期师德整顿，自查自纠。什么时候集中，等候通知。散会。"

第 九 章

1

　　杨波怀着多彩的梦踏进雁潭中学的校园，转眼一年时间过去了，她的梦想之花并没有如愿灿烂，反而有点暗淡，失落的情绪时不时地缭缭绕绕，这让她多少有些郁闷。她和孙苡的关系一直没实质性地缓和，校园生活里几乎没有足球运动，她们的足球恩怨也没有再升级，淡淡的一年时光说没就没了，悄然间又到了假期。假期里学校发生了一件大事，余牧扬老师接替了校长职务，杨波听到这个消息，那沉寂了一年的期待又复活了。她隐约地感觉到她的足球梦想又一次斑斓起来。她和同学们一样，太喜欢余牧扬老师了，他们就像是余老师指间的烟卷，在他的细品之间，他不会轻易地掐灭。

　　杨波放假离开学校前，听说学校假期要搞建设，校园维修每个假期都有，但这次不同，要建足球场，这个消息对她来说无疑是久旱逢甘霖。放假迈出校门的时候，她还特意观察了街上的几个同学反应，她们好像也有掩饰不住的激动。杨波还听说，假期里学校要广泛开展家访活动，也就是说班主任肯定还在学校里，杨波打算每天都到学校来，亲自看看足球场地建设了没有。有了这个想法，假日里的杨波每天都要站在门前远眺学校，只要学校方向有任何迹象，她会立刻往学校去。假日作业有一搭没一搭地做，偶然一天早上，门口有运砂石料的大车经过，货车停下来，她询问师傅，师傅说是给中学运的建筑材料。杨波早饭也顾不上吃，揣了两个粑粑往学校跑。杨波跑到学校，孙苡和几个街上的同学早就在学校里了，学校正开展"访万家"活动，段梅正在帮助班主任做统计工作。当时的时间好像是八点半，老师们都在校门口集中。杨波深切地感受到老师们的疑虑，她来到校门口看热闹，余牧扬和赵凯乐两个老师正在谈论。余牧扬老师说："各级领导都非常重视，基础教育长期积累下来的问题，虽然不能通过这种方式解决，但只要不走过场，还是会有收获的。常态化家访，离开我们这么些年，谁没有怀念？"

"是呀，本来是自觉行动，这些年，社会对老师失去信任，责难多，谁还敢家访？"赵凯乐老师感叹。"少了家访工作，并不是说，老师就少了一项工作内容，而事实上无关要紧的工作却愈多了"又一个老师持反面意见。"家访工作丢掉了这多年了，现在重新捡起来做，不仅新鲜，还有怀旧"也有老师感叹。"任务分组已经明确了吧？"余牧扬用眼神扫视大家，没有人作声，余牧扬说："那就出发吧！"老师们纷纷骑上自行车，浩浩荡荡地出发了。杨波顷刻间觉得回到了抗日剧里，抗日剧里的敌后武工队也是如此。

从这一天起，杨波每天必到学校来，她来给班主任做伴，班主任也很高兴。足球场地正在施工，学生食堂饭厅也在改造，机械轰鸣，铁锤叮当，一片繁忙。班主任叮嘱她们不要靠近工地，否则让她们回家。同学们说保证不离班主任半步。刘欣和沈雪没到学校，杨波一直不好意思问孙苡，长期以来孙苡和她心意不合，态度不冷不热。杨波问殷梅，殷梅说她不知道。刘欣家里困难，农活多，还要带弟弟，没有闲工夫，这可以猜到，沈雪则不同，她为啥没来？杨波觉得很奇怪。杨波问殷梅有没有打听，殷梅还没开口，孙苡大咧咧地说，又不是踢球，少了她就不行了？刘欣和沈雪家很近，从学校到她们家，过了刘英大桥就是了，不远。杨波午饭时间没回家吃饭，她去了沈雪家，沈雪的爷爷崴了脚，不能下床，沈雪在家里照顾爷爷呢。爷爷是个种花卖花的老人，有一天出门卖花，被车撞了，所幸只伤了脚。沈雪的爷爷见沈雪的同学来，劝她跟同学去玩，沈雪不同意，说她怕爷爷一个人寂寞。杨波回家吃完饭再回到学校，她把沈雪的情况说给大家听，孙苡很惭愧，要大家凑钱买东西，去看望沈雪的爷爷。班主任知道了，劝大家不忙，说等赵凯乐老师回来了一起去。赵凯乐是个本地熟，班主任原来已经和他约好了，一起去刘欣家家访的，正好也访问一下沈雪家。

赵凯乐老师家访回来了，同学们比陆雁还急，围过去，吵着要去沈雪家。赵凯乐说隔天再去，所有同学都不答应，赵凯乐只好和陆雁一起带同学们往刘英大桥方向去。同学们走上桥，趴在桥栏上往下看，河水异常清澈，从校园外的林荫处流来，仿佛一涌就到了这桥下。

陆雁老师若有所思，她问赵凯乐，说如果把教育比作一条河流，家庭教育是上游，学校教育是下游，上游的水质如果已经污染，水流到下游还能干净吗？赵凯乐没有正面回答，他念道："沧浪之水清兮可以濯我缨兮，沧浪之水浊兮可以濯我足兮。"杨波不懂啥意思，看班主任，班主任在向东张望，整个平原一片碧绿，静默在艳阳之下，平原就像是一片绿叶，太阳就像是一张笑脸。赵凯乐老师给同学们介绍桥，说这座桥之所以叫"刘英大桥"，是为纪念革命先烈刘英，"刘家榨"村的名称也是因为先烈家的榨房产业。刘英早年留学日本追随孙中山先生，他倾尽家产为革命队伍购买枪炮，最后献出了生命。陆雁看了赵凯乐一眼，赵凯乐好像想起了刚才的问题，他问："你说，当代中国基础教育，特别是农村教育，最大的缺憾是什么？"陆雁说："不知道！"赵凯乐哈哈大笑说："对，就叫不知道！"陆雁上下打量着赵凯乐，那意思是：你，没病吧？赵凯乐反而傻了，说："你这怪怪的眼神，搞得我浑身起鸡皮疙瘩！"

　　沈雪的爷爷面容清癯，有一撮花白的胡须，陆雁还买过他的花儿。沈雪的父母是一对聋哑人。沈雪也曾带花到学校，把花放在班里的讲台上，每天自觉浇花，把花搬出去晒太阳。陆雁也曾表扬说，沈雪是一个很有爱心的同学。两个老师带着同学，边聊边走，很快到了沈雪家。沈雪的父母从田间回来了，见老师同学们来了，热情招呼大家进屋。沈雪很感动。赵凯乐悄悄问陆雁："沈雪的爸爸是个聋子，妈妈是个哑巴，一对聋哑人，生活上能配合得默契吗？"陆雁说："这你就不懂了，聋子能读懂哑巴的手语，哑巴能表达出聋子的心声。他们都有一颗热烈的心，你没发现，他们对于沈雪的关爱超过常人家庭吗！"

　　老师和家长交流完要离开了，没想到沈雪出来阻拦了，沈雪要留大家吃饭。她跑到鸡笼旁，抓起一只正在下蛋的鸡。沈雪的爸爸说："你平时见个老鼠都不敢打，还敢杀鸡？"

"我就是要杀！"沈雪见老师们在场不想丢面子，把鸡摁在石头上，她颤抖着手，背过头朝鸡子的颈部砍，偏了，鸡伤了半个脖子飞了。大家忙了好半天才把个半死不活的鸡子抓住，沈雪很沮丧。杨波想，沈雪本来想找个机会表现一下，却把事办砸了。大家离开沈雪家，出了场坝，杨波回头看到沈雪还在发呆，她好像很伤心。

2

杨波隔三岔五地往学校跑，学校里基建速度很缓慢，好像是故意磨蹭，杨波看得都有些着急。班主任陆雁知道她们每一个人的心思，这一天，班主任说带她们到附近的村子转转，大家欢呼雀跃。她们出了校门，一路向北，一个村子一个村子地走。几乎所有的村子都一样，除了偶尔看见几个老人，一律是铁锁守大门，有时候想问路，却看不见一个人影。她们在萧索的村庄之间转着转着就迷了路。

赵璐的爸爸是镇土管所所长，对各村熟悉，接到电话就赶来了。赵璐爸爸把赵璐批评了一顿，说不能这样带着老师同学瞎转悠，出问题就不好了。陆雁也挺后怕的，道了歉，赶紧把同学们带回学校。回到学校，沈雪正在等她们，沈雪看见她们，话没说一句就哭上了。班主任问了半天才弄清，她们家的早玉米给人糟蹋了。沈雪说不清楚，班主任就带同学们又去了她家一趟。原来沈雪家的田是村委会牵头卖给了地瓜商，所谓的地瓜商就是她们村主任。沈雪家嫌赔付的钱少，不卖了，种上了玉米。可村主任家还是把她们家田给毁了，搞青蛙养殖。"强征强卖"，沈雪的爷爷说这是在欺负他们弱势。

杨波一听感觉肺都要炸了，她号召同学们一起来斗争。陆雁觉得事关重大，需要详细了解，通过政府协商解决。她告诉孩子们不要妄动，说她会想办法。接下来几天，陆雁发现孩子们没人来学校，她不知道杨波她们在干什么。陆雁老师不知道，杨波和同学们正忙着策划，帮沈雪家申冤，她们忙着给上级写信。她们投递了诉状以后就一天天等，刚等了几天，没耐心了，她们又约好了去学校找班主任。陆雁利用休息时间，也找过有关部门，有关部门答复都很模糊。陆雁本打算先忙完手头工作，再找有关部门协商这事，没想到杨波她们比她还急。她答应同学们，一定想办法给沈雪家讨个公道。陆雁给她那个当记者的学长打电话，记者明确回复陆雁，说他一定帮忙调查。没过几天，省媒体记者真来了，沈雪家的责任田被强征事件引起广泛关注，相关人员虽然得到处理，但是沈雪家的损失还是没得到及时赔偿。

眼看都快开学了，陆雁再一次带着沈雪去找她们村主任，村主任正在接听电话，杨波听他对着手机喊："又跌了？只两毛了？"似乎有些气馁。村主任对电话说："我还有一大挂车地瓜呢！这回算是亏定了！"村主任回头看见陆雁又带着几个同学来，他挂了电话，商量说："原来打算把地瓜卖了赔偿，你看这样行不？这里剩下一挂车地瓜，就那车！上十万斤呢，你们弄走，能卖多卖少，都是你们的，咋样？"

杨波和沈雪刚才还听到他说地瓜只剩下两毛多钱一斤了，去卖，只怕够个运费就不错。杨波愤愤地盯着班主任看，杨波没想到，老师明明知道是个陷阱，却很爽快地答应了。班主任开始打电话，杨波想：她又要给那个记者打电话了。杨波听电话里的对话，好像对方答应接这车货。地瓜被陆雁老师拉到了学校。老师要帮学生家卖地瓜，这个消息很快在镇子上传开了。谁都知道，近来地瓜根本不值钱，然而除了学校领导和老师，好像全社会都是看热闹的人。事件发生在广泛开展"访万家"活动中，学校认同陆雁老师的做法，安排赵凯乐负责押车交接地瓜。交接地瓜的那天，变天了，刮的是偏北风，杨波和同学们怀着忐忑的心，看着货车上了汉宜公路。天开始下雨了，她和同学们一起回到学校的播音室，不管是好消息还是坏消息，她们只能等待。大约过了一个多小时，同学们忙着装订"访万家"材料，几乎忘记了等待的焦虑，这时候班主任陆雁接到赵凯乐的电话，说地瓜涨价了。同学们都替沈雪高兴，她们把班主任抬起来，抛起来。全市"访万家"活动结束已经临近开学了，雁潭中学老师帮学困学生家庭卖地瓜的故事也在全市范围内传开来。这充满正能量的事件被媒体一宣传，雁潭中学就成了焦点，成了全市活动先进单位。

3

快乐的日子给人的感觉是经不住过的。杨波过了一个不平静的暑假，她只感慨暑假太短促了。新学年又要走进校园了，她的心情和学校的建设一样，已是焕然一新了。又一个新学年，又一个开学日。杨波想：九月一日是一个起点也是一个终点，有多少人，一轮一轮地站在这个点上，接受过成长的考验？杨波站在家的门前瞭望雁潭中学，她想起了一年前入学的那个有雾的早晨，想起了开学第一课，想起了那个冬天的演出，想起了课表革命……一年时光她觉得走完一个圈儿，似乎有了某种不同。今天她又站在这个圈儿的起点上，当然今天的起点已经不是一年前的那个起点了，她要读八年级了。杨波努力地想象着新一年的校园生活，心里的期待如红日冉冉升起，她远远东望，雁潭中学的校园一如既往地在广袤的田野上期待着什么。

李怡怡说她的爸爸开车送她，要杨波一定等她搭乘便车去学校。杨波和李怡怡到学校不是最早的，有很多同学比她们更急切，他们都带着稚嫩而纯真的笑脸，就像是带露的向日葵在校园里招摇。校园各项基建工程已经竣工，校门迎面就是一块广告牌：您已经进入国家级足球特色学校。哦，学校真变了，变成了可以实现她的足球梦想的地方了，杨波有些不相信自己的眼睛。她绕过广告牌，走过两畦对称的花园，两条校道已经硬化，道旁是新栽的广玉兰，这些是以前所没有的。一条校道的尽头便是新建的周转房（为支教生预备的），高耸的楼房下面是一片花园，新栽的树很小心地衬托着楼房的霸气，杨波想起了陆雁老师教过她的两句诗"欲存老盖千年意，觅得霜根数寸载"，杨波想，陆雁老师给她讲解的，大概就是眼前的这种情况吧。另一条校道的尽头是新装修的教学楼，教学楼前面就是崭新的运动场了。红色的塑胶跑道围绕着一块场地，算是绿茵场了，场地上尽管草还没长起来，但由于它的存在，整个校园马上就显得和谐。由于校园刚经过翻修，到处还是一片狼藉。

今年开学第一天的任务就是全校师生共同劳动，劳动任务分配表就贴在教学楼前的广告栏里。教学楼前的人群已经熙熙攘攘了，杨波挤过人流，来看劳动任务分配。班级劳动任务分块，劳动的内容无非是清理垃圾，拖扫地板，擦拭门窗玻璃等等，但同学们热情都很高。劳动开始了，师生们在劳动中有歌声互动，那边的歌声落下这边的歌声就起飞来，拉歌比赛一般。歌声就像是劳动工具，它要擦亮的是一个鲜活的校园，直到把整个校园擦出翡翠的亮色。杨波看见太阳的光线投射在教学楼顶的玻璃上，然后迅速游弋，游弋到校外的镇子上，从一幢楼到另一幢楼，最后跃上了小镇上最高的那座楼盘。随着校园内各个班级的歌声比拼，那富有生命韵律的歌声也从围墙的顶端飘出去，杨波那颗快乐的心也好像飘到了很远。

4

开学第二天大清早，校园宣传栏里一则海报吸引了广大师生来围观。海报内容是学校本周三下午要开展一场师生足球对抗赛。对抗赛双方是学校女子足球队和教师混合编队，目的是活跃校园足球文化氛围。教师代表队说的是由青年男女教师组成，但从名单上看除了赵凯乐、陆雁、余牧扬外都是些中老年教师，女队员也只陆雁老师一个。

杨波看见班主任也来看海报了，赵凯乐老师大约也看见她来了，赵老师见陆雁老师近了，故意发感慨："这乡村的校园不能让它沉寂得久了，否则就是死水一潭。"陆雁老师笑说："那我们就让它多翻几个大浪给大家看看！"赵凯乐说，老师们其实都是热爱体育运动的，有几个还是足球迷，是日益增加的教学负担压弯了他们的腰，等生活的风霜染白了头才猛然觉醒青春不再了！陆雁老师说，其实老师们的内心还残存着那么一股子热，那是奉献精神赖以维系的根本，那股子热是需要唤醒的，只要唤醒了，那病恹恹的躯体就能发出足够的能量。杨波听两个老师对话，似懂非懂，她不想懂，只希望他们聊得开心，为了这个简单的想法，她知趣地跑开了。

海报贴出的当天教师足球队就开始了训练，他们认真的态度感染着足球队的每一个同学。到了星期三下午比赛开始前，杨波把大家召集到一起商量，说："老师年纪都大，能陪我们玩挺不容易的！不要强行拦截。特别是班主任，她带球进攻就让过，也不要让得太明显，只要把赵凯乐老师封死就行了。"

比赛开始以后，女子足球队员统统是站桩防守，她们站在各自的位置上，个个脸色轻松，好像真在做游戏。杨波双手背在身后，只有赵凯乐老师拿球她才把手拿出来，去抢断拦截，完成任务就站着笑看别人。刘欣和赵璐只对付余牧扬老师，甚至拿到球也不分球传递组织进攻，反而和老师玩起"遛猴"游戏。只有殷梅和"小蘑菇"一副认真的态度，她们两个满场奔跑，还时不时喊着沈雪和李怡怡的名字提醒。只要是陆雁带球进攻她们才网开一面，若是别的老师，她们必定严防死守。沈雪和李怡怡还故意失误让陆雁射门，只可惜几次空门陆雁都没射进。场外的笑声和欢呼声也就是在陆雁的几次射门后高涨起来。要说这是一场比赛，还不如说是一场娱乐活动。

活动当天就是杨波的生日，杨波在场上已经没有任何压力，她可以尽情地享受足球给她带来的快乐。杨波一边踢球一边想怎么过自己的生日，那次她把自己挣的买球鞋的钱捐给了刘欣，奶奶就把买鞋的钱赔给了她。她的生日礼物就是一双足球鞋，鞋昨天就买好了，本来想穿新鞋上场参加对抗赛的，但最后她还是没舍得穿。陆雁的几次射门射偏之后，杨波发现班主任的足球鞋跟自己的一样破旧。杨波想：晚上就把新球鞋送给老师，反正老师的脚码和自己一样，她也曾偷偷地试过老师的鞋。

晚上，学校各班都安排了各自的活动。杨波问过班主任，问晚上怎样安排？班主任没回答她，她感觉班主任有些神秘，她转而问同学，大家都神秘兮兮的，她很奇怪。到了晚上，杨波抱着新球鞋进教室，教室里的蜡烛亮了，陆雁老师带头唱起了生日歌。杨波很激动，赶紧把鞋拿出来，说："今天我也想送老师一个礼物。"说着就把新足球鞋递给班主任陆雁。

讲台下的同学们凝神静气地盯着讲台，盯着陆雁的脸色。教室里静悄悄，只有廊檐下的麻雀还在叽叽喳喳。杨波把礼物塞给陆雁的时候，同学们看到了老师那惊愕的表情，陆雁嘀咕说："怪了，我今天送你的礼物也是鞋！"她嘀咕完也拿出鞋来，两双鞋摆在一起，一模一样。陆雁抬眼看李怡怡，大家跟随她的眼神望过去，李怡怡赶紧把头埋进了课桌里，原来这两双鞋都是委托李怡怡买的。杨波和老师静默地交换礼物，烛光下两人眼里都闪烁着泪花。不知是谁大喊了一声："吹蜡烛呀！"陆雁和杨波都抢着去吹，她们的头竟然碰到了一起，还发出了一声脆响。哈哈哈，哈哈哈，不知道是谁先笑起来的，紧跟着全班都爆发出一片欢笑声。

5

杨波终于如愿穿上了崭新的足球鞋，她和班主任陆雁老师约定今天同时穿，她是在陆雁的寝室里和老师约定的。当时陆雁叫她去寝室谈心，陆雁想为她申报市"阳光少年"荣誉称号。市妇联和市关工委（关心下一代工作委员会简称）每两年就要在全市范围内开展一次"阳光少年"评选活动。今年的重点是幸福感和获得感，要各镇中心学校推选出一个幸福好少年和一名爱心好教师。陆雁鼓励杨波需要再做些努力，争取得到同学们的认可。老师的鼓励让杨波非常激动，她在激动之余和老师定了个约定。杨波穿着新球鞋走进教室的时候，她听见同学们都在议论。孙苡给同学们抛出一个问题，说拿孔乙己和班主任比，两个究竟谁更渊博？殷梅反问孙苡："如果孔乙己改掉偷窃的毛病，让他当老师教语文，是好呢，还是不好？"

一个男生站起来说："好！假如他当语文老师我就不用查字典了。"

"不好！她不讲卫生！"李怡怡抢着站起来说。

"不好，他太老，不帅还爱装！"另一男生说。同学们大笑。

杨波默默地回到座位，她不敢贸然发言，继续听同学们的议论。接下来同学们的议论就多了，有说喜欢颜值高的，有说喜欢知识渊博的，有说喜欢有爱心的，有说喜欢有包容心的……最后结论是都喜欢像班主任陆雁这样的。

"大家对老师的要求都很高嘛！"班主任陆雁冷不丁进来了，说，"还是评议谁是阳光少年吧！"

孙苡率先站起来说："我有正义感、责任感，这一点连我自己都佩服我自己！"

"班长杨波就没正义感、责任感了？"一个男生不同意。

"我讲卫生，选我吧。"李怡怡说。

"我还有一颗感恩的心呢。"殷梅不屑地说。

"我还有团结协作的精神呢。"赵璐抢着说……同学们纷纷地摆出自己的优点，竟没有一个不好意思的。

　　"小蘑菇"说："一个个卖萌自夸，好意思吗？我看你们的优点杨波身上都有！同意的鼓掌！"说完就自己鼓掌。大家见陆雁鼓掌了也跟着鼓掌。

　　陆雁笑着走上讲台，说："我从杨波同学的身上也看见了自己少年时代的影子。我们那个时代和你们不同，我当学生那阵子，感觉是苦并幸福着，而你们现在，感觉可能是幸福并痛苦着！你们大多同学不知道吃苦的幸福。这次要评选阳光少年，大家可能都想当，这是好事，说明大家都有正确的价值观，但是我们要客观，选出最有代表性的那位同学，你们说是吧？"孙苡站起来，说她就知道老师偏心，向着杨波。孙苡话没说完，全班就一片嘘声，孙苡马上闭嘴，红着脸坐下。班主任陆雁笑着走过来，在她的肩膀上轻轻地拍了几下，一种久违了的幸福感立刻传遍了她的全身。

第 十 章

　　往常学校暑假都安排有毕业班补课，今年没安排，师德整训又安排在开学前二十天。放假了，学校里没几个老师，余牧扬隔三岔五地往市里跑，学校基建项目需要他跑，校领导考核需要他跑，学校教师缺编，更是逼着他跑，他的辛苦只有鲁胖子最清楚。鲁胖子是学校的门房，他不仅胖而且白，他爱穿白夏布背心，胸脯有时露出来，身上的肉一走一哆嗦，因此都叫他"白胖子"。他一般不生气，偶尔生气，脸色就变成了粉红。他人缘不错，是姚耶老师的老舅。姚耶夫妻俩多年来不和睦，她调到中学后没忘记老舅，就把他弄来做伴，他被领导安排守校门。校门朝西，设的是移动电闸门，"白胖子"的任务就是拿着遥控指挥电闸门南北移动。校门口有个收发室，他就住在收发室里，他还经常负责喊个人，接收个邮件快递啥的。他的工作不重，薪酬也低，但这不打紧，他还可以偷偷地卖些零食小吃给学生。学校拒绝垃圾食品的那阵子，他照卖。学生来了，他一个眼色，偷偷收钱，偷偷给货。至于姚耶和赵章学的事，他早就知道，他只是装聋作哑。新学年学校人事多有调整，门卫要换成保安，"白胖子"自然是不合适的。假日里余牧扬每天进出校门都要碰到"白胖子"，"白胖子"满脸都是善意的微笑。余牧扬对"白胖子"有些喜欢，他在校领导协调会上力排众议，晋升"白胖子"为保安。

"白胖子"被晋升为保安后发生了另一件事，这件事恰恰与"白胖子"的外甥女姚耶相关。姚耶放暑假和丈夫闹离婚，暂住在学校。有天深夜，姚耶被一蒙面男子猥亵，她的丈夫因此散布谣言，说那蒙面男就是余牧扬。这本来是无中生有，但要命的是竟然有人信，因为赵校长就曾经和姚耶有染，赵校长是那样，余校长能好到哪里去？议论传到吴桂英老师的耳朵，气得她直跺脚，骂这是啥狗屁逻辑。吴桂英老师坚定相信自己丈夫，她每天都要苦苦辟谣，但凡看见校园里有老师扎堆，她都要凑过去，她希望余牧扬的人品能得到老师们的全部认可。

余牧扬这一天刚从市里回来，"白胖子"的门房前又围了一堆人，老婆吴桂英还在辟谣呢。余牧扬站定休息，有老师就盯着余牧扬看，想验证吴桂英说的是不是真的。大姚老师煞有介事地摸了余牧扬 把，说："哦，将军肚没有了，脸也变得瘦长了，我就不明白了，一个官场上春风得意的人，不胖反瘦，这是什么道理？"殷亚军老师笑说，这是吴老师把他伺候得太好了。大姚听殷亚军开玩笑，就跟着编排了余牧扬两夫妻一个段子：

前段时间，余校长身体有恙，去医院做了检查，回来吴老师问查了啥，余校长说查了肺，医生说肺有点问题。吴老师说，反正你烟瘾小，把烟戒了吧！余校长说戒。吴老师再问，还查了啥，余校长说查了肝，医生说肝不好。吴老师说，那就把酒戒了呗。余校长看了吴老师一眼，说还叫不叫人活了？吴老师说，这不是为你身体好吗！余校长就说戒戒戒！吴老师又问，还查啥了，余校长说，还查了肾，医生说肾不好，要少同房。吴老师急了，说哪个医生瞎说的？不听他的……大伙儿笑开了，老余也跟着笑，老余说："他的辛苦，是看得到的，校舍维修，足球进校园工作筹备，场地建设，新学年教学改革，哪项工作都够他忙的，听说还整夜失眠，人能不瘦吗？"

老余说得没错，自从赵章学校长病休以后，余牧扬接管工作，就没睡过一个安稳觉。教育年终总结会以后，雁潭中学各项工作评估在全市倒数，局长找他谈话，鼓励他，说新时代，要有新作为。他何尝不想有新作为？可乡村教育现状不乐观，历史遗留问题多，他真切感受到自己能力的渺小，他只能答应领导努力工作，至于结果，他不敢保证。他第一回从教育局开会回来，就彻夜不眠。不当家不知柴米贵，这话他是深刻体会到了。没当校长以前，他有很多教育新理念，觉得没话语权，没法实现，现在有话语权了，他才发现，一个小小的校长，话语权是那么微不足道，他唯一能做，而且没有阻力的事，只有一件，那就是废除不合理的课表、时间表，严格按照国家要求去办学，反正教育综合指标在全市已经倒数了，到底了，难不成再挖个洞，低到地缝里不成？况且，废除一张不合理的作息时间表和课表，消除特权制，都是师生呼声最高的事。先把这些好办的办好，至于其他设想，如文化立校、特色办学……说起来容易，落实起来难，处处都是阻力，以后再说了。余牧扬每天夜里满脑子想的，都是这些，他不断地想，不断地失眠，食欲不振，人哪能不瘦？

余牧扬有段时间老做梦，都说日有所思夜有所梦，还真是的。他梦见每个村都有德育辅导中心，家长带着自家孩子在开展德育实践活动。他带着赵凯乐、陆雁、殷亚军，还有老余去指导，完成家校德育对接，看到孩子们学习品质很快地提高，他很高兴。他还梦见了很多优秀的大学毕业生都来雁潭中学当教师了。有一个梦很特别，是关于足球的梦，足球进校园了。蓝蓝的天，绿茵茵的球场，观众人山人海，好像是一场重要的比赛。他梦见孩子们在努力地奔跑，他们都有红彤彤的笑脸。好像有一阵风刮过，他们突然长大了，要去踢世界杯……那天他梦里喊加油，喊醒了自己，他把梦境说给老婆听，吴桂英嘲笑他，说他真是在痴人说梦。

都说梦是虚幻的，有时做个好梦，精神会好上几天。余牧扬做了足球梦以后精神果真好了几天，那几天他爱上了散步。学校里长期住着一个退休男教师，姓马，八十多岁了精神头还很好。马老师一生没上过什么讲台，他正当教书的年轻时光，凭着家族关系，很受领导照顾，当了几年拿补助的领导，混了几年就老了。他一生的最高学历也只有小学六年级，参加工作以后尚不读书——他忙于应酬，也没时间读书，啥特长爱好也没有，退休以后，一天到晚都靠锻炼身体打发日子。这马老师的一个经常习惯，就是站在单元门口满校园看，看有没有走动的闲人，只要他看到谁在散步，他必定匆匆赶过去，一起并排走，估计他的目的也就是想和人说说话，他实在太寂寞了。余牧扬那几天精神好，没吃早餐就到校道上去散步，恰被马老师看见了，马老师就走过去陪他。他们刚走了几步路，被吴桂英看见了，吴桂英就把余牧扬喊了回去。吴桂英数落余牧扬，说这些年累死的很多老师，都是跟马老师散过步的，死的都是上讲台的老师，他一辈子是个混讲台的，光是陪散步就陪死了五六个老师，现在谁都不愿跟他散步了，你倒好………余牧扬笑问她，这是迷信呢还是嫉妒？吴桂英说："反正以后你不能跟他一起散步，除非你不代课，也不操学校的那份闲心！"余牧扬说："当老师哪有不代课的？"吴桂英恼了，问："以前，哪个校长代了课？就你能？地球离开你就不转了？"

说实话，余牧扬当上校长以后，吴桂英老师劝过余牧扬多次，余牧扬给出的理由是他要给年轻人做表率，否则高效课堂难推广。吴桂英老师也就是嘴上逞强，她知道劝也没用，只好把关心余牧扬的身体放在了首位。余牧扬有时夸她，说她比以前贤惠了很多，吴桂英只偷偷地笑。吴桂英说她不是不理解，她说想到以前去世的老师她就怕。以前，余牧扬早餐很马虎，多数时间不吃早餐，现在吴桂英老师逼着他吃豆浆油条、稀饭包子等等，营养早餐在余牧扬起床前就准备好了。余牧扬喜欢吃蒸格子，结婚多年了，两人都忙教学，吴桂英老师有时候比余牧扬还忙，能有一口热乎饭吃就不错了，有几回倒是打算在周日蒸格子吃，但是都被临时补课安排给冲散了。吴桂英老师已经向教务处申请核减了一个班的课，教务处这边减了，政教处那边加了，她新学年要负责全校学生心理卫生工作，这是学校吸取以前教训补缺口的工作，又是余牧扬强调的工作。政教处领导也说："不干，就是不支持校长工作。"吴桂英不能推辞，推辞了，她怕余牧扬晚上又要失眠。

那天晚餐，吴桂英特意为余牧扬蒸了一顿格子，余牧扬感觉到一种久违了的幸福感。那一天夜里，余牧扬没失眠，睡眠很好。余牧扬喜欢吃蒸格子是因为吃蒸格子与他的爱情故事有关联。吴桂英刚入职的时候，美丽是有口皆碑的，不仅年轻英俊的教师追求她，社会上有钱有权的公子哥排队都快有一个加强连了，可她偏看上了一身书生气的余牧扬。余牧扬家穷，第一次拜见岳父岳母，岳父母没看上，吴桂英说："买菜不仅看价格，还要看品相，品相差的大肉是不能跟新鲜的萝卜白菜比的，余牧扬他就是一箢高品位的大白菜。"父母不懂，吴桂英说，萝卜白菜，各有所爱！

吴桂英家就在江汉平原的西北角，余牧扬第一次登门就吃的是格子。准女婿第一次登门，岳父母不大高兴，没有七碟子八碗地招待，只说正赶上家里蒸格子吃。余牧扬看见吴桂英的母亲麻利地洗菜、切肉，烹制配料，菜料搭配，分格子组装，他心底暗暗欢喜，他从小就喜欢吃蒸格子，吃蒸格子的好处就是图个热闹，没有七碟子八碗的讲究，但实惠，大家随意挥舞筷子吃喝，那个吃的自由就显得淋漓尽致。

吴桂英家养有一条狗叫花花，是岳母最宠爱的一条狗，它形态高大、毛色纯白，并且没有其他一点花色，余牧扬也很喜欢。吃格子了，花花亲热地依偎在余牧扬的脚下，并且做出许多亲昵的动作，余牧扬偷偷把许多带肉的骨头都给它享用，花花也似乎知道感恩，从那顿饭后就不肯离开他半步。花花的表现让余牧扬很感触：一条狗都如此聪慧善良，更何况它的主人？余牧扬本来对婚事没抱多大希望，但是因为吃了这顿蒸格子，因为花花，他决定非把吴桂英追到手不可，他不能错过人生中最美好的东西，他开始像别的男人一样，在吴桂英面前献殷勤，这让吴桂英很开心。

余牧扬记得,他第二次去吴桂英家,花花迎接他很远,它跳起来,前腿搭在他的肩头不停地亲吻,好像要把久别的相思一下子全表达出来一样。余牧扬搂着花花,花花也怜惜地看着他,发出快意的轻吟。那一幕,岳母看到了,很欢喜地跟吴桂英说,这狗东西,没经过她,竟先答应了这门亲事。第二次拜见岳父母,没吃格子,丰盛的款待让余牧扬有些失落。那天午后,余牧扬睡意渐浓,刚睡下不久,就被花花的嘶吼声惊醒。余牧扬起床到堂屋,看见花花趴在门槛上对着来人,来人伸左脚它咬左脚,来人伸右脚它咬右脚。来人还是前几天刚见过的亲戚,余牧扬叫了声花花,花花摆了几下尾巴撤离了自己的防守阵地。晚上,余牧扬和吴桂英要回学校了,花花来送行,上车时,它用牙咬住余牧扬的鞋,围观的人们说,这是花花留姑爷呢!车很快开动了,快速地在公路上奔驰,大约经过了两里地,余牧扬抬头朝窗外看,透过车窗玻璃他看到了花花,它正拼命地在汽车旁边奔跑。

那年春节,天气转阴下起了雪,余牧扬第三次去吴桂英家,没看见花花,他问岳母,花花呢?岳母没有回答。那回大家还是聚在一起吃格子,余牧扬在沉闷里吃完了饭,再次追问花花的下落,岳父说:"花花被汽车撞死,你刚才吃的格子里就有它的肉……"余牧扬哇的一声把刚才吃进去的东西全吐了出来,他想吐出花花那洁白的灵魂。也许是他的善良感动了岳父岳母,他们终于答应,尽快把吴桂英嫁给他。

转眼新学年又开学了,余牧扬和吴桂英经常回忆这段往事,说一切像刚发生,他们还没来得及反刍,一晃都老了。吴桂英说她当初那种对教育事业的热情劲,现在好像没有了,就如同不小心丢了一样。余牧扬说,年轻时想干而没干成的事,现在倒是有

122

机会了，可力不从心了。余牧扬吃过饭，坐在条椅上说："这世界在变，不是可能变坏了，而是极有可能变得更好。"吴桂英好像还陷入在回忆的甜蜜里，没有回应。余牧扬随手拿起《国学概论》（章太炎著）翻了几页丢下，又拿起一本《历史的教训》来看，这是他喜欢的两本书。这两本书赵凯乐借阅过，余牧扬就想起了赵凯乐，说赵凯乐可以重用，足球进校园了，还得靠他。余牧扬问吴桂英，该给赵凯乐配个啥职？

吴桂英说，这学校啥都缺，就是有两样不缺，一不缺干部，二不缺麻烦。她建议余牧扬，是不是该给姚耶老师换个学校？说有她在学校就太平不了。余牧扬说他问的是赵凯乐，不是姚耶。吴桂英发牢骚说，尽是拿钱不干事的主，谁都不能换下来，赵凯乐去校长办当个副主任合适。余牧扬问，主任呢？吴桂英说，你心里不是早有人选了吗？余牧扬问谁？吴桂英随口说："不就是陆雁嘛！还明知故问。"

吴桂英收拾完了碗筷，放好了热水喊余牧扬洗澡，余牧扬没听见。吴桂英就过来揪耳朵了，说你这校长的耳朵长能耐了？余牧扬就去洗澡。他洗澡，吴桂英就站在旁边看，那怪异的眼神让余牧扬很不自在。

"你这是干什么？"余牧扬问。

"干什么？姚耶那妖精还在呢！我得把你每个地方都看仔细了，以后要是有哪点不对劲，不都清楚了？"吴桂英笑起来。

"又要熬一个夜晚了！"余牧扬说，"明天学校干部考核，不合格的干部必须免去职务，该转岗的转岗。"他一边说着一边走出浴室。

这时候电话铃响了，一个陌生的电话。电话通了只有歌声，竟然是由余牧扬那苍凉的歌喉发出的歌声："一条大河哟通呀通我家/我家住在哟梁呀梁山下/山下土肥哟地呀地五亩/五亩良田哟油菜花儿……"歌声之后那头就传来了银铃般的笑声。余牧扬听到的歌声，竟然是他曾经慰问移民演出时唱的那首《油菜花儿》。"老师，我是梁霞……"电话那头传来甜甜的声音。他想起来了，那个叫梁霞的同学，总穿着件朴素而干净的小花袄，肩头上还有块菜花色的小补丁，低着头、不协调的马尾巴向上翘在一边，两手老插在衣兜儿里。梁霞，一个曾经被忽略的学生，在这个时候打电话问候老师，这对余牧扬来说不仅有意外的感动，意外的幸福，更重要的是触动了他对教育的思考：我们的教育，究竟还有多少内容被我们忽略了？我们的教科书固然对学生有影响，然而手里拿着教科书的人呢？难道他不也应该是一本健康的书吗？梁霞告诉余牧扬，说她一直珍藏着老师的歌，并且当作手机的铃声……

梁霞的电话问候纯属偶然，但对余牧扬来说，所勾起的不仅仅是油菜花儿般的温情，而是一种似乎失去很久了的油菜花儿般的记忆，记忆里尚有师生纯朴的情感温度在！那金子般的油菜花儿啊，它毕竟还没有凋谢！

第二天早上，余牧扬刚到办公楼，碰见了老余，问老余怎么有空来了，老余说他是践行赌约的。"什么赌约？"余牧扬问。

"你忘记了我当初的话了？是我鼠目寸光，愿赌服输！我明天就在这学校的外面搭个棚子，卖水煮包子！你可要关照着点！"老余笑着说。

余牧扬想起来了，当初他劝老余到雁潭中学来多教两年书，老余说除非他就是校长，说要是他余牧扬能当上中心学校校长，他老余就在学校外开个水煮包子铺。老余是半边户，要是他老婆不种田了，到学校搞个小生意，这对老余的教学工作也是有帮助的。余牧扬说他把这事忙忘了，他说这是好事，随时都可以来。

大约是半个月以后，余牧扬果然见老余在学校的围墙外搭了个简易的棚屋，用废弃的柴油桶搭了个灶，做起了早点生意。他的早点特色食品就是传统的水煮包子。校园的围墙拐角处就是一溜林荫道，石子铺就的路面常常被雨水冲刷得干干净净。老余的饭桌就摆在拐角的路边。那天早上，余牧扬刚洗漱完毕，就听见剁菜声，接着就闻到葱花儿香，那是从老余的早点铺子飘过来的。他意识到他应该去给老余捧个场，就匆匆出门。还是那几张简易的桌子，已经围满了人，要下田劳作的人匆匆地来匆匆地走，学生们也匆匆地来，匆匆地走。等到初升的太阳从树的间隙里洒下一地斑驳的时候，余牧扬才选个地方坐下来，听老余轻轻敲击着空的菜盆子唱起了他最擅长的民歌《幸福歌》："太阳呀一出呀，笑呵呵哎，大家来唱幸福歌哎……"

乡村中学里的老师大多也都是本地人，半边户不多，周末大家都要睡个懒觉，老余就特意煮了一锅带肉馅儿的包子，预备了油泼辣子，价钱公道。老余宣称"这是照顾教师的"。

慢慢地老师们就了解了老余：他做生意不仅用心还用情。他在干活的过程里歌不离口，所以他的包子还有民歌的味道。开学第一个周日，余牧扬看见老余正劈柴，唱着很轻松很好听的调子："哎呀，哎呀！咿呀呀子咿呀嗨！"问他是什么歌，他说是《车水情歌》，余牧扬让老余来一段儿，老余很干脆，说："那我就来段儿！"老余清了下嗓子，唱起来："石榴山上结石榴哎，红豆岭上开红豆哎；山歌多了顺水流，流过了山坡流上楼……"老余的歌引来了大批的人围观。

一个星期后的下午，余牧扬去陆雁班上课，放了段天门民歌《幸福歌》，问同学们："天门民歌可好听?"同学们竟然个个摇头，余牧扬惊讶地想：不是孩子们不喜欢《幸福歌》，而是他们体会不到幸福的含义罢了。

余牧扬受到启发，他立马找到殷亚军老师，让他开办个音乐大课堂，既培养了有音乐天赋的学生，又丰富了校园文化。殷亚军老师面有难色。余牧扬知道殷老师担心什么，他担心教务处那里，教育思想还转变不过来。余牧扬为落实自己想法，破格提拔殷亚军当了教导处副主任。殷亚军当教导处副主任，也有不同的声音，说余牧扬任人唯亲。大姚驳斥说，谁说这话谁就是嫉妒，据他所知，余牧扬并不在乎他的官帽子，在乎的是他的本心，这样的领导他信服。大姚说得对，余牧扬一直在思考着一个问题：如何才能让基础教育植根于乡土文化当中。

第 十 一 章

　　杨波在场地上颠球，几个老师在场地外高谈阔论，杨波颠球的频率慢下来。她听大姚老师说，校舍年年维修，维修费加起来可以建两所新学校了。殷亚军老师说，相对以往，这次是大修，好歹还能看出点新的气象……杨波停止了颠球，不自觉抬头浏览了一眼校园，校园面貌正如殷老师所言，好像有些新的气象。老师们的脸上，疲惫不见了，笑容里洋溢着少有的精气神，很像刚从一场大病里走出来，有种甩掉了病痛的轻松。在这个课外活动时间里，同学们像是在鸡笼里关久了的鸡，笼子打开了，嘎嘎地叫着满地跑着寻觅快乐。杨波开心地想：现在的足球课、音乐课、美术课、信息技术课、实践活动课等等，各种课程已经不再是墙上的摆设了，所有的课程逐一开展，更像是一粒粒新鲜的饲料撒在校园，任凭鸡们去寻觅，一向死寂沉沉的校园，突然间活泛了。杨波在新学年开学典礼之后，感觉心情像是晴朗的天，纯净，高远而辽阔。她认为，校园里只要有了足球，她的快乐就多了一项选择。杨波记得，在新学年开学典礼上，余校长宣布，学校已被确定为足球进校园试点时，所有的同学都热烈鼓掌，她把手都拍红了，那个时刻，她要把自己的渴望拍出来，让别人体会到。每天课外活动时间，杨波都要来球场练球。现在，校园内简陋的足球场地上，满是幸福的同学，他们或带球奔跑，或颠球，或传递射门，三个一群五个一组地闹着笑着，尽管草还在努力地生长着，好像也承载不了他们的快乐，只留下圈圈道道的绿，松软的沙土在奔跑的脚下扬起了阵阵尘烟。杨波听说，足球进校园启动仪式要在雁潭中学举行，学校已经组建了男女足球队，足球女队队员基本都是她的同班同学。"该来的一定会来，面包会有的！"这话是余牧扬老师的口头禅，杨波现在想起来，觉得余牧扬老师好像是个很有远见的人。赵凯乐老师不仅是思品老师，体育老师，同学们更看重的是他的教练身份，也正是他的这个身份，同学们对他更喜爱了。同学们都盼望上体育课，体育课有球踢，赵凯乐老师总是耐心地指导她们。校园的足球场地在早晨是不对全校开放的。从起床到第一节课下，这段时间都是校足球队的训练时间，学校足球队要按时完成当天的训练任务。这时候，跑道上总是少不了足球爱好者，他们认真地观摩着场地内的足球教学，也就是在这样的观摩过程中，全校各班级的足球水平竟然意外地普遍提升了。学校还特意把早晨的这段时间命名为"阳光体育，快乐足球"时间。

"阳光体育，快乐足球"的教育实践，得到了上级领导的高度重视，领导决定在"足球进校园活动"启动仪式上，邀请一支省女子少年足球队前来开展教学交流。学校接到了这个通知，赵凯乐老师就给杨波提出了更高的要求，他拟定了一套训练方案，对所有队员进行了一场广泛测试。经过遴选，杨波、李怡怡、"小蘑菇"顺利通过测试。孙苡、殷梅、刘欣、沈雪也进入球队，赵璐却意外落选了。这个结果是在足球活动课时间里宣布的。赵凯乐老师进教室，宣布入选名单，念到名字的同学一个个站起来，没有赵璐的名字。孙苡站起来，说老师把名单念漏了。赵凯乐老师拿起名单核对，说没有。孙苡问为什么没赵璐的名字？赵凯乐老师明白过来，他笑着说赵璐体能测试有一项不达标，暂时还不能招入队中。孙苡气喘吁吁地捶了一下桌子，坐下。同学们惊讶地看看老师，再看看赵璐，赵璐很委屈。杨波觉得应该站出来为赵璐说话，杨波说："老师，赵璐也只是长跑一项没达标，这是有原因的，不能因一回失误就把她排除在外。"赵凯乐老师问啥原因，杨波说她不方便说。赵凯乐老师说既然不方便，那就先这样定了。杨波坚持说要等班主任来了再定。杨波让殷梅去找班主任，班主任来了，杨波和班主任出去说话。杨波把测试时赵璐来例假的情况说给班主任听，求班主任不要把赵璐排除出球队。杨波回到教室，陆雁把赵凯乐叫出去。赵凯乐回来，先给赵璐道歉，然后宣布赵璐归队，并宣布邀请班主任为助理教练。孙苡没想到杨波会站出来帮忙，她看了杨波一眼，表情比以往任何时候都温和些，杨波舒了口气，感觉也很愉悦。传统的龙头节这一天，教练赵凯乐还专门剃了个头，同学们觉得很新鲜，有说老师帅的，有说样子傻的，杨波问老师为啥把头剃成这样，赵凯乐说他是剃头明志，他会努力把足球训练工作做好。

举行足球启动仪式这一天，杨波起床特别早，她实在睡不着，夜里醒来过几次，看过几次天，觉得天亮得特别慢。她还骂过乡村打鸣的鸡，是不是睡死了，忘记自己的任务了。当第一声鸡鸣回荡在夜空的时候，杨波早就坐在教室里了。鸡叫不久，同学们都来了，大家就围绕足球聊天，一直聊到起床铃响。早自习是班主任的语文，陆雁老师前脚进教室，赵凯乐老师后脚就到，他是来安排同学们做准备工作来的。同学们都没心思学习，听完赵凯乐老师的安排，都积极地冲出教室。

早饭以后，与会代表陆陆续续地到了，雁潭中学校园内彩旗飘扬，运动员进行曲响彻乡野，十里八村的人们纷纷赶来看热闹，雁潭镇昔日的繁华又复活了！开幕仪式上，雁潭中学三百名足球爱好者集体表演了足球啦啦操，教师代表队也向来宾表演了"工间操"。女子足球队代表杨波还向与会代表宣读了"足球运动宣言"，省青少年足球训练中心也宣布在雁潭镇设立足球训练基地。与会代表里还有一位特殊的成功人士，她为学校女子足球队赠送了大量的足球器材，还要亲自观看开幕式上的表演赛。这位成功的女士是受了学校的邀请来的，她就是杨波的妈妈，这个信息杨波并不知道。杨波宣读完"足球运动宣言"，就急忙到镇中心小学的小球场去做比赛准备活动了。中心小学的校园和中学也只隔了一条马路。这边校园里的热闹景象通过声音能听到，只是看不到。尽管如此，每一个队员的训练都很认真，他们当然也很激动，都渴盼着比赛早点到来。

教学比赛是整个活动的最后一项议程。杨波她们出场的时候，学校球场四周已经是人山人海。杨波查看过每一个队员的脸，她找不出一丝的紧张情绪，到这个时候大家反而更镇定，她对着大家开心地笑了笑。队员们先围绕跑道跑了几圈，然后回到绿茵场换上比赛服装，压压腿，带球传球预热，积累着比赛所需的能量，只等那开赛的哨音响起。杨波把大家喊来集中，大家围着赵凯乐站一圈，耐心倾听战术布置。运动场上的喇叭正在和球场外的观众互动，比赛的热度节节攀升。比赛开始了，双方队员上场，相互握手致意，互换队旗后合影留念。喇叭开始介绍双方队员名单，宣布比赛规则，上下半场各30分钟。比赛开始了，先是客队开球，杨波她们当然属于主场，开球以后大家立刻展开了紧张的防守。上半场踢得很沉闷，比分零比零。休息时间赵凯乐老师根据场上的情况重新布置了战术。上场前大家信心满满地喊："加油！"上半场，孙苡有意无意地错过了给杨波传球的机会，以至于杨波忙于无效跑动，在进攻端，整个球队前后有点脱节，漏洞很多，常被对方一脚球洞穿防线，要不是沈雪左推右挡，球门早就失守。赵凯乐严肃地批评了孙苡的态度，就连一向温顺的沈雪也站出来指责孙苡，说她不该把个人恩怨看得比球赛都重要。孙苡羞愧着，情绪有些低落，杨波反而又去安慰她。

下半场，孙苡醒悟，杨波得到了孙苡的更多支持。她屡屡突破，在敌方的门前造成险情。对手毕竟是更专业的球队，开始的时候人家不大重视，可到了后十分钟，整个场面就发生了逆转，门将沈雪的压力越来越大，赵凯乐只好临时做了防守调整。最后五分钟，计时裁判举牌，比赛延长一分钟，这时候场上的比分还是零比零。专业球队在专业球场上踢球惯了，有些不适应简陋的场地，赵凯乐便要求队员充分利用这点。最后还有一分钟的时间，杨波利用场地条件得到了一个绝佳的射门机会，对方的守门员好像正好扭伤了脚踝，杨波站在球前很久，她主动放弃了进攻……场地边响起了雷鸣般的掌声，掌声里杨波不敢抬头，她蹲下去，直到队友围过来。杨波想妈妈了，她有一个习惯，在每次做重大决定的时候都会想妈妈。就在杨波再次抬起头来的时候，她真的看见妈妈了，她就坐在主席台上向她挥手，杨波向主席台奔去。这天杨波收到了一份特殊的礼物，她收到了爸爸的一封悔过信。信是在比赛过后班主任转交给她的，那时候妈妈已经离开了学校。杨波背过身抽出信，爸爸的字迹是那么熟悉：

女儿你好：

我是个不称职的爸爸。在你向妈妈奔去的那一刻我就在场边。我对不起你们母女。足球把你变成了一个阳光的孩子，有志气的孩子，我很激动。可以说足球改变了我女儿，我女儿又改变了我。当我知道你的妈妈，这些年来在外面吃了很多苦，最终获得成功的时候，我很高兴，也很惭愧。尽管我知道自己也不再年轻，但我要努力，只为了我的女儿。

这几年我经历了很多，现在一家人都好好的，这是多么幸运啊！我现在虽然没有勇气再对她说请她原谅的话，但作为一个男人，我必须为女儿重新做人，我不想要她的任何报答。

想当初，如果我不自暴自弃而是坚持到现在，我应该会为自己感到骄傲。可惜，我并没有。我年轻的时候还是很勤快的，读书也很好，这你是知道的，那时是多么快乐啊。我也曾努力奋斗过，我相信有努力就会有好的收获。那时我在教民办，在村头盖了三间小瓦房，我们还开了一间小卖部，一个面粉加工坊，一个豆腐坊。我如果一直努力下去，该有多好！可惜，我并没有。

那一年，我迷上了赌球。渐渐地，我关掉了小卖部，加工坊和豆腐坊，生意也不做了，接着自己也失业了。你出生我也是最后一个知道的，因为我之前并没有关心家里的什么事。现在我没想到，足球给了我灾难，也给了我惊喜，幸福来得如此突然，我

132

想，你以后一定会有出息的。

就在前些日子，有一天你突然问我爱不爱你，我说当然爱啊，哪有父母不爱自己的孩子的。你说如果我真的爱，就该好好爱妈妈，这才是对你最大的爱！你说你在梦里看到妈妈了，妈妈一个人在城市里非常辛苦，你非常心疼妈妈。我的眼泪瞬间流出来，你的话深深地刺在了我的心里。现在我也好好地反思了自己，你说得太对了！你这孩子，什么事情都懂，我意识到，你真的长大了。

你知道，现在，我在亲戚的引荐下，先是应聘到一家公司当保安，在工地上看管建筑材料，每个月一千多块钱。我知道自己属于超龄"破格"录用的，所以更加珍惜来之不易的工作机会。上班不久，那一次你批评我是个光头，形象不好，要注意改正！殊不知，是因为我抽烟喝酒生活不规律造成了头发斑秃，所以才剪了光头。既然你说了，这个形象会影响我的工作，我决心改正，戒烟了，酒也少喝了，找中医调理，争取让头发长出来。不为别的，只为了女儿。我不奢求原谅，只希望你能健康快乐……

杨波爸爸给杨波的信陆雁拿到后拆开看了。当然陆雁看学生的家书不是为了猎奇，不是有意触及学生的隐私，她是班主任，是学生的心理导师，她有权这样做。看得出来，杨波从班主任手中接过那封信的时候，她的内心是淡定的，她当着班主任的面把信抽出来看，情绪渐渐激动，她一定感觉到幸福从来都没有远离她自己。杨波说，她想起了奶奶的话：世界上的父母，没有一个不爱自己儿女的。是啊，杨波一定看到了她妈妈的眼睛，看见了妈妈的信任与期待。

　　收到爸爸的忏悔信以后，杨波获得了极大的幸福感，她决心在以后的日子里，要不断努力，做好同学的表率，不辜负家庭，更不辜负这美好时光。回想新学期快乐的学习时光，杨波还有些意犹未尽。学校成为乡村足球示范学校，她也成为学校足球队的一员，她不仅拥有足球快乐，还能为校争光，这是多么幸福的事啊。那一天书法课，杨波练习毛笔字，从笔记本上抄下一句话：一日懈怠，荒田三亩。她感觉写得还可以，就把它贴在课桌上。那天最后一节课，班主任陆雁老师走进教室，看见教室的黑板上是四个大字：喜大普奔。陆雁问是谁写的，同学们知道是杨波，就是不回答，这四个字要表达的也是全班同学的心情。"喜大普奔"是四个成语的缩写，即"喜闻乐见、大快人心、普天同庆、奔走相告"。陆雁笑了，杨波也笑，笑得很甜，没有人问她们在笑什么。

　　课间，杨波和班主任一道走，碰到大姚老师，杨波说老师好！大姚老师对陆雁说："校园里见了老师，能问好的，一定是你们班的，足球还真有用！"班主任回答："是足球塑造了同学们的人格。"杨波听着，心里就美滋滋的。

　　这周有个特殊的班会，同学们都坐在了自己的座位上等老师，这个班会的重点议程是讨论班训。陆雁老师进教室笑着说："有班训才有行动准则，大家想好了没有？"

　　"义不容辞，同仇敌忾。"一个小男生抢着说。一阵哄堂大笑。

　　"是奋发图强，担当道义吧，衰哥！"是孙苡的声音。李怡怡举手了，大家以为这个救人英雄有更好的词条，只见李怡怡小心地说："团结紧张，严肃活泼。"

　　"唉！"同学们一片叹息。

134

孙苡在纸上很快地划了几笔扔给殷梅，结果扔到了杨波的课桌上，杨波刚拿到就被陆雁喊起来，杨波只好把纸团交给陆雁。陆雁老师看了纸团内容非常高兴，说："很好，就是它了！"班主任回头，在黑板上写下了八个字："团结协作，拼搏进取。"班主任宣布，它就是本班班训，是本班同学的行动纲领。

　　足球班每天都要晨练。杨波这段时间总是提前到，她抢着把训练装备、器材整理好，这一切都被孙苡看在眼里。在孙苡的眼里，杨波是她竞选足球队长的最大对手。到了竞选足球队长的这一天，早自习下，孙苡草草地吃完早餐就往教室跑，她让殷梅暗地里把选票收起来一并填写，因为下午要集中公布民意结果，她有必要再安排下。

　　第一节课恰好是数学课，吴桂英老师早早地站在了教室门口。孙苡了解这个数学老师，她既然早早地来不仅说明教学内容多而且重要，还会说明她一定会拖堂。上课铃声还没响老师就进课堂了，孙苡有些着急。她抬头看殷梅，想给个眼色，可殷梅都没有抬头看她，似乎只在写着什么。吴老师开始的时候以为她在做笔记，但过了一会儿终于发现不对了，她走过去看到殷梅正起劲儿地填选票，就一把抓起来，撕了两下撕不动，索性揉成一团往地上狠狠地一扔。吴老师生气了，脸色潮红。孙苡站起来，她想和老师争辩，但看到老师气成那样，便坐下，趴在课桌上偷偷地笑。

　　这个课堂事件发生的时候，班主任陆雁正在建她的"心灵小屋"。学校原先忽视心理教育，学生心理健康问题多，所以有老师说现在的学生都像神经病。陆雁老师认为，新教育理念实施以来，学校未把心理健康教育纳入教学评价体系，所以心理问题多。她说"心灵小屋"的创建，是学校教育规划里的重要一环，所以很快行动了。杨波按照吴桂英老师的吩咐，把孙苡带到了"心灵小屋"去。孙苡进了"心灵小屋"，显得很不自在。孙苡本来是等待挨训的，等了半天，班主任只说了一句话："你坐下吧，先喝口水。"孙苡坐不住，说："我给吴老师道歉去。"说完就要跑。陆雁把她喊住，悄悄告诉了她一个秘密，还特意交代她如此这般。这天晚自习还是数学课，吴桂英老师走进教室，教室里响起了一片热烈的掌声，随后全班同学在殷梅的带领下唱起了生日快乐歌，吴老师此刻才想起原来今天是自己的生日。当孙苡把一束鲜花送给她的时候，吴老师哽咽了，她说："同学们的胸怀要远比我开阔，该道歉的应该是我自己。"

第 十 二 章

1

陆雁老师和吴桂英老师站在教室门口，她们正谈论孙苡，教务处的殷亚军找来了。殷亚军现在是专门负责教研的教导处副主任，他说："两年一度的青年教师教学大比武活动又要举行了。"他把市教科院下发的通知递给陆雁，问派谁参赛。陆雁没有马上回答。吴桂英老师说："这项活动现在变味儿了，变成教学比美了。"赵凯乐刚好走过来，听到吴老师这样说，就接过话题，说："若是教学比美，也还罢了，起码比完颜值，还有个教学能力，到现在变成了表演，表演的脚本，就不该倾全校之力来打造……"

赵凯乐正说话间，下课铃响了，老余下课走过来，他听到议论，就感叹说："近些年，颜值不高的年轻教师都越来越少，哪里去找颜值高的教师？"殷亚军老师开玩笑说："现在不一样了，有陆雁，高水平，高颜值，这教学比美，自然非她莫属！"殷亚军向赵凯乐挤眼睛。吴老师听殷主任这样说，故意打量陆雁，说："听说你在大学时就爱健美，嗯，这身材，凸凹有致，这白皙的皮肤，亮亮的眼睛，评委不给个高分都不行！"陆雁知道吴桂英老师在拿自己开玩笑，做出了要打的姿态，吴老师象征性地躲了一下，毕竟那扬起的手没有落下来。殷主任把难题交给陆雁就离开了，陆雁拿着通知，像是拿着一个烫手山芋，在两个手上来回倒。作为管教学的副校长，她找不出合适的人，看样子真得亲自出战了。

以往的比武活动陆雁没经历过，如何准备她也不知道。陆雁就向吴桂英老师求助，希望余牧扬能帮她完成这项工作。吴老师答应了，不久，余牧扬就把一帮有经验的语文教师都请来了，大家反复研讨，编写教案，在各班一遍一遍地演练。观摩的老师挑剔再三，甚至连上课的每个动作都要求纠正到位。陆雁有一天表演完，恰碰到赵凯乐，她诉苦说："这演员还真不是好当的！"

赵凯乐鼓励说："教学比武也需要实力，比过之后肯定有好处！"《孙权劝学》这课陆雁演了无数遍，基本上教案都不用了。临近比赛前，赵凯乐的一个主意激发出了陆雁的兴趣。当时赵凯乐说："何不来个彻底的表演？把已经形成的教学过程颠覆一下？"

"怎么颠覆？"陆雁刚开始还没反应过来。赵凯乐提醒，说殷梅同学不是在课间表演过《孙权劝学》，被你撞见过吗？陆雁想起来了，那是课外活动时间，大家看殷梅表演得有滋有味儿，殷梅没有看见她来，还在装着孙权的架势，孙苡给殷梅眨眼睛，殷梅还在摇头晃脑地说："少时读书不用心，不知书内有黄金，早知书内有黄金，高点明灯下苦心呐！"大家哄笑，殷梅回头看见了她，赶紧往座位上跑。当时陆雁也笑了，她对大家说："很好啊，要不大家继续?"同学们当时都有些蒙。据杨波反映，殷梅前面的表演还要更精彩，说《孙权劝学》是有戏剧唱腔的，殷梅刚才就唱了那一段……陆雁想到这里，她赶紧把殷梅找来试了下，效果鲜活多了。全市青年教师教学比武活动如期举行。到了比赛的这一天，陆雁把班级管理交给了班干部，号召同学们管理好自己，陆雁上车，同学们就都围到车前来鼓励老师。陆雁感觉到从来没有过的温暖，她和同学们开玩笑，说:"你们给我的压力太大了，要是我得了倒数第一，你们还会欢迎我吗?"

同学们说:"不管第几，我们都欢迎!"那一刻，陆雁觉得自己的学生是那么的可爱。

陆雁老师参加市里的比赛结果很快传到学校，她以绝对优势获得了第一。当天晚上，同学们早早地在校门口等候，每一个人的脸上都带着幸福的微笑。晚自习本来是语文，陆雁不在，由吴桂英老师上数学。吴老师也很高兴，她组织同学们给班主任召开庆功会，会上吴老师还唱了一首歌，同学们发现数学老师原来是会唱歌的，并且唱得很动听。

参加市教学比武归来的第二天，殷亚军来找陆雁，他不是来道贺的，是来求陆雁帮忙的。陆雁的班紧邻是一个常规班，班主任就是姚耶，她现在还坚守着老模式。现在的雁潭中学，讲究的是百花齐放，你愿意按照老路走，可以，学校也不强求。姚耶总是事情多，没心思研究啥新方法，她认为老方法简单，不用费神费力，事实上她连自己的婚姻生活都懒得琢磨，哪有心思去琢磨课堂教学呢!姚耶老师又请假闹离婚了，殷亚军把姚耶的情况说给陆雁听，说得还挺可怜，目的就是希望陆雁能把姚耶的担子帮着扛几天。陆雁很为难，说怕自己忙不过来。陆雁对这个班早有了解：姚耶采用分层教学，搞法还很逗，亏得她想得出，她把全班形成了三个大组：精英组、平民组、麻将组。精英组自然是守纪好学的一组，平民组自然是想学但资质不够的，那麻将组则尽集中些懒、散、好吃、调皮捣蛋的，他们都是些抄作业或者连作业都懒得抄的学生。懒散的学生中也有聪明伶俐的，只可惜爱泡网吧，上学期就有一个伶俐的同学夜间为了出去上网，把被单撕成条拧成绳，从宿舍三楼往下吊，结果摔断了腿。殷亚军说你先试一试，万一不行我们再想办法。陆雁问能不能先找别人？说全校这样的班没几个，问题大致相同，工作难度也不是太大，她建议搞个家长培训活动啥的，请家长来陪孩子一起上课，这既让家长了解了自己孩子，对教学也是一种督促。殷主任就说这个建议好，换别人怕真不是那么简单！殷亚军说："你不答应，我只能找赵凯乐了，我的能力，也只能叫得动赵凯乐！"陆雁知道殷亚军话里的话，她答应了。陆雁第一次以班主任身份进那个班，是殷主任陪着去的，她宣布废除原来的规矩，教室里竟爆发出暴雨般的掌声。

2

陆雁的教学比武课让评委眼前一亮，没几天，有上级领导来调研，座谈会上，陆雁扯谎说她的课就是常规课，陆雁没想到自己随意的一个谎言给自己带来了麻烦。仅仅过了一周，学校接到市教科院通知，说今年的中考内容要增加经典阅读内容，拟在全市范围内开展"经典诵读活动"，希望雁潭中学能准备一堂有参考价值的观摩课。准备一堂观摩课没问题，但要有价值，有示范意义就难了。

"这个任务还非陆雁老师莫属，全校也就她的班学生思想活跃。"有领导提议。

"这也是她惹的是非，也该她。"另一个领导偏激地说。

"也不能这么说，哪一次难点工作不是她在前边？"赵凯乐提出反驳。

殷亚军感慨："这也是没办法啊，教师青黄不接的，上级安排的工作总不能不搞。"

殷亚军自知不好意思再麻烦陆雁，他把余牧扬校长搬出来，一起去征求意见，余牧扬也希望能利用这个机会，给学校课改开一条路，他们就一起去找陆雁。

赵凯乐刚进办公室和陆雁坐下，见余牧扬来，还跟着个殷亚军，他就知道麻烦来了。几个人刚坐定，刚谈到实验课，赵凯乐就劝陆雁老师放弃。余牧扬鼓励陆雁，说不管价值大小，开心就好！赵凯乐知道余校长说的是心里话，他也一直认为，当老师，累与不累，看的是心情，心情愉悦了，工作负担再重也不觉得累。殷亚军说："这一次和往常不同，你觉得哪样爽就哪样搞。"赵凯乐建议说："最好有家长陪着孩子活动，走出去，去月湖公园，游春赏柳。班上不是有会制作柳哨的吗？就开展制作、吟咏啥的朗诵比赛……"陆雁说："这建议好，主题就叫感受古人的春天！"

教研活动开展的前夜，陆雁失眠了。宿舍楼后面就是小河，河边原本是一片荒凉的乱石岗，她刚来的时候还有几处坟茔在那儿，那儿以前是个垃圾场，一到夏天就散发出刺鼻的恶臭，学校去年才改造成了桂花园，刚好就在陆雁的窗外。陆雁每次失眠就爱靠近窗台坐着，听宿鸟唱唱，听广袤平原上夜的声音，她试图从寂静的夜里听出留守孩子的心声。去年的时候鸟还不是很多，无外乎几只喜鹊、几只鸽子和一群麻雀。可是今春就不一样了。云雀来了，黄鹂鸟来了，百灵来了，画眉来了，布谷也早早地来凑热闹。每天早晨，它们卖弄着各自的歌喉，把属于它们自己的音韵唱给春天，比赛似的，俨然把个桂苑当成了它们的金色大厅，努力地唱出它各自的心声与希望，以至于陆雁觉得春天的早晨好像不是自己醒的，而是被鸟唱醒的。拂晓前下了几滴雨，陆雁早早地就被鸟的热潮惊醒。太阳还没有出来，熹微尚且徘徊在窗棂之间。有鸟在呼唤："云儿！云儿！云儿！"还有催促"赶紧！赶紧"的，也有喊"名片儿！名片儿！"的，也有高呼"发财啊！发财啊"的。陆雁想，它们的歌声尽显乡村富裕后的喜悦，难不成它们也要趁着早春去城市里打工？不然的话那个婉转的腔调也不会呼唤自己的姐妹"云儿"赶紧走呢。接下来的又是什么呢？陆雁又竖起耳朵。她听到鸟唱了几声"梦儿！梦儿！"又听到一只鸟儿用英语喊着："Teacher（老师）！Teacher！Teacher！"哦，该起床了！陆雁赶紧起来洗漱。

活动课的地点定在月湖公园，那是一个留守老人休闲的公园，离学校也就十里地。月湖广场靠近大洪山余脉的林区，旁边是大力兴修水利年月留下的一个大水库。依山傍水，风景优美不说，还有一个很有代表性的农耕文化遗址，即"屈家岭农耕文明"。因此，这风水宝地才被开发商相中，建成了一个休闲度假村。最初，到月湖公园赏玩是要买门票的，价格曾一路飙升，竟也挡不住这乡下人的精神需求。本次教改活动得到了社会广泛关注，公园不仅免费，还提供了多方面的支持。在活动安排上，本校参加活动的师生乘两辆校车前往，外校观摩的领导、老师直接开车去那里集中。活动在上午九点开始，陆雁早把活动方案、实施内容、步骤等材料都交给课代表了，她完全相信学生的组织能力。

　　这次野外活动课教学涉及两个班的学生，陆雁最担心的还是姚耶老师班级的学生，这个班活动课开展得少，经验不足，要是中途出状况会影响整个效果。陆雁把顾虑说给赵凯乐听，赵凯乐说："领导不是说了，哪样开心哪样搞，实验哪有不失败的？"赵凯乐的宽慰让陆雁心情平静了许多，像是春风吹过草地，草平静地依偎着大地，暂时获得了心安，但是那份心安是难以持久的，陆雁明白这个道理。活动正式开始的那一刹那，她的担心又来了，这个担心一直持续到活动的高潮。活动高潮刚过，活动该学生主持了，陆雁正准备喘口气，她注意到一个女生开始不安分，陆雁尽量保持着一种自然的姿态，悄悄靠过去，她看到女孩正在玩弄一枚硬币。那是一枚很特别的币，和任何游戏币不一样。女孩抬起头，陆雁用眼神示意她投入到活动中，那女孩把币很认真地收起来。小女孩的名字陆雁偶然间忘记了，只记得她是姚耶班上精英组的，听说姚耶老师很喜欢她。陆雁从她收币的郑重劲儿判断，这枚币有不寻常的故事。活动课进入了又一个高潮，是个由学生群体主持的环节，陆雁这时的心情才完全轻松起来，活动成功的喜悦已经触手可得了。她干脆猜测起一枚游戏币背后的故事来。实验课很精彩，教学过程实施得很顺利，最后一个环节，主持杨波和同学对陶渊明的诗："春水满四泽，夏云多奇峰；秋月扬明辉，冬岭秀寒松。"有同学对错了第三句，正挨罚，用柳哨吹《渭城曲》……四下的掌声响起，陆雁回过神，也赶紧鼓掌，鼓掌过后她才发现整个活动快结束了，也该她上场做总结了。

"感受春天活动"课后，学校给了陆雁一天的休息时间，陆雁闲下来，她又想起了活动课上的那个女孩，又想起了她玩弄的那枚古怪的游戏币。陆雁翻开作业记录，她查到了那个女孩的名字，她叫诗涵。她利用课间时间去找诗涵，想问一下那枚币的来历。诗涵说那是一枚美德币，是姚耶老师赠送给她的，诗涵说她很珍惜它，用红丝线穿着，经常挂在脖子上的，那天在月湖搞活动，丝线断了，她才把它捏在手里，后来竟弄丢了，可能丢在月湖公园里。诗涵带着哭腔，显然很着急——她不知道陆雁也急，陆雁劝她别急，说放学后带她再去一趟公园，反正又不远。诗涵听她这样说，高兴地进教室上课去了。傍晚，陆雁一个人骑上摩托车，带上诗涵同学往月湖公园去。到了月湖公园，月亮已经冒头了，陆雁停好车，抬头看了眼月亮，她想：月湖的月和千年前是一样的，和名山大川的月是一样的，和王侯将相、寻常百姓家门口的月都是一样的，不一样的只是心情。陆雁带着诗涵满公园寻找，凡是诗涵走过的地方都找遍了，没有。她们找个地方坐下来，慢慢想。广场上打工归来的父母们，也都带着孩子，正愉悦地徜徉，清风拂面，湖水清浅，黄昏后的月湖，有聊天的老人，跳广场舞的大妈，还有孩子们的风筝在天上飞着，欢笑在湖面上荡漾，游船靠岸处，遮蔽了的一角就像是这月湖之夜最美好的港湾。陆雁想，应该问一问游览的人，尤其是孩子。念头一闪而过，她仿佛在明与暗中看见了美德币背后的故事，故事斑驳陆离，像是一地碎梦。远山寺庙响起了晚钟，月湖的水面也应和着粼粼波光，恰似声音将树上的雪一层层震散了，落在湖里，扑簌簌的，然后就消失了。她们逢人就问，都回答说没看见。诗涵很沮丧，一个卖饮料小吃的阿姨推车过来，陆雁给诗涵买了一瓶矿泉水，安慰她，说不急。诗涵告诉陆雁，说这叫美德币，是姚耶老师小时候获得的，姚耶老师作为奖品奖给了她，她竟丢了，怎能不急？看来这枚美德币的故事不在诗涵的身上，更多的内容发生在姚耶老师身上。这时候一个奶奶带着一个男孩走过来，那男孩一边走，一边抛硬币玩，那个奶奶责备他不好好走路。小男孩不再抛硬币了，他端详起硬币来。诗涵喊了声："我的美德币!"话落，人就冲过去抢。小男孩被吓呆了，赶紧往奶奶身后躲。陆雁赶紧过去交涉，她和诗涵两个人词不达意地解释了半天，那个奶奶终于明白了，她让小男孩把美德币还给了诗涵。小男孩问奶奶："她的老师为啥对她那样好呢?"奶奶说："因为她是个乖孩子!"

3

姚耶老师回来了。赵凯乐督促陆雁快去交接班务工作，赵凯乐说："我这叫皇帝不急太监急!"他笑着，慢条斯理地离开了。

陆雁发现，赵凯乐最近说话总爱把最后一个字拉得很长，他还有另一个变化，就是每天早上总是穿一身白色的运动装，一双白球鞋在跑道上跑步，跑步结束了，做几组俯卧撑，然后拉几组单杠动作，最后就在双杠上消磨一段时间。陆雁每天走过操场，总是要朝他望上一眼，看着他手握双杠，两脚一点，上了双杠。赵凯乐从双杠上摔下来的那天，据说姚耶就坐在不远处，那里有一蓬夹竹桃，夹竹桃下有一石凳。姚耶说，她听到学生喝彩，看见赵凯乐双手一滑从双杠上摔下来。陆雁后来经过调查得知，赵凯乐从双杠上摔下来的时候，操场上确实有几个孩子正在踢足球，他们看见赵凯乐掉下双杠，吓呆了，幸好有她在场。姚耶说话的眼神很淡漠，若细心去辨认，你一定会发现那淡漠是装出来的。陆雁没看出来，她一心想象着当时的场景。"赵凯乐只是摔晕了，眼角轻伤。"医生走过来这样说，当着姚耶的面。陆雁看了一眼姚耶老师，她想起了她班上那个女孩的美德币，她决定要和姚耶谈谈。

陆雁和姚耶谈心的时候赵凯乐已经出院了。陆雁并不担心姚耶会抢走赵凯乐，赵凯乐她是抢不去的，陆雁还是想知道那枚美德币的秘密。姚耶见陆雁打听的是这个，轻松地笑了，她就把美德币的秘密告诉了陆雁。

姚耶说那只是一枚古币，是她读高中的时候班主任送的，班主任把它叫美德币。她从小学习就好，对老师也非常崇拜，她之所以勤奋读书是因为心里藏着一个梦想，就是想长大后也能当上老师。可是就在她高中快要毕业的时候母亲患上癌，家里花掉了所有的积蓄，就连老舅的养老钱也花完了，老舅孤苦伶仃一辈子，一直都资助她读书，他也资助不起了……陆雁知道姚耶说的老舅，就是学校门房校工"白胖子"。姚耶接着说，失学前她干了人生第一件错事，她偷了一个同学的生活费。班主任为了调查这笔钱，把全宿舍的女生集中在一起，给每人发一个信封，说每个信封里都有一枚美德币，说要是没拿别人的钱，明天就把信封原封不动地交回，要是拿了，就把钱放进信封，美德币自己留下。姚耶说她向来尊敬那位班主任，班主任肯定早知道钱是她拿的，只不过用这种方式给她自新的机会，她经过了一夜痛苦的思考以后，决定留下美德币，离开校园。

姚耶说，她失学后不久母亲就去世了。她父亲是个老实的农民，没有文化，没有技术，没有手艺，更不谙经商之道，他唯一的长处就是种地。姚耶说她当时跟父亲说，她想到南方打工去，父亲干咳了一阵看了她一眼，没有言语。事实上她父亲早已经患上了严重的什么病，只是不肯去医院检查，终日脸色蜡黄。姚耶说，她也猜想父亲是怕她不在家，万一死了连个收尸的人也没有。

姚耶说，就在她进退两难的时候，恰好市里招考代课老师，她报了名，她以优异的成绩被录取了，接到通知的那天，她的父亲还特意给她做了一顿丰盛的晚餐，在父亲的眼里，好日子似乎不远了。

姚耶说，她被安排在乡村小学任教，她原以为这是美好前景的开始，她并不知自己掉进了一个婚姻的阴谋。那年期中考试刚过，一个学校领导就找她谈心，说要给她介绍对象，说是机关领导的儿子，在某单位当锅炉工，是正式职工……

姚耶一口气说了很多，她停下来，看着陆雁摇头叹息。陆雁问："你答应了？"

姚耶："我说我没见过那个锅炉工，不了解，等以后了解了再说，那位领导当即给出时间，说明天就去了解，一副不容置疑的态度。"姚耶接着说，第二天学校拿掉了她的课，安排她和锅炉工见面。她躲不过，只能硬着头皮去见。

陆雁问："印象不好吗？"

姚耶说："我一眼看出，他就是个渣男。头发谢顶，两眼呆滞着，还色眯眯地笑，鼻毛都从鼻孔里钻出来，还有鼻涕的痕迹，黑乎乎的，挺恶心……"

陆雁说，你不答应就完了。姚耶说她当时没答应，跑了。

陆雁问姚耶，后来呢？姚耶说后来她父亲病了，无钱医治，那领导一家趁她不在家，把她父亲送去住院。陆雁很容易地猜到了，姚耶的父亲肯定没救过来。陆雁感觉鼻子有点酸，她背过头去的时候，姚耶说她父亲去世后，人家还拿出大把收据威胁她，要么还钱，要么嫁人。陆雁不知道姚耶有如此的不幸，一阵同情之后，陆雁也觉得姚耶有点不争气，说："就因为这段不幸婚姻，你破罐子破摔？师德也不顾了？"

姚耶说："我顾师德，谁又顾我了？正是因为我太顾及师德，才没把美德币给扔了，我把它赠给了我的学生，我自信比正人君子强多了！"

陆雁的心感觉一片冰凉，她相信姚耶老师，她是真心喜欢教书这个职业的，要不然她不会报考教师，只不过现实的挤压让她陷入了迷茫而已。陆雁真正开始同情，甚至能够原谅姚耶往昔的一切所作所为了。陆雁甚至想帮助她，但她不知道如何帮。放眼当前，姚耶最需要的是被帮助而不是被唾弃。通过和姚耶老师的谈话，陆雁得到了意外的启发，她似乎看到了姚耶高中时的那个班主任，感受到了那位班主任的教育思想。陆雁想学习他。陆雁觉得德育真的很重要，加强德育，首先要有一个富于温度的评价体系，她决定在班级里创设一个"评价储蓄所"，设计出富有特色的美德币。

和姚耶老师分手以后，陆雁回到了自己的寝室，她开始设计美德币了。陆雁熬了一整夜，设计出四套纸质的"美德币"，就像是另类的人民币，不过面值只有五元和十元，分别代表优和

148

良。美德币共四种颜色：红色"美德币"象征团结友好，乐于协作，上面有"德厚为美"四个字；绿色"美德币"象征文明礼貌，勤奋向上，上面有"才高为美"四个字；橙色"美德币"象征热爱劳动，开朗阳光，上面有"勤劳为美"四个字；粉色"美德币"很梦幻，象征兴趣广泛，出类拔萃，上面有"博学为美"四个字。她任命杨波为"评价储蓄所"所长，号召大家争取赢得"美德币"。

陆雁班流行"美德币"吸引了全校同学的好奇心，没过多久雁潭中学的"美德币"就广泛地推行起来，到了学期期末前，学校还举办了一个"美德币"文化节。

4

2015 年的中考是在一片平和的状态下进行的。没有复习后的总动员，没有考前的誓师会，一切只按程序走，然而这一年的中考成绩不仅比上一年好，而且一跃挺进了全市前茅。中考结束以后，老师们都沉浸在喜悦之中。不久，学校又传来一则喜报，说陆雁被评为"最美乡村女教师"。老师们碰见陆雁都要道声祝贺，他们不仅觉得这个女娃不简单，而且对她产生了由衷的敬重。赵凯乐最开心，他对陆雁说，他都感受到了当教师的获得感和幸福感。陆雁说自己还差得很远，赵凯乐却当着老师们的面，夸赞陆雁当之无愧，说她不仅仪表美，心灵世界更美，美好得如同那月湖公园的月亮。陆雁说："你这人，咋这么肉麻呀！"老师们都开心地笑了。

赵凯乐沉浸在喜悦中，两年一届的全省中学生足球联赛就要开打了，他又要开始忙女子足球队的集训工作了。他忙，陆雁也绝不可能闲下来。很快，学校把训练的各项工作都交给了他和陆雁两个人。赵凯乐和陆雁商量，为了做到心中有数，最好请来专家组来，对足球队进行集体检测，这样方便针对性训练。陆雁说她一定帮忙办到。专家组被请来了，通过检测得出结论：队员球性普遍不错，基本功也扎实，就是缺乏个人特点，建议球队针对球员本身素养分别制定培养目标。

姚耶老师请假的那段时间，陆雁忙不过来。她除了担任两个班的班主任及教学工作外，还要承担女生心理疏导工作。为了提高教学效率，她广泛开展起了高效课堂实验。那段时间，队员们要完成当天的学习任务，还要完成当天的训练任务，回到教室总想躺下，她就鼓励大家把班训念几遍给自己打气。晚上她把队员接到自己的寝室，每人一盆泡脚热水，大家一边泡脚一边听课。这是一种聊天式教学模式，这种教学模式可以说是逼出来的，几天后陆雁发现效果出奇的好。不到半个月，陆雁住进了医院。同学们慌了，赵凯乐也有些慌乱。一个班级就像是一个家庭，当家人病了，全家必然惶惶。为了能让陆雁安心地住院，赵凯乐把班主任工作接替过来，把照顾学生的责任也担当起来。

"你的病是累出来的，必须休息治疗。"赵凯乐安慰陆雁说，"工作上的事，尽管放心！"

陆雁住院治疗的第一天赵凯乐就开始学习煨汤。他先买了个砂罐，百度了很多种养生汤的做法，白天抽空上街购买食材，晚上就整夜地用柴火煨汤，天亮再送到医院。陆雁退烧醒来，她侧身向内躺着，她刚闻到了一股炖肉的香味，赵凯乐就闪进门来了。陆雁试着要坐起来，但是浑身软绵乏力，好像整个身体都不是自己的了，她对赵凯乐无奈地一笑。

"别起来。"赵凯乐说着就赶紧把汤罐放在床头柜上。陆雁看着他揭开盖子，从包里小心地取出一个装着碗和勺子的方便袋。方便袋的口是挽起来的一个结，赵凯乐越着急地想打开可就是解不开，他干脆用牙去咬，把袋子撕开。那种慌乱的神态把陆雁逗笑了。赵凯乐也不介意，他把汤舀出来，用汤勺在碗里搅了下，舀出一勺，刚想放到嘴边吹吹，好像想起了什么，勺子在半空停了几秒，他赶紧就往陆雁的嘴边送。陆雁还没张开嘴，汤就流到了她的脖子上，赵凯乐不知所措了。

赵凯乐长这么大还没伺候过病人，记忆中只有母亲伺候过他。陆雁叫他扶自己起来，赵凯乐也不知道怎样扶，他伸出手，似乎想拉陆雁起来，陆雁急了说："胳膊从我后面扶……"赵凯乐就一只胳膊从她身下穿过去，陆雁的头顷刻就后仰，陆雁的头碰到床沿上。赵凯乐在这一瞬间，第一次注意到了陆雁那挺拔的乳房，他感觉一阵眩晕，呼吸也紧促起来。他真想紧紧地把她抱在怀里，可是他不敢，他实在是一个胆怯的男人。他愣怔了片刻才觉得应该干什么，他急忙给陆雁揉头部，头碰得并不重，而赵凯乐却是大惊失色的样子。

陆雁挡开赵凯乐的手，说："没什么，把碗给我吧。"赵凯乐把碗给她，看她自己喝。陆雁喝了一小口就说："好喝! 谁煨的?"赵凯乐不假思索地说："我妈! 哦不是，是我!"陆雁质疑地看了他一眼，脸也就绯红起来。

赵凯乐接陆雁出院的这一天所有女足队员都跟着去了。沈雪抱了一大束盛开的百合花，整个病室都沉浸在芬芳里，赵凯乐当时只顾高兴，没问沈雪花是哪儿来的。晚自习的时候沈雪的爷爷来到了学校，沈雪爷爷很生气，找到陆雁质问为什么唆使孩子偷花？陆雁找来沈雪问，才知道沈雪的花是偷爷爷的。陆雁严肃地批评了沈雪一番，并勒令她给爷爷道歉。

沈雪表面上接受了老师的批评，心底却责怪爷爷小气，害自己丢面子。陆雁看见她从办公室出去后快速往校门口去，她的爷爷在后面追。陆雁仿佛想到了什么，也赶紧去追，一直追到刘英大桥上。沈雪责怪爷爷不给自己面子，要爷爷给老师道歉，消除影响，说如果不，她就从桥上跳下去。面对沈雪的任性，陆雁大声对杨波说："再不听劝，明天罚她十元绿色美德币。"沈雪听说要罚她美德币，赶紧从桥栏杆上滑下来。

第二天，陆雁从办公室回到寝室，吓了一跳，她的居室被布置得焕然一新，还多了几盆花草，沈雪和几个同学正等她。

第 十 三 章

1

孙苡打人了。常规班的班主任气呼呼地找到陆雁，说："你班的孙苡，以大欺小，这种行为必须严惩。"陆雁听说先是吃了一惊，问："到底是咋回事？你调查了吗？"

那班主任说："被打的同学是我们班的班长，这会儿正在我的办公室哭呢！哎，你该不会袒护你的学生吧？"那个班主任用疑惑的眼光看着陆雁。

"说什么呢你，打人是不对，是不是也要先把事情弄清楚啊？"陆雁说完就走了。

不一会儿孙苡来到办公室。陆雁问孙苡说："你好动手的毛病，不能改一改吗？说，为什么要以大欺小？"

孙苡反问："谁以大欺小了？"

"你打了我们班的班长，还不承认？"那个班主任反问。孙苡仰起头说："他还班长呢，我是在帮你惩治腐败分子呢！"

"好好说话！"陆雁的声音有些大。

孙苡说："是这么回事。学校球场就一个，球场除了保障我们训练外，哪个班都想在上面踢几脚球不是？"孙苡抬起头说，"他们班球队很奇葩，谁要想踢球必须要给队长钱，就是他们班长！赵璐的表弟出了十块钱，那小子嫌少，到现在都没让人上场……"

"你怎么知道的？"陆雁问。

孙苡说："赵璐的表弟找赵璐，赵璐找我，不信问赵璐！"

陆雁说："先给老师道歉，然后进班。"

孙苡眼睛瞪得大大的，嘀咕："道歉就道歉，还能哪样？"

孙苡就给老师道歉，鞠躬，一副不情不愿的样子。

陆雁见她这样，就说不算，重来！反反复复直到孙苡哭起来。

孙苡哭了，陆雁却笑了，说："原来你也会掉眼泪啊？"

一句话大家都笑起来。孙苡回到班级，陆雁让她反思，想好了再找她。孙苡什么都不怕，就怕老师叫她"反思"，孙苡"反思"了几回，都没通过，孙苡不知道咋办了。孙苡为此痛苦了好几天，她最后想到了杨波。她和杨波的心结还没解除，杨波不可能帮她，孙苡非常后悔，后悔错过了和杨波和解的机会。就在孙苡陷入无限痛苦的漩涡里的时候，她没有想到杨波主动来找她谈心。杨波把自己的心里话说给她听，有好多话都是她不了解的。杨波把以前的恩怨都归罪到自己头上，还给她道歉，这让孙苡很意外。历历往事浮上心头，她一下子觉得自己很渺小，很狭隘，甚至很感动。杨波带着孙苡去陆雁的办公室"反思"，只是站了一会儿，啥话都没说，班主任陆雁竟通过了她的"反思"。从办公室出来的孙苡终于明白：原来班主任啥都知道，包括那个暑假的较量，包括那场足球友谊赛的失误。孙苡不知自己如何"反思"班主任才满意，她想了几天，知道自己错在哪里了，她又一次去向班主任认错。孙苡面对老师，说了半天，老师只是笑，不置可否。孙苡把想说的话倒豆子般倒出来，心里畅快多了，她看着老师，等待老师的审判。陆雁说："你还是没弄懂自己为啥会犯错，回去好好想。"

孙苡回到班级，她一连找了好几个好朋友，请她们帮忙分析，没有人能分析出个所以然。殷梅建议孙苡去问杨波，说："余校长说过，镜子是每一个人的敌人，杨波就是镜子。"孙苡很难为情，但是她还是决定，拉下面子去向杨波求助。杨波没她想的那样小气，杨波告诉她，面对任何问题，都要先站在别人立场上想一想。孙苡把杨波说的话说给班主任陆雁听，陆雁夸她终于开窍了。以后的几天里，学校出台了新的课外活动安排，都能在课余时间踢上几脚球了，孙苡收获了意外的快乐。

参加省中学生足球联赛，女子足球队主力阵容名单上报，到了最后期限。赵凯乐初步拟定了一个十五人大名单，因为少年足球赛采用的是七人制。这一天赵凯乐终于确定了以六号为核心的阵容，他把所有球员都集中起来准备发放球衣。守门员一号是沈雪，这是早已明确了的。赵凯乐觉得沈雪心细，灵活，判断能力强，且有一股不服输的上进心，选她守门，踏实。赵凯乐宣布二号一直到五号竟然没有人来认领球衣。他索性宣布六号，六号是杨波，杨波见大家都没动她也只好站着。

赵凯乐问："是不是都知道六号的重要，想要六号？"赵璐抢着说"是!"

赵凯乐说："六号只有一个，都要？那你说这六号该给谁呢？"

孙苡看了眼赵璐，赵璐不言语了，孙苡说："咱比球技定夺？"

赵凯乐制订方案花去了很多精力，他不想再节外生枝，就吼道："就你能干？你一个人，能、扛起、一个球队？"赵凯乐一着急就结巴。

孙苡说："一个人？有一届世界杯，乌克兰队不就是舍甫琴科一个人扛的吗？吓唬谁啊！"

"你，你知道的还不少呢，我也不，要你一个人扛，你、要扛你、随便！"赵凯乐说。

"随便就随便！"孙苡把训练服扔在地上，扭头就走。

孙苡顶撞老师的整个过程陆雁都看到了，她来的时候，没人注意到她。陆雁从场外跑道边走过来，她喊住了孙苡，示意赵凯乐休息。陆雁把队员们集中在场地边，围坐一圈儿，自己坐在圈内，大家静静地坐着，看着陆雁从兜里掏出笔记本，然后飞快地记着什么。大家就坐着等，许久，终于有人耐不住问："老师，您是不是，有话要说？"

陆雁收起笔记本，笑了一下，说："我想和孙苡打个赌，如果孙苡能当大家的面，把足球起源、足球运动的意义和这六号球衣的内涵说清楚，我就让她披这六号战袍！孙苡，来吧！"孙苡没动，她看着班主任陆雁，茫然地笑着摇头，她怕班主任又要给她下套。

孙苡没说话，大家就你一句她一句地说，陆雁都不满意，她说："要不，大家下去，先想，想好了，我们球队再集中，反正要给大家几天休息假的。"同学们都答应说好。

学校决定的放假时间没到，学校锅炉坏了，放假只好提前了，足球队员们得到这个消息都非常高兴。孙苡放学回家，经过校门，走过那段文化长廊，她发现那块日常写公告的黑板上不知是谁画了幅漫画：一个人提了一篮子鸡蛋，篮子落地，鸡蛋破了一地，那人很沮丧。黑板上到处是圈儿，也许是别人画的蛋，是瘪着的蛋，那一个个瘪瘪的圆圈儿，让她觉得怪怪的，她跑回教室，拿来一个黑板擦子。孙苡正在擦黑板，杨波回家经过，也来帮忙。她们把黑板擦干净后一起走出校门，孙苡感觉心里无比轻松。

2

杨波知道，这六号球衣本来属于她的，发放球衣的时候她没有去争。早在宣布主力阵容前，赵凯乐老师找她谈过话，把球队队长的任务交给了她。孙苡横空杀出，要争六号球衣，她只能保持沉默，她不想再与孙苡发生纠葛。杨波这样想过之后，那准备了很久的积极情绪一下子跌落到了谷底。放学出校门，她看见孙苡正擦黑板，她赶紧去帮忙，本想着在帮忙的过程中和孙苡交个底，但是看到孙苡那个愉快的样子，她只好把想好的话吞到肚子里。路上和孙苡分手以后，李怡怡喳喳个没完。"小蘑菇"发现杨波很烦躁，曾几次用手捅李怡怡，李怡怡白了她一眼。李怡怡发现气氛不对，就赶紧住口。三个人默默地往移民新村磨蹭，沿途你一脚她一脚地踢着路上的石子玩，她们走着踢着，踢着走着，偶尔石子飞出去，惊起了田野里蛰伏的小鸟，小鸟惊恐地飞走了，只把孤独留给她们。回到移民新村，杨波的奶奶刚从田间回来，碰到她们，问了一声也不见回答，小声嘟囔了一句什么就进门给她们烧饭去。

晚上奶奶说要给她们讲故事，几个人的心情马上好起来。

她们帮奶奶干完家务活，还给奶奶泡了一杯茶，椅子擦干净了，就把奶奶拉来坐下。她们已经很久没听奶奶讲故事了。在她们心里，杨波的奶奶是一个有故事的人，那故事永远也讲不完。

奶奶说今天不讲古经，不讲传说，单讲杨波妈妈的事。杨波一听要讲妈妈，眼睛马上就亮了，妈妈对于她来说实在有太多的秘密，她早就想问奶奶，但她怕。

奶奶告诉杨波，当初要是自己不同意的话，她妈妈就不会出去打工。

奶奶说，这家啊就是温暖的窝，起风了，下雨了，有个藏头的地方。唉！现在的人啊，家的观念都淡薄了！随时随地就找藏头的地方！

"你的妈妈她不是那样的人！当时家里的状况，我也只能让你爸爸妈妈先分离几年。这人世间的很多事，若是冷静几年，事就不是事了。"奶奶叹了口气说，"这个你们不懂，还是说你妈妈出去以后吧。"

杨波不知道，这几年她妈妈在外面的遭遇，奶奶肯定知道，只是没告诉她和爸爸。

奶奶说，那一年你妈妈去广东打工，身上本来没带多少钱，可是偏偏钱又被小偷偷了。那会儿她刚到广州城，人也不知道往哪儿走，上了一辆大巴，别人问她到哪儿，她只说去打工的地方，卖票的就吼她，说能打工的地方多了，说完就随便给了她一张票。你妈妈只顾拿着车票发呆，结果钱被人偷了。下车时，好像还下起了雨。你妈妈她呀，就躲在人家的屋檐下哭。哭累了她就盲目地走，她走着走着就走到了天河体育场附近。

那天正好有足球比赛，人特别多。她看见有人乞讨，心里也想过学别人，哪怕讨顿饭吃也行，可是她是个有自尊的人，她张不开口，伸不出手啊！那时候，她一定想到了这个家，想到了你。

奶奶还说，也不知道是啥时候，你妈妈发现身边站着两个人，一个老奶奶拉着一个小男孩，小男孩闪动着大眼睛问她，"阿姨，你为什么哭啊？"

"你们说要是你们该怎么回答啊？"奶奶看看她们，一会儿又说："你妈妈就盯着那孩子看，说：'我想女儿了，她和你一般大！'"

杨波哭泣起来，抽泣着念叨"妈，妈！"她望着奶奶，感觉就像是望着那个小男孩和他的奶奶，她希望他们能给妈妈一点帮助。

奶奶似乎看透了她的心思，说，我想你们猜错了，其实那个小男孩根本不是那个奶奶的孙子，那个奶奶的儿子在美国。她年轻时就守寡了，她贴心贴肝把儿子拉扯大，培养成人了，儿子没接她去美国，就把她留在广州城，每月给她一万多块钱养老。那个老奶奶开始很生气，不用儿子的钱。可是她后来明白了。母亲就像是瓶子，儿子就像是瓶子里的水，瓶子装水那是本分，水倒出去就和瓶子没有关系了。那个奶奶啊，她想通了！想通了以后呢，她反而觉得很快乐，为过好每一天，她资助了一个足球少年，也就是站在你妈妈面前的那个小男孩，她们那天晚上正好去看一场球赛……

"他们去看球赛了吗？"李怡怡问。

杨波的奶奶接着说，那天晚上她们没有去看球赛，因为那个小男孩把球票送给了你的妈妈。也亏得你妈妈识得几个字，她卖掉了球票……她后来找到了一家家政公司上班，工作了几个月后她才开始寻找那个老奶奶和那个小男孩。总得还钱给人家吧！她找到了那个老奶奶，人家根本不要她还钱。为了报答人家，你妈妈就免费做他们的家政服务，也担起了照顾老奶奶的责任……

后来呢？老奶奶后来怎样了？那个小男孩怎样了？几个孩子见奶奶不说了就追问。

杨波的奶奶就笑着说，后来啊，那个老奶奶就帮你妈妈开了家政公司，那个小男孩啊，也成了足球小将了！你的那个足球就是那个小男孩送给你妈妈的！

"哦，我明白了！"杨波说。

"你都明白什么了？"杨波的奶奶问杨波，"你们今天是不是不开心啊？"

李怡怡说是，"小蘑菇"说是因为争六号球衣。

她们你一句我一句地把学校里发生的事说给奶奶听。奶奶听后指出了她们的不对，说："别看我不懂足球，天下任何事都有一个理，有礼才有理！你们听了妈妈的故事，就没明白个啥道理来？"几个孩子想了半天，突然杨波说："我懂了：一个优秀的球星就是要善于成就他人。"

奶奶笑了。

3

孙苨热爱足球运动，但让她谈足球知识，她感觉是满脑子的空白，也没有想到班主任会和她打赌。她后悔自己以前没有认真阅读关于足球的知识，要是以前她阅读过，她肯定赢了六号球衣，可是她这次输了，她输得有些不服。

和杨波她们分手以后，她责怪殷梅，说："你咋就不学些足球知识呢？像傻帽一个，还踢踢踢！"殷梅知道她是借自己出气，也不理她，独自哼起小调，仰着头朝前走。这时候小河的上游有民歌飘过来，那是孙苨爷爷的歌声：

赶工的汉子吆嗬嗬哎

菜花儿那个不开你就要走

走过了门前那个老渡口

渡口的老树千年来地栽

喜鹊它筑巢就在上头

喜鹊它鸣叫六九头

菜花儿不开那个老渡口

菜花要开在那家门后

门后的守候就绿油油

一年年它绿来一年年开

金灿灿地来绿油油

喜鹊门前它三声地叫

金灿灿的日子就在后头

一年的春上一年的尾

菜花铺满回家的路

回家的路上幸福的歌

歌唱那日子有奔头

　　歌是殷梅爸爸为孙苡爷爷新写的，殷梅也会唱，殷梅跟着也唱起来。孙苡的情绪一下子又好起来，她不会唱，但是她喜欢听爷爷唱，爷爷的声音充满沧桑，很有磁性，能深入到她的心里去，她索性站在路边听，听着听着，孙苡感觉出了一股充满希望的力量。回到家，孙苡丢下书包，她打开电脑，把所有足球知识来了个大浏览。殷梅来喊她，见她那么闷着就说，六号球衣都输了，现在看还有个屁用。孙苡听说，把鼠标一扔，站起来朝外走。她走进厨房，冷锅冷灶的，爷爷还在河里的船上。她出门在河沿子上那棵柏树桩旁站着远眺，她没有看见爷爷。

　　孙苡曾听大人们说起过这棵柏树。柏树原先长得有些奇诡，树冠伸展的形状有人说像龙，有人说像鸡，就是没人能说出它的实际年龄。听大人说有一年夏天打雷，柏树遭了天火，孙苡的奶奶迷信，说柏树要成精，被雷公劈死了。妖精被劈死以后，奶奶害怕，老做噩梦，她躲进乐丰观，当起了"菩萨爹爹"。奶奶肯定还在乐丰观里，她也懒得去喊，折身回去打开电视看。

　　电视里正播放国际少年足球赛决赛。孙苡马上来了精神，她喊殷梅快来看。"决赛的还有中国队，中国队，加油！"孙苡喊着。殷梅赶紧来盯着电视，已经开赛很久了，比赛基本进入尾声，中国队赢得了一个点球。孙苡和殷梅都激动得站起身，说这个点球如果进了就是冠军了，她们的心都提到嗓子眼了。

"进了！进了！"殷梅喊起来，她们跳着抱在一起，好像进球的就是她们。接下来是颁奖仪式。小球员们捧着奖杯，他们哭了，他们哭着唱国歌，就在国旗冉冉升起的时候。孙苡和殷梅也激动得眼睛湿润了，那是一种发自内心深处的感动。偶然间孙苡喊了一声："我明白了！"殷梅问明白什么了，孙苡说："祖国荣誉高于一切！集体的力量是无穷的！"

孙苡打算放弃六号球衣的争夺。她非常想给同学打个电话，可是拨了几个号码都无人接听。最后她拨通了赵璐的电话，赵璐说她跟爸爸下乡了。

4

赵璐的爸爸这天要到乡下去做统计，根据上级要求要把乡村多年来空置无人居住的房屋统计出来。赵璐听说要求一起去，说一个人闷在家里快闷死了。赵璐爸爸答应了她的要求。

他们出门时太阳已经很高了，天气也有些燥热，父女二人沿着县河走。沿途一片静寂，偶尔也有老人扛着锄头走在田野的路上。赵璐爸爸告诉她说，你看到哪里有破旧的塌塌子屋，我们就往哪里去。

江汉平原的村民，有史以来都是临河而居，这是一个传统。赵璐跟爸爸出了镇子，沿着河流往上游走，走了不久，他们在河边发现一条小路伸向田野，他们站定，望过去，不远处就有几间破瓦房，孤零零地荒芜在田野之间。赵璐指着说，那里就有一片呢，看不见人影，我们就去那里吧。赵璐的爸爸就拿出相机，对着远方拍了一张，说走吧。

　　小路并不是直的，是拐了几拐才到河边的，他们必须绕过一道沟才能上那条小路。他们绕到河边小路口，看见一个小女孩，她牵着一个老奶奶正吃力地从河边往上爬。小女孩提了一个竹篮子，篮子里是刚洗净的衣服。也许她们沿着坡路爬了一会儿，正坐在一个土坎子上休息，小女孩拿着一片荷叶给老奶奶扇凉。小女孩大约读二年级吧，赵璐想：她真懂事，真孝顺！赵璐向她们招手打招呼，磕磕绊绊地走赶过去。

　　"老妈妈，你孙女真能干呢！"赵璐爸爸夸奖道。

　　"哎哟，她不是我孙女，她住在那个台子上呢。"老奶奶用手指，赵璐看过去，那是几间钢筋水泥构筑的房子，只一层，好像还没完工，四周杂树遮掩，有一个大土堆横在房子的侧面，上面的茅草正在太阳下招摇着。

　　老奶奶叹息了一声，说："娃儿的爸爸妈妈都到外打工去了，屋里只一个爷爷，她没事就跑到我那儿，唉！给我做个伴，她亲我呢！呵呵！"

　　赵璐听说，马上联想到自己，自己比那小女孩也大不了多少。自己比她幸福多了，可是小女孩能做的事她一件都没做过，她为这个小女孩感到骄傲，觉得她是那样的可爱。赵璐对爸爸说，给她们照一张相吧。小女孩很大方，接受了她的建议，她紧紧依偎着奶奶，微笑着面对镜头，赵璐从她的微笑里看到了她的包容与忍耐，赵璐在默默的对比中觉得自己的脸一阵热辣。

　　赵璐这天跟着爸爸走过了多少荒凉的村庄，她没心思统计，回来以后，她的脑子里满满的都是那个老奶奶和小女孩。晚上她怎么都睡不着，她想起了放假前在学校的种种经历，也想到了班主任给她们提出的问题，想着想着，她突然一下子好像明白了：

足球运动也是需要爱的包容与谦让的。

5

离足球队集训还有一天的时间，孙苃已经等不及了，这天她约了镇上的几个同学跑到移民新村来找杨波，见了面大家都好像没话说，一个个懒洋洋，打不起精神。杨波提议练球，大家一起去新村广场。广场上一个人也没有，空空落落就像是大家的心情，球也踢不出劲儿，谁也不愿意把自己的想法先说出来。

杨波说："还是回家帮大人干点农活，不想干，就做作业吧。"

李怡怡反对了，说："我家大人都闲着没事干！做作业？"

赵璐提议说："刘欣这会儿也不知道在忙啥？要不，我们去她家帮忙吧？"大家都说好，一窝蜂般地朝刘欣家来。

刘欣在家带弟弟，妈妈在门前的田里，正忙着给地瓜芜子打尖。刘欣说，地瓜芜子不打尖儿就不好好长地瓜。孙苃问有什么活可以帮着干？刘欣的奶奶笑说她们吃不了那个苦。孙苃偏不信，回头问杨波会不会干这种农活？杨波说不会可以学。同学们听杨波这么说，情绪高涨，叽叽喳喳往田里去。

这一天，恰好是余牧扬接新支教老师的日子。余牧扬回来的时候，经过刘英大桥，他靠在桥栏上抽烟，回想早晨和吴桂英的争论，争论他能否如愿，现在他还真的是的，空手回来了。余牧扬看了下表，快一点钟，太阳正火辣。余牧扬远远地看到了田里的同学们，同学们也看见了他，同学们挥舞着草帽子喊，他就朝那里走去。余牧扬很吃惊的样子看着每一个同学，一双双小手都很脏，藤的汁液和泥土粘在手指头上，黑乎乎的。趁大家高兴，他就问劳动辛苦不辛苦，没想到"小蘑菇"抢着回答说："不辛苦！还有很多收获呢！"

刘欣的妈妈说："真没看出来，现在的孩子，能像她们这样的很少了！真感谢学校的教育！"余牧扬听说，心里暖洋洋的，问同学们这次劳动有收获没有，都说有，很充实。余牧扬回头又单独问刘欣，刘欣说"团结就是力量"。

6

雁潭中学首次征战省联赛的男女少年足球队集训拉开了序幕。

集训的第一天，女子足球队再次确定主了力阵容。班主任陆雁也来到场地边给赵凯乐帮忙。赵凯乐根据以前方案再次发放球衣，他发现所有球员的精神面貌和以往有很大的不同，眼神坚定，笑容灿烂，真像是一朵朵初阳下的花朵。看来谁也不在意自己是几号，她们只是昂扬地站在他赵凯乐的面前，这反而让赵凯乐有些不适应。赵凯乐看了眼班主任陆雁，陆雁只是笑。球衣发放过程也很顺利，大家得到球衣都显得很兴奋，她们彼此击掌鼓励，当然也没忘记和赵凯乐拍一巴掌。赵凯乐纳闷了，他真不知道，在这短短的几天里究竟发生了些什么。

转眼就到了球队征战联赛的日子。

出征前学校决定男女足球队开展一场友谊赛。比赛的目的：一是为了鼓舞士气，二是为了给学校师生展现成果。赵凯乐是专门负责女足的教练。比赛前学校就给男足教练组打过招呼，说这是陪练赛，要以保护女足为要，不能较真和女同学拼。

比赛时间定在下午最后两节课，全校师生早早地把比赛场地围了个水泄不通。杨波带着女子足球队来得早，她们热身完毕的时候男队才进场，他们显然没把女子球队放在眼里。李怡怡向杨波努努嘴，孙苡拍巴掌喊大家来商量。大家统一了战斗意志，一致认为要给男生一点厉害瞧瞧。比赛哨响了，刚开场，男足布置好了防守阵型专等女足来攻。杨波用眼神向孙苡示意，孙苡领会了杨波的意思，她对着队友不断地喊暗号。过了几分钟，势头变了，刚还是晴朗的天，瞬间就风起云涌，女队员们像风一样在赛场上刮起来。杨波和她的队员们都是一脚传球，孙苡和杨波都是善于带球突破的，她们也不盘带了，专门给队友输送炮弹，经常有精准的一脚传球洞穿防线，比赛时间还没过半，她们已连下三城。这是个羞辱的比分，整个校园的球场上都沸腾了，叫骂声此起彼伏。

男足队员不干了，他们于是真刀真枪地来拼杀了，仅仅过了十五分钟，场上的比分变成了4∶0。足球男队这时杀红了眼，教练在场下的喊声他们根本听不见，他们全线压上大举进攻。杨波一个远射又洞穿了他们的球门，场上的比分变成了5∶0。

下半场交换场地再战，男足更是为了颜面不顾一切。刚开场三分半钟，孙苡左路带球突破，晃过两道防守，拔脚怒射，破门得分，场上的比分变成了6∶0。

赵凯乐只是站在场地上微笑。陆雁也站在场地边，她担心这样下去会出事的，她赶紧给赵凯乐提醒，说："让队员们收一收，又不是正规的比赛！"赵凯乐说等一下叫暂停。

正说话之间，只见防守大将刘欣也放弃了阵地带球进攻了，并且还真把球打进了。场上变成了7∶0。场地边喝倒彩的欢呼声震耳欲聋。

男足又一波强势进攻，球被门将沈雪没收，沈雪抱着球在地上打滚，孙苡、刘欣、杨波围了上去，李怡怡二话没说，伸手就是一记"九阴白骨爪"，那个男队员脸上立刻出现了几道血痕。杨波本来只是想理论一下，结果被李怡怡搞成这样，发现闯了大祸，赶紧拉架。学校的整个球场都乱了，裁判的哨音都无济于事。校园的大喇叭响了："班主任请注意，班主任请注意，迅速把学生组织进教室，迅速组织学生进教室!"陆雁老师惊呆了，她原先担心孙苡呢，现在竟冒出了个李怡怡！她赶紧奔过去查看伤情，所幸被抓伤的同学只是面部有道血痕，并没伤及眼睛。

关于这场球赛事件涉及的同学处理意见是后来公布的，李怡怡本来是被勒令停赛的，但是由于"认罪彻底"，况且她把心爱的指甲都剪掉了，毕竟联赛成绩是至关重要的。也许是出师不利，也许是别的原因，在省际联赛上，各男足代表队水平都很高，学校男足经过了联赛第一轮后就被淘汰出局了。

7

在开幕式前的小组赛中，雁潭中学女足先是 7∶0 狂扫弱旅，接着又以 5∶0 的悬殊比分战胜了同组的种子队，两战两胜，一举奠定了出线的基础。二十六日，球队在已经积 6 分的情势下与上届亚军球队竞技，又 0∶0 逼平对手。小组赛杀出一匹黑马，让所有参赛队伍都没想到，这是一支来自农村的队伍。

进入淘汰赛阶段，第一场比赛，雁潭中学很多没课的老师也去观战。雁潭镇中学的女足和一支有夺冠实力的球队争夺四分之一决赛权，观战的人非常多。上半场有些让人窒息，两队都小心翼翼，唯一的一个亮点就是杨波在中线附近的一脚远射，球打在立柱上，要是高点靠左，守门员估计也无能为力。

下半场赵凯乐重新调整战术，三十分钟过去了，比分还是0：0。半个小时以后，对方投入了更多的进攻力量，以至于沈雪忙着左扑右挡。沈雪做出一个个精彩扑救获得了场下山崩海啸般的欢呼。陆雁在场边，她观看的注意力不在球，而在于自己的学生表现。当她看见沈雪那不顾危险的扑救时，她想到了那个拿刀连鸡都不敢杀的女孩。

计时裁判终于举起了牌，全场加时一分钟，也就是六十秒，六十秒里还会发生什么？观众都很期待。眼看要结束了，雁潭中学女足意外获得了个角球，杨波在球前站定，她观察了一下场上的形势，没有把球开向球门，而是四十五度斜传给孙苡，然后直插，孙苡接球又塞给她，杨波一脚垫射，皮球应声入网。

比赛结束哨响起，她们赢了。陆雁、赵凯乐，还有前来义务鼓劲的老师们也都涌进了球场。杨波已经尽力了，孙苡已经尽力了，所有队员也已经尽力了，她们集体抱成一团，最后扑倒在草地上。沈雪被同伴抱起来，一遍一遍地抛起来，她们尽情释放。最后大家向观众致意，并集体呼喊班训，她们用尽全身的力气对着观众喊："团结协作，拼搏进取！"

观众席上再次爆发出热烈的掌声。

决赛的第二场，杨波受到了对手的重点关注，这就让她在半决赛中左臂受伤告别了赛场。

杨波离开赛场后孙苡很不适应，就连在备战时也经常出错。接下来的一场淘汰赛看样子必输无疑。好在球队超额完成了预定目标。这时候陆雁建议干脆把"小蘑菇"换上。陆雁想看看"小蘑菇"的能力，反正比赛结果也无关大局，索性让她试试。

半决赛对阵的是上一届的冠军队。

比赛开始的时候，场上局面很被动。"小蘑菇"和球队磨合不够，还放不开。赵凯乐只能在场边对她喊："小蘑菇，你往上靠一靠；小蘑菇你不要纠缠，一脚传球啊！"

上半场对方1∶0领先。休息的时候陆雁把"小蘑菇"叫到场边，她们谈了些什么谁也不知道。下半场比赛的哨音响了，"小蘑菇"像是换了一个人一样。她积极跑动，与队友穿插配合显得熟练多了。下半场从局面上看要比上半场好了很多，只是射门机会很少，基本处于密集防守。有几次赵凯乐把"小蘑菇"错喊成杨波，这一喊似乎把"小蘑菇"喊醒了，她真的就冒充起了杨波，开始带球突破。这突然之间的变化也让对手措手不及，"小蘑菇"竟赢得了一个点球。她顶住压力将点球罚进，并和队友一道把1∶1的比分保持到点球决胜负。

尽管在点球决胜上球队还是输了球，但是能和冠军队踢成这样，队员们觉得像赢了球一样，因为她们无憾了。杨波在病床上听队友描述经过后很兴奋，她激动得要去拥抱"小蘑菇"，还从病床上摔下来。这天省专业足球俱乐部的领导来慰问杨波，还表达有特别征召的意思。杨波没有答复俱乐部领导的请求，她说："一切等回去以后再说。"杨波暂时还不想离开学校，离开陆雁老师，离开她的队友。

全省中学生足球联赛终于落下帷幕。雁潭中学女子足球队创造了一个奇迹。省市各大媒体记者纷纷来到江汉平原西北角的这所农村中学采访，他们都想知道这个名不见经传的乡村中学到底发生了些什么。然而一切都看不出有什么特别，要说特别就是学校的运动场。

记者们来的时候孩子们正在足球场地上踢球嬉戏。孩子们就像是一首激越的歌，在场地上飞扬着。杨波站在电视镜头前很不自在，她从来没有上过电视，采访前学校领导教给她一些回答记者的话她全忘记了。很多问题她只能是笑而不答。记者看了看运动场地问："联赛前你想过能取得这样的好成绩吗？"

"想过！"

"为什么？"

"团结协作、拼搏进取！"杨波随口把班训拿出来回答，这班训是大家自己制定的，大家都很珍惜。记者听了很惊喜，因为他觉得他已经找到了答案。为了构建校园足球文化，学校决定把女足的学习生活编成一个校园短剧，参加即将举办的市艺术节。编演校园剧并不是一个简单的工作，首先是要打磨剧本。剧本和其他的文本不同，它要受到舞台的制约，比如足球在舞台上的展示就很难。还有一个问题是表演。队员普遍没有表演基础，临时培养也是来不及的。余牧扬思前想后没想出好办法，他就来找殷亚军，没想到殷亚军胸有成竹，他告诉余牧扬一个有效办法：让学生自己演自己，剧本表现的舞台冲突也是现成的，就是班上前不久发生的"六号球衣"事件。至于足球在舞台上的技术表现有赵凯乐呢，殷亚军说："我回头就开始琢磨剧本。"

8

随着足球联赛任务的结束，女子足球队全体休息。杨波几个一时间感觉轻松了很多，就像是害了一场病痊愈的样子。她们唯一的活动就是抽时间排演《六号球衣》，开始大家的热情都很高，都觉得又新鲜又好玩，但经过了一段时间后就发现枯燥了，原来演自己也并不是那么好演的。

　　足球联赛结束以后的日子，同学们先是感觉轻松，然后感觉无聊，最后就只剩下烦恼了。有一天，杨波再次路过文化长廊的时候，她看到她和孙苡擦过的那块黑板还在空着，黑板很干净，那是暴雨洗刷后的干净。杨波就突发奇想：要是办一期足球文化专刊该多好啊！来来去去的人如果看见了，最起码也知道进了足球特色学校吧！她把自己的想法跟孙苡一说就立刻得到大家的支持。大家就分头忙碌起来。画线、画报头、找资料……材料找来了很多，大家逐一研究竟然觉得都不满意，到了这个时候她们才认识到要办好一期板报是那么的不容易。殷梅问孙苡咋办，孙苡问杨波咋办，杨波把大家看了个遍竟没有好主意。杨波说要不这样，我们每个人围绕足球说几句心里话，抄下来不就有了？刘欣说那也得有个开头啊！杨波说那还不简单，顶上位置就写我们征战联赛的消息嘛！说着就去写起来："首届省青少年校园足球联赛中，我校女子足球队员展示了良好的精神面貌，以较高的技战术素养一举夺得第四名，为乡村足球增添了光彩。"

　　"完啦？"孙苡问。

　　"完啦！"杨波回答。接着大家就你一段她一段地写。

　　孙苡写的是："校园足球，以球育德，以球促智，以球健身；努力创建浓郁校园足球文化。"

　　杨波写的是："生命中的光辉流淌的是热情的血液，释放的是激扬的青春。热情是对足球的态度，激扬是对生命的诠释。从接触到足球这项有着无限魅力运动的那一刻起，我便知道生命中原来还有我所能追求的事物。我不是足球天才，但我热爱足球。"

殷梅写的是："足球，不仅是一项普普通通的体育竞技，而是一幅需要用生命去描绘的画卷。胜利还历历在目。"

刘欣写的是："足球，让我的生命有了一份感动。我想没有什么可以取代它在我心目中的位置。我愿意承受，也感恩足球。阳光体育，快乐足球。我要把足球给我的感动传遍每一个角落！"

大家在彼此的感动下把黑板报办完了，她们欣赏着自己的杰作内心充满了无限的甜蜜。这个时候，整个校园里已经看不见一个学生了，有几个老师正从办公室打扫完卫生出来，他们把废弃不用的东西装在一个大蛇皮袋里，从办公楼里拖出来。杨波此刻多想看见班主任陆雁老师的身影啊，可是没有，她若有所思地坐着。杨波摸着书包，几本暑假作业就装在书包里，也许整个暑假过去了她也不想动它。

第 十 四 章

1

女足征战联赛回来已经有些日子了，雁潭中学的战绩还在被社会炒作。这一天殷亚军碰到了赵凯乐，殷亚军竖起拇指，说没想到，鸡窝真能飞出金凤凰。赵凯乐反问，你不是说足球进校园还不如让口琴进校园吗？殷亚军说，我还真的想跟你商量口琴进校园的事呢。赵凯乐问殷亚军啥意思？殷亚军说："根据上级文件精神，要在所有学校开展戏曲进校园活动呢，说是思政创建工程，你的陆雁把文件转给我，说要我看着办。"

赵凯乐说："啥叫我的陆雁？你这教务处主任是摆设啊？你们教务处的事，咋就找到校长办了？"

殷亚军说："这是学校实践活动，不单单归教务处管吧？"赵凯乐问有啥要帮忙的，有打算了就直说。

殷亚军说："借女足题材排个剧，正好交差，这块你熟，帮忙组织下？"

赵凯乐说："我组织什么啊，足球进校园都被人借题发挥，赵章学校长打皮襻都成了足球的错了，戏剧进校园，攀上我，再有啥事发生，我不成了罪魁祸首了？"

殷亚军说："教育不能和文化割裂开来搞，这话可是你说的吧？现在当了官，就丢了格局，不认账了？"

赵凯乐问："你可以编剧本，这没问题，问题是演员呢，谁演得出来？"

殷亚军说："余校长都说了，让学生自己演自己，这样难度不会大。"赵凯乐见他把校长都搬出来了，他想，一个校长的格局决定了一所学校的格局，前校长赵章学的格局就是不能和余牧扬比。赵凯乐答应和殷亚军配合。

这天早上，殷亚军正推敲剧本，校园大喇叭的吼声打断了他的思绪，他出了寝室门，想看究竟发生了什么。原来有一个班在做京剧健身操，和所有班级不同，细看是陆雁的班级。殷亚军往操场去，老师们都在议论："呵呵，这足球特色班，就是特色啊！都从哪儿学来的操！"全校的同学做着做着就都停下来看，一个个脸上都带着羡慕的表情。校园的大喇叭开始提醒了，说要统一，要按照学校课间操的要求做。提醒了好几遍，操场上统一地静下来了，静到没有人再做操了。陆雁可能有事耽搁，没在操场上督早操，殷亚军看她匆匆地赶来，课间操已经结束。陆雁找来殷梅了解情况，殷梅看见爸爸也在场，以为要挨批评，没想到爸爸还表扬她们做得好。殷梅说班上的戏剧操是她教会同学们的，说她参加省足球联赛回来以后，念念不忘的是那个开幕式，那开幕式上有"京剧操"表演。殷梅说她当时就有一个想法，要学会它，回来教妈妈跳……陆雁说，这个操跳起来还真好看！殷梅说："同学都说学校的广播体操也太过时了，所以我才教她们的。"

殷梅说的是实情，四强赛的时候杨波受伤住院，球队也要观察后面的几场赛事。大家都忙着照顾杨波，忙了两天才发现医院里少了三个人。陆雁老师派人在住地找过她们，发现她们正在学"戏剧操"，联赛结束回来以后，足球队休整，大家又忙着补习功课，有一回课间休息，陆雁还看到殷梅和李怡怡两个人在做操，她也感觉很新鲜，觉得曲子明快好听，动作还非常优美，她还鼓励女同学跟着学。

殷亚军听了半天，说这京剧操他知道，操分为九节，每节名字和以往的广播体操没有太大区别，但一招一式却大不一样，都融入了中国戏曲的程式化动作基本功。比如热身运动是"腕花小云手"＋"亮相"，肩部运动是"单拉山膀"，腰部运动是"涮腰"，腿部运动是"飞天十三响"，放松运动是"打拱"＋"四方步"，扩胸运动是"扎带"＋"亮相"，最后是"自由运动"。陆雁建议殷梅把最后一节变成了鬼步舞，再推广到全校，殷梅高兴地答应了。由于要推进戏曲进校园，学校采纳了殷亚军的建议，把课间操改成戏剧操运行一段时间。戏剧操运动前有一段韵律，是京剧《卖水》的曲子，歌词是"清晨起来对着镜子照，梳一个油头桂花儿香，脸上擦的是什么子粉，什么样的胭脂桃花儿红……"很好听，每天早上，镇居民听到戏曲，都跑来看，有喜欢的就跟着学起来，雁潭镇就流行起了戏剧操。

2

戏剧进校园活动中有一场大型演出，时间定在周六，其中就有校园剧《六号球衣》的表演。整个活动组织是由殷亚军负责的。乡村很少文艺活动，学校周围的居民听说学校要唱大戏，就纷纷地涌向校园。观众人数超过预期，这给学校安保工作带来了极大的压力，赵凯乐跟殷亚军商量，说必须增强安保力量。他们正商量着，殷梅拉着杨波和孙苡来找爸爸。

杨波问："殷梅想在活动中唱支歌，行吗？"

殷亚军问："为什么？一切已经安排就绪了，这临时加节目是有风险的，恐怕不行！"

杨波说："我已经答应了，说您一定能答应的，这……"

"那你们也得告诉我为什么吧？"殷亚军首先不耐烦。

杨波就说这是大家的主意，奶奶说现在的孩子不知道感恩，我说是大人没给感恩的机会。老师您看，今天这么多人，是个沟通的好机会不是？殷亚军看着殷梅，好像不认识一样，问："你打算怎么做？"

殷梅说："我想唱那首《酒干倘卖无》，唱给孙爷爷听！"

赵凯乐听懂了殷梅的意思，就劝殷亚军答应。杨波见殷亚军老师默认了，高兴地拉了殷梅的手，示意她快走。

殷梅终于盼来了星期六，本来她准备了很长时间，可是到了演出活动开始的时候她十分紧张，她顾不上观赏节目了，拉着孙苡找了个僻静的地方，把自己的节目反复排练。演出的第一个环节是开心锣鼓，她们一边练习一边注意舞台上的进度。戏曲联唱之后就是校园剧《六号球衣》，听到报幕声，殷梅赶紧和孙苡往后台去，和同学们会合。殷梅的演唱被安排在专业演员的独唱之后，虽然专业演员的独唱获得了热烈的掌声，但是谁也不会想到殷梅的表演获得的掌声更热烈。

　　殷梅扎着小辫，穿着白裙球鞋，微笑着走上台。伴奏音乐起，她第一声就如留恋的水鸟划过湖面："多么熟悉的声音，伴我多少年风和雨，从来不需要想起，永远也不会忘记……"反复的咏叹中她手指向台下的一个地方，孙苂的爷爷就坐在那里。殷梅突然单膝跪地，她真情地唱着："没有你哪有家，没有家哪有我……"台下刮起了疾风骤雨，所有的同学都跟着唱起来，每个人的眼里都含着感恩的泪花，活动很意外地掀起了又一个高潮。殷亚军在被感动的同时也深深地自省起来：作为爸爸，他没有真正关心过女儿；作为老师，他从来没信任过女儿，爱需要用心，他太粗心了。女儿咋就一下子长大了，知道感恩了？意外的发现让殷亚军非常欣慰。活动顺利落下帷幕，但留给殷亚军的思考却远远没有结束。

　　殷亚军被殷梅的表现感动了，孙爷爷一家实在帮他太多，他竟然从来没想过要感恩，他连一个孩子都不如。殷亚军惭愧了好几天，几天以后他和陆雁谈起自己的感触，陆雁建议学校，如果可能，把家长们请来，讲他们成长的故事，也让孩子们把自己成长的烦恼说给家长听，要是能把这个活动开展起来，家庭教育和学校教育就融合了。殷亚军称赞陆雁说这是个金点子，他首先表示支持。

3

　　女足队员们要做到学习、训练两不误，不仅难还很辛苦，这一点殷亚军最清楚。她们不仅要把精力用在文化课堂上，还要代表省市参加国家在青岛举办的第五届青少年艺术节。参演的节目早已经报送，就是《六号球衣》，艺术节马上就要临近了，节目的排练也进入了倒计时。这一天早上，学校安排了演出前的一次带妆彩排。

短剧启幕是一句话外音：足球运动是艺术，也是哲学和科学的结合。画外音还有校园早晨整齐的跑步声和富于节奏的哨音。排练厅里，启幕音乐正一遍遍地播放着，彩排还没有开始，队员们都焦急地等待刘欣的到来。

"不等了，先开始吧！"殷亚军说。他对台上喊："预备！五四三二一，走！"

口令声起，只见六名队员身着特制球衣在杨波的带领下入场。她们集体喊着口号："阳光体育，快乐足球！""奋勇拼搏，争创佳绩！"队员们台上站定，杨波就接着喊："立正！向右看齐！向前看！稍息，立正！报数！"

"一，二，三，四，五，六……"

这时刘欣突然插出答应："到——"，一片笑声。

杨波打断场内笑声说："放下装备，准备训练！"

导演殷亚军老师赶紧喊停，他把大家叫到台下了解情况。刘欣显得很疲惫说："收地瓜，家里忙不过来。"

赵璐着急地问："价钱咋样啊？"

刘欣开心地说："好着呢，一亩能卖七千多，大货车都开到田里了，等着呢……"

殷亚军本来想批评刘欣几句，但听她这样一说也就跟着高兴起来。接下来彩排的过程中同学们有点心不在焉，不是你说错台词就是她说错台词。杨波在舞台上颠球表演本来是最稳定的，还能玩出几个花样来的，今天她不仅花样没玩出来，有两次还把球颠到台下。

休息的时间，殷亚军把殷梅喊来询问，殷梅说："爸爸，咱们下午能不能组织班上同学，去刘欣家帮忙？"殷亚军觉得她的提议很好。吃过中午饭，全班同学向刘英大桥方向出发了，没课的老师听说陆雁班要支农，也跟着去，老师们很感慨，说："这支农活动亲切，就像一下子回到了几十年前。"

运输车辆就停在地头，到处都是忙碌的身影。刘欣的妈妈、奶奶都很激动，奶奶拉着老师的手，不停地感谢。劳动休息的时候杨波提议，女足队员们就在地头排练校园剧《六号球衣》。殷亚军老师问大家累不累，大家都说不累。刘欣担心自己牵连同学受累，就反对，说："又没有主题伴奏音乐，还是歇着吧！"

殷梅说："怎么没有？我们不会自己唱啊！"殷梅说着就带头唱起来、跳起来：

绿茵场上，洒满阳光，洒满阳光

伙伴们，快乐飞扬，快乐飞扬

骄傲的球衣穿在身上

那是世界上最美的衣装

绿茵场上，经受风雨，经受风雨

伙伴们，快乐成长，快乐成长

团队精神永远发扬

那是队友制胜的力量

阳光体育，快乐足球

足球给我快乐

阳光体育，快乐足球、体育给我阳光……

看见学生们在地头跳着唱着，本来不愿休息的农人也停下手里的活计，他们渐渐地围拢来观看，美好的校园生活带着足球的快乐在田野的上空飘荡着。

4

刘欣终于可以和全体队员一起赴青岛演出了。出发的这一天，刘欣到校很早，她奶奶到学校来了，奶奶煮了很多鸡蛋，每人一份，一定要让大家带上。殷梅见每个鸡蛋都着了色彩，那色彩和妈妈曾经煮的一样，一股暖流立刻涌上心头。殷梅想妈妈了，殷梅问殷亚军，演出结束了，能不能去北京看妈妈？殷亚军心底酸酸的，他很惭愧，教书几十年，连家都养不起，老婆还要出去打工。他也曾有放弃教书这个职业的打算，但是孩子不能跟着大人流浪，这也许是农村人的宿命吧！殷亚军没有正面回答女儿，他说一切会好的，你妈妈不久会回来。秋晨虽然有点冷，殷梅听爸爸这样说，她感觉到整个身体随着暖流慢慢地也暖和起来。

演出时间是在到达青岛后的第三天，按照组委会安排，第二天是统一的带妆彩排。由于雁潭中学是唯一来自农村的学校，况且又是足球内容，彩排时组委会很照顾，把她们安排在最前头。彩排在剧场内进行，剧场外是一个广阔的大厅，等候彩排的单位都集中在大厅里，每个单位一个位置。等候的各个单位都在积极准备，口令、音乐此起彼伏。《六号球衣》剧组进剧场的时候，各演出单位就停下来，他们都目送着，有几个单位还送上热烈的掌声。

上午彩排结束以后，殷亚军带着大家到奥帆运动中心去拍照。拍照的时候，杨波说："要是赵老师在该多好啊！"殷亚军老师不知道杨波的意思，看了她一眼，杨波支吾地说："我想给奶奶买一种帽子，我不知道它叫啥名字，什么地方有卖的……奶奶年纪大，头发少了，怕冷……"殷亚军想：足球改变的不仅是学生的品格，还有情怀。殷亚军问殷梅："要不要给孙爷爷带点什么？"殷梅说她想给孙爷爷买个随身听。殷亚军说："那么，我们大家一起去转转？"殷亚军老师带领同学们游逛青岛市，同学们说，青岛不仅是中国海滨城市，也是最幸福城市。殷亚军说，那是你们的心情幸福。殷亚军说，崂山太远，就带大家逛栈桥，五四广场，重点是奥林匹克帆船中心，它在浮山湾畔，毗邻五四广场和东海路，顺便再看看"燕岛秋潮"。同学们都说好。每个同学都抱着自己的表演用球——那是她们的道具，不能丢。她们经过公园或者某个广场时总要休息，总要练上几脚球，秀一秀球技，作为小演员，她们也知道台上一分钟台下十年功的道理。表演用球和比赛用球不同，是彩色的，同学们在场地上练习的时候，总能吸引大批市民围观。起初市民还以为她们是耍把式卖艺的，听说是来国家大剧院演出的，都来了兴致，毫不吝啬地为她们喝彩，纷纷争着和大家合影留念。后来在五四青年广场，有一位大爷要和杨波单独合影，杨波没想就答应了，合完影，大爷竟想要杨波的用球，说送给孙子做纪念。杨波为难了，她想起了妈妈初到广州遇到的那个足球少年，她要是和那个少年一样，把这球送给了眼前大爷，她表演时就没有道具了，杨波难过地看着殷亚军老师。殷亚军老师出了个主意，他对那位大爷说等演出结束了，会在这里等他。演出结束了，很成功。杨波和同伴真的来到五四广场上等那位大爷，那位大爷没有来，大家就猜测那位大爷没来的原因，心里都很失落。不过她们通过管理人员给那位大爷留了一个表演用球。

演出后的第二天，大家早早地来到青岛国家大剧院等候，大家不仅等候颁奖，还要等候专家的点评。杨波心神不定，她还在担心那位老大爷，不知道他收到了足球没有，要是没收到，他的孙子该有多失望啊。杨波把担心说给殷梅听，殷梅让爸爸去查证，殷亚军说要听专家的点评，不能错过。殷梅的脸马上不好看了。殷老师思考了片刻，他答应孩子们去跑一趟，他要求每个同学都要认真听，把专家的话记下来。

殷老师回来的时候会议已经结束，他告诉杨波说那位大爷收到了球。殷梅拿出会议记录，把专家的评价给爸爸说了一遍，她念道："一件球衣的故事，传达出一个乡村校园的第二重生活。表现出了教育转型期乡村校园里孩子们的苦与乐，传达出阳光体育，快乐足球的主题……"殷老师说别念了。

女足队员们从青岛回来的第二周，《中国教师报》记者专赴雁潭中学采访了这批女足队员，该报用《他们点亮乡村文明》的文章头版头条报道了雁潭中学的第二课堂文化建设。

5

乡村学生的课余文化生活依然很单一，现在除了有几脚球踢以外，还真找不出其他的生活内容。雁潭中学大多都是些留守少年，留守的孤独情绪总是在不断地寻找着排遣的出口。

　　《六号球衣》演出归来已经过去好些日子了，殷亚军每天晚上坐在小河岸上拉琴，傍晚也有学生成群结队地往古雁潭河边跑，他们不是来听他拉琴的，而是到孙苡的家里跟孙爷爷学耍皮影的。班主任陆雁担心学生安全，那一天课间，她问过殷亚军，殷亚军说："他们都是去跟孙爷爷学耍皮影戏玩呢。"孙苡见老师问，就说老师您稍等一下，说着就往教室跑，一会儿她拿来一张大的透明的白纸，还有用硬纸壳刻成的一大堆人物和动物图像。

　　陆雁随手翻看了几个，很吃惊地问："这些都是你做的？"

　　孙苡说："是，您不知道，现在全校同学都在玩这个……"

　　"我不是不让玩，我是想知道怎样玩的？有意思吗？"

　　"当然啦，不信，我演示一遍给您看。"孙苡说完，请老师进教室，把门窗关上，拉上窗帘，屋内马上就变得黑暗起来。孙苡点燃蜡烛，坐在对面。她把那张大的透明纸竖起来，遮挡在面前。她挑起两对小人儿，念念叨叨地表演起了足球游戏。刹那间，只见那小人儿身影映射在纸幕上，很是活泼。

　　"哎，真好玩儿哎！"陆雁不禁感叹。

　　孙苡听到了老师的感叹，内心充满了自豪，打开窗户以后，殷亚军还能从她脸上看见自豪的微笑。孙苡毫不掩饰地说："爷爷教的，殷梅演得比我还好……"孙苡的话茬儿突然打住，她伸手拍了下自己的嘴，后悔自己不该把殷梅也供出来，要是惹出麻烦她就真对不起朋友了。殷亚军老师看她那样就想笑，说："没事儿，这又不是干坏事。"听老师这样说，孙苡就放心地干嘿嘿两声，问："要是没别的事，那我去了？"

　　孙苡出门以后，陆雁和殷亚军开始讨论一个问题：乡村民俗文化该不该进校园？作为领导，他们有责任和学校沟通一下。几

184

天以后，孙苡的爷爷被请进学校，他被聘为地方文化传承辅导老师，主要教学生唱些传统民歌，指导学生手工制作皮影。镇上的邻居听说孙爷爷当上老师了，见面免不了恭维几句，孙爷爷高兴地说："我斗大的字认不得半升，哪能当老师？是凑个热闹。"

"半升就够了，有一升，那还了得！"人们玩笑着说。孙苡爷爷是个苦出身。他会种田、会打鱼、会耍皮影、爱唱民歌，大集体时代还演过样板戏，是个典型的乡村艺人。他做梦都没想到自己还能当老师。接到学校聘书的那一晚，孙苡一家很开心，邻里邻居也来家里凑热闹，孙苡的奶奶问："这就是那个什么'素食教育'？"

殷亚军老师更正说："叫素质教育。"

孙苡爷爷每周只到学校一次，也就是一天，这一天各班都有活动课，孙爷爷教孩子们唱唱民歌，制作皮影，耍耍皮影。唱民歌对学生的吸引力并不大，吸引力大的还是皮影的制作，学校里掀起了皮影热潮。

陆雁是第一个把皮影引入到语文课堂教学的人。大凡是有情节的课文她都鼓励学生先根据内容编皮影剧，鼓励学生用皮影演绎出来。

陆雁要上《空城计》这一课了，她鼓励同学们尽量吃透课文内容，然后自制皮影，把它演出来。由于预习的层次不同，同学们制作的皮影也就五花八门。殷梅告诉老师，说孙爷爷会唱这出皮影戏。陆雁听说很意外，她叫孙苡去把爷爷请来。孙爷爷真的唱过《空城计》皮影，他拿着道具进教室，同学们开心地鼓掌。孙爷爷唱的《空城计》和课本上的内容出入很大，陆雁就鼓励同学们和孙爷爷比一比。课堂一下子就变得不像课堂了。

有几个老师从教室外经过，听见教室里闹嚷嚷的，以为没老师，趴在窗口一看，嘿！孙爷爷和老师一起正带着学生闹腾。几个老师叹息摇头，说这哪是课堂，简直是菜市场嘛。这是几个老教师，凡事讲认真，他们回头就找到教务处，把陆雁的课堂说给殷主任听。殷亚军知道陆雁那课的名堂，说这就叫开放式教学。几个老师说，开放固然好，只怕教学效果不佳，经不住考。殷亚军故意问，你们的意思，是要来个确凿的比较？几个老师说最好。殷亚军看了一下课表，说正好，姚耶老师的班也刚上完这一课，下节就检测一下两个班。几个老师就说考一考看，究竟图个踏实。殷亚军知道他们想看陆雁的玩笑，也顾不了太多，就答应了。

陆雁不知道几个老师和殷亚军在打赌，第二节刚要讲《空城计》这课，就看见殷亚军主任拿了考卷来。一问，说要考这课。陆雁很纳闷。殷亚军就把刚才和几个老师打赌的事说了。只上了一节预习课就考？陆雁想认输，但同学们不认，坚持要考。考试的结果很快出来了，陆雁班的成绩比姚耶老师班要高出很多。几个打赌的老师很奇怪，都说弄不明白，他们一起去问陆雁教语文的绝招。陆雁说，学生的语文能力不是教出来的，重要的是"三写三读"。"三写"：抄写，听写，老师带头写。"三读"：课外读，实践读，老师带头读。几个老师听陆雁说，似懂非懂，只能不断地点头。

时间过了一周，雁潭中学就接到市教育局通知，说全市的教师代表要来学校观摩课堂教学改革。领导来征求陆雁的意见，陆雁说："要展示的话，就不该只有语文，其他各学科都得展示。"陆雁还以为这次观摩活动是专门针对她来的。领导发现陆雁误会了，说学校申报了"校园文化建设示范单位"，是请人家来的。听领导这样解释，陆雁那颗悬着的心总算放下了。

第 十 五 章

1

布谷鸟啥时候开始鸣叫的？老余没留意。布谷鸟像是有意催促他，"黄了要割，黄了要割!"老余忙着教学，要不是布谷提醒，他把自己家里的几亩田都忘记了。乡村流行一句谚语：小满三天耙耙香。小满节这天，老余回了趟家，他想看看今年小麦的收成，看庄稼成熟的状况。老余是偷空回去的，他在自家的田里转悠了好几圈，他看着麦浪滚滚，心情无比喜悦。土地骗不了人，你付出了多少劳动，它就回报你多少收成，不像学校的教育，一块田，今年你种明年他种，谁出的力气多，完全靠良心。这年月，良心不值钱，也不能全怪老师。种地有老天来评价，老天评价不了老师的辛苦。老余又一次想起了他职称评定的悲伤，那刚从田野里升起的愉悦瞬间被风刮跑了。老余想到还有课，赶紧直起身往回赶。回来时他顺便去菜市场买菜，路过街面网吧，他看见几个学生快速躲进去。老余嘀咕：这些小孩子，真是闲得！老余想：他们没有经过那饥馑的岁月，也不大理解小满这个节气的生活意义，即使听到原野上隆隆的机械声，他们也不会意识到夏收的来临。老余不明白现在乡村的孩子，咋就成了"有娘养没娘教"的了？父母外出打工，把孩子交给爷爷奶奶，爷爷奶奶只管温饱，不管培养，什么仁义道德之类的管教，一揽子都交给学校，落得个轻松自在。老余内心感叹：教育不单单是学校的事！他回想自己小时候，还有个家庭教育，虽然家庭教不了文化，但能教做人。那时候在学校，挨了老师的体罚，回到家声都不敢做，唯恐再招来处罚，心有惧怕，各方面表现自然不敢放松。现在呢，唉！老余懒得往下想了，要是往下想，只怕立马申请退休，滚离校园，有多远滚多远。

老余买菜的心情没有了，他不再多想，匆匆往学校去。进校门，问老门卫"白胖子"，这是第几节课？"白胖子"说第三节快下了。老余的课是第四节，弄饭吃是来不及了，肚子早就有响动了。老余问"白胖子"，说："你卖学生的那些垃圾小食品，都还有些啥，我能吃的？"老门卫"白胖子"听他这样戏谑，也不生气，一脸红白地笑，说真没你吃的。姚耶老师正好也从街上回来，听说老余没吃饭，就把刚买的一桶方便面塞给老余。老余掏钱出来，姚耶已经跨上电动车，在几十米开外了。老余叹息着摇摇头。

校园的围墙外，机器还在歇斯底里地轰鸣，麦秸焚烧的烟雾也从墙外不断地爬进来。老余走进教室，教室里缭绕着呛鼻的浓烟，他讲一句咳嗽几声，教室里一片咳嗽。离天黑还早，灯都开着，黑板上写的字如隐隐约约的鬼魅。老余发现根本不能上课，他心里诅咒了几句，就放同学们去足球场地上活动。

足球场地也受到空气污染的影响，踢球的孩子传不到几脚球就要停下来咳嗽一阵子。老余去向余牧扬反映情况，他想建议放几天农忙假。余牧扬听完老余建议，故意问："什么流氓假？"老余知道他故意打岔，笑着不答。农村中小学原来是有农忙假的，是啥时候开始取消了农忙假，老余还真记不清了。现在的乡村教师队伍中，怀念农忙假的不止他老余一人。对于农忙假的怀念大家讨论过，都充分肯定它的劳动教育功能，劳动更能培养一个人的品质。学校的中老年教师都经历过拾麦穗的岁月，辛苦岁月磨砺出的品质让大家受用一生，谁不怀念呢？余牧扬还是耐心听完了老余的建议，没有立即回答老余，只说容他好好想想。余牧扬也有难处，放个假容易，如何利用农忙假达到劳动教育的目的，这还需要一个科学的设计，需要教育思想的统一，需要教师的配合，更需要家庭，乃至于社会的支持。

　　农忙已进高潮，政府的宣传车整日里用喇叭喊，禁止焚烧麦秸秆，麦秸秆照样在烧，学校每天都被叫嚣和烟雾包围着。余牧扬还听说，政府部门最近加强了宣传力度，宣称不听劝阻者要罚款，要拘留，可现在也没见拘留哪个。老余离开了校长办，镇政府领导来找余牧扬了，要求学校配合宣传工作，放学生回家，找家长签订责任状。余牧扬认为这种想法太天真，乡村留守的只是老弱病残，大量的麦秸他们哪有能力处理，除非有处理补贴。领导说得恳切，余牧扬答应配合。

　　学生放假了，老余正好回家收拾自己的那几亩地。两天的假，对他来说已经够了。只是等机械花的时间长，真收割起来，很快。小麦从机械的这头进去，麦粒就从机械的屁股后出来，用粮袋子接了，转手就有人收购，用不了太长时间夏收就完成。最头疼的是满地的麦秸秆，老余烧它不是，不烧也不是。老余的老婆问老余，说："要么你把满地的秸秆收拾几天，要么我把它烧了吧？"老余心想，哪来的几天时间？他没搭理老婆，掏出手机听歌，他把音量开得很大，是歌曲《舞女》，老余好久没唱歌了，他跟着音乐吼起来：多少人为了生活，历尽了悲欢离合，多少人为了生活，流尽血泪，心酸向谁说，啊有谁能够了解做舞女的悲哀，暗暗流着眼泪也要对人笑嘻嘻，啊来来跳舞……老余的老婆也没理老余，她在老余的歌声里放把火，把麦秸秆烧了。派出所的警车停在田野的不远处，开过来了，车上下来几个愣头青，抓住了老余的老婆，说要罚款。老余的老婆怼起来，喊说钱没有，命有一条。老余老婆的意思是叫老余不要管，老余对那帮愣头青喊话，问麦秸秆不让烧，给个解决办法。老余知道他们也没有办法，就挑衅地唱，还是用刚才的歌曲，只是内容改变了，他唱道："多少老师，为了生活，经历了悲欢离合，多少老师为了生活，流尽眼泪，心酸向谁说，啊谁能了解半边户的悲哀，人后流泪也要把老师当，啊来来来教书，不能养家糊口，教育就是一场梦。"老余的老婆被推进警车，几个人过来要抓老余，老余自觉地把手伸出来。

老余是故意让人抓的，他的目的是想替农民说句心里话。有个愣头青认识老余，悄悄问他为啥要出这风头，老余喊说，国家欠农民的太多了，从民主革命到解放战争，从新中国建设到改革开放，哪一代农民不是为国家忍饥挨饿，舍生忘死？农民为国家奉献的太多了。农民哺育了国家，国家到了该反哺农民的时候了。农民不是不讲理，非得烧麦秸秆，不烧他们也没办法。不烧，行，你们得帮忙他们想办法，不能动不动就抓人，罚款！领头的也想放了老余两口子，让他们交点罚款意思意思算了。老余不干，说款要罚，得到了镇政府大院以后。

镇党委为了加大宣传禁焚力度，说是要对违反规定的群众处以罚款，其实并没有真处罚的意图，更不要说抓人了。老余违反行政规定，被几个愣头青用警车押到镇政府大院。镇委书记听说吓坏了，把几个愣头青狠批了一顿，勒令放人。老余自己赖着不走，说他支持党的禁焚决定，但是政府必须替百姓想办法，他要求政府给群众一定补贴，让群众把麦秸秆集中运到统一的地方，这样就不会乱焚烧，他和学生也不会被当成耗子熏。老余的要求镇政府显然办不到。幸好余牧扬打来电话，要不然镇委书记也送不走老余这尊佛，书记给余牧扬打电话，叫他来领人。

学生拿着禁焚烧承诺书回到学校了，家长都没签字。老余的学生听说老师被扣押在镇政府大院，闹着去镇政府请愿。余牧扬让班主任们安抚好学生情绪，说镇领导已经打电话来，要他去接人。

2

老余回到学校，大姚当着众多老师的面开他玩笑，说他有精力替农民争地位，为啥不帮老师争？老余说："怎么没争了？我还在田野上唱了，不信，你到野外去听，余音都还在呢。"

殷亚军就把老余唱歌的情景描摹了一遍，说就凭这得给老余置酒压惊。

这天夜里殷亚军请老余喝夜酒，请余牧扬、赵凯乐、大姚作陪。酒席上赵凯乐感叹年轻教师日子难过，工作是最重的，工资是最少的，月工资三千五，扣除公积金、医保、社保剩两千不到，扣除穿衣吃饭还剩一千，孝敬父母能免则免，不能免了就出两三百。剩下自由支配的只有六七百了，拿这点钱和谁处对象都得吹！

大姚开玩笑，让赵凯乐学老姚，做个倒插门儿。老姚说，时代不同了，男女不一样，现在女孩金贵。殷亚军对余牧扬说，今天也不是纯粹的喝酒，说他有个建议要跟校长说。余牧扬说，是啥建议，你说说看。殷亚军说，现在乡村教师待遇真不行，国家没办法咱想。余牧扬问咋想？殷亚军说，学校西边围墙外就是公路，路边一溜小商店，只有学校围墙这段空着。大姚老师说，学校可以把围墙拆掉，建成门面房出租，老师们入股分成。也不要老师们出钱，教导处把老师们的工作量换算成"金豆子"，多少豆子一股，入股到门面房。这样，教师待遇就好了，工作热情也会高……殷亚军还没说完，赵凯乐打断了他的话题，说这不是欢乐豆嘛！大姚老师插嘴说："对，就像是欢乐豆，谁挣得豆子多，谁的收入就多。再说了，不是有老师消极怠工，在电脑上玩欢乐斗地主游戏吗？就当是玩欢乐斗地主呢。"老余见余牧扬还没响口，知道他在考虑后果，说上面不是催促我们建设图书室吗？建成了，就说一楼潮湿，干啥不行？余牧扬听大家议论了一阵子，觉得可行，他就让殷亚军先去设计教学奖励方案。

学校实施改革有些时日了，但很多根本问题还是没法破解。比如像老钱，只是挂个教导主任的名，拿着补助，工作量很低。老钱还算好的，还有领导都不在岗。学校有收入的时候，津贴还照拿，没津贴了，也不干活了。殷亚军入主教务处时，教务处已是清水衙门了。没钱，说话不带响，开展工作阻力很多。那一天，他和大姚站在学校西院墙外，等余牧扬，一起去镇政府大院接老余。大姚看着围墙下半拉子空地，想出了门面房的主意。

门面房建设八字还没一撇，教导处的"欢乐豆"方案就出台了。余牧扬叫殷主任先不要宣传方案，先把方案操作一下，看可不可行。殷亚军也就每天闲了，坐在办公室，拿个计算器倒弄开了。有老师下课，经过教导处门口，听里面计算器的声音不断地叫：加，加，加……乘于，归零！进来问，才知道他在算"金豆"。没两天，全校老师都知道了，很多老师都跑到教务处来，要求增加工作量。一天早晨，殷亚军正吃早餐，听到校道上有女人在叫骂，他端碗出门看，看见某领导的老婆一手拿刀，一手拿着砧板，剁一刀骂几声。殷亚军起初以为是骂别人，听了半天才知道是在骂他，骂他没有给她老公增加工作量。挨了骂的殷亚军也不生气，他甚至暗自高兴，老师们能积极主动承担教学任务，这是好事，起码他以后主持教务工作好办多了。

事情既然都闹开了，学校只好把"金豆子"计划公布出来。有老师赞成，也有老师反对，反对的老师主要是挂了一官半职的领导，他们的课少。教务处让每个教师自己申报工作量，尽量把工作量调平。在工作量调平的过程中，干群关系一度紧张。普通老师认为，领导不能像以往，拿双份，还少上课，要想得"金豆子"，就得多代课。为了缓和矛盾，余牧扬分别找领导谈，他带头放弃职务上的"金豆子"补贴，并把教学任务匀出来给老师们。看到校长都这样了，陆雁、赵凯乐、吴桂英、殷亚军等领导也带头减自己的工作量，让利于民。那几个往常消极怠工的老师也不玩"欢乐斗地主"游戏了，因为游戏里的欢乐豆给他们带不来真快乐，工作中的欢乐豆才是最真实的。

为了帮助老师们挣到真实的"金豆子",余牧扬天天往市里跑,希望尽快拿到学校图书室建设的批复。余牧扬忙了十天半月,批文最终没拿到,原因是学校西边围墙外还涉及另一单位的地皮,暂时不好办。这个单位是水工部,原来也是事业单位,后来改革,成了企业,留有一部分职工养老保险没落实,学校要是要那几米地段,得先帮忙解决养老保险。余牧扬听到这个消息绝望了,他不知道怎样给老师们解释。

3

夏天渐渐热起来,学校老师们抢"欢乐豆"的热情凉下来了。赵凯乐知道,"欢乐豆"挣得再多,余牧扬也无法兑现,余牧扬也难。不久,赵凯乐接到一个邀请,邀请雁潭中学女子足球队交流足球进校园教育经验,所谓交流,就是足球友谊赛。交流地不远有个"全国最美的乡村",交流会间隙,女足安排了放松训练,教练组带领女足去参观美丽乡村。孩子们听说参观,一个个情绪兴奋,她们走在如画的村落里,叽叽喳喳地议论个没完。美丽乡村很大,也真的很美。在这个美丽的乡村里,游乐与文化设施都很齐全。孩子们在参观过程中,对"科技中心"和"版画村"特别感兴趣,因为它给了这群孩子有太多的震撼,杨波禁不住感叹,说:"雁潭镇要是这样建设该多好啊!"文化广场上,乡村妇女有的在表演民俗,有的在跳健身舞,也还有读书看报的人坐在树荫的石凳上。一条河流绿波荡漾地绕过,早晨的阳光被河水荡漾出霓虹般的色彩。杨波好像得到了什么启发,她问赵凯乐老师,我们镇为啥不能这样建设呢? 这里的文化真是丰富多彩!

赵凯乐说："我们镇，不是也修了个文化广场吗?"杨波再问："咋就没利用起来呢? 栽些树，也办个书报亭……"

赵凯乐打断她的话，说："我们镇，年轻人看不到一个，留守老人也只会焚烧秸秆，剩下的就是麻将，还文化呢! 用鼻子闻，用肚子化吧!"

孙苡抢着说："大人们要是能办这事早就办了，还等现在? 再说了钱从哪儿来?"

正说话间领导喊大家集合，于是大家就上车回去了。晚上大家还在议论美丽新村，殷梅的爸爸来看望大家了，他也刚从彭墩来，听了孩子们的意见，殷老师大发感慨，说："常言道，大河有水小河满，大河无水小河干。我们那里的文化河流，大河小河都没水。"大家接着又谈到了镇文化广场，大家都嫌弃新建的广场小，像个瘦骨嶙峋的"凹"字。

殷老师说，原来的面积还是很充足的，是个常年积水的空地，前边靠近公路是一溜人家，听说要建广场了，人们就赶紧把庄基地向后拓展，你圈建个厕所，他围个圈建个鸡舍，没几天原先的积水场就变了形，瘦了身，最后就瘦走了形。建广场本来是公益，为民服务的，资金自然不足，要想把占去的地收回就得出搬迁费。钱少广场还得建，于是就忍让着修，终于修成了个"凹"字。修成了"凹"字的广场平常很少用，偶尔地来个马戏团啥的就在那场地上搞些促销活动……

参加邀请赛回来，刚好是周日，女足队员的情绪很低落，都说好像丢失了什么。晚自习刚上，赵璐悄悄对杨波说，今晚咱们都去看马戏吧? 李怡怡问哪有马戏? 赵璐说镇文化广场。杨波说她不去，出钱看热闹，不划算。孙苡说不要钱，是免费看，他们为的是卖东西！李怡怡说反正晚自习下了还早，我们只看那么一小会儿就回来，没事的。大家见杨波没吱声就以为她同意了。周日的晚自习历来是做个样子的，学习任务很轻。第二节晚自习的时候，广场上的喇叭声夹杂着吼叫冲撞着教室的门窗，接着就有人请假上厕所，一个、两个、三个……杨波本来也想走，见教室里空的人多了就不再想。请假出去的同学到下晚自习都没回来。

下自习以后，杨波本来也想去广场上看看，可是班主任来了。班主任是来代收保险费的，班主任让杨波把出去的同学叫回来，杨波没有动。班主任很吃惊，追问再三，问为什么，杨波终于把实情说出来。

"私自外出是违反学校管理规定的。"陆雁强调。

"她们给我请了假的！"杨波辩解。陆雁就让杨波把同学们喊回来。陆雁让大家自我批评，没想到同学们的话让她吓了一大跳。赵璐说："我们的文化生活太单调了，只是为了感受文化气氛。"

孙苡接过话茬，说："什么单调？大人就不单调？广场上那么多人，他们咋就不好好地在家看电视？"

杨波也说："乡村文化生活真的很单调，人家美丽乡村，多好啊！"

班主任陆雁不能批评孩子们了，要是批评了，就表示孩子们说的是错的，孩子们说得没错，她们看到过美好的东西，有美好的向往，这有什么错呢？在后来足球队停训的几天时间里，陆雁组织队员深入社区，开展了足球第二课堂活动。同学们还精心准备了一场文艺节目，她们打算在敬老院表演。她们上半天帮助社区搞卫生，并和社区小朋友做了一场足球游戏，宣传足球进校园的意义。下午来到敬老院，她们打扫卫生，帮老人梳头，学着洗衣服，还在敬老院的墙上办了一期墙报。市电视台记者刚好经过敬老院。第二天的电视新闻就报道了这件事，说这是足球第二课堂。足球第二课堂意外产生了社会效应，被社会各界广泛关注起来，这一切都是学校预先没有料到的。

校园足球队的孩子毕竟还是孩子，下半年她们也是数日子过：今儿七，明儿八，吃了腊八过年啦！她们首先盼的是放了寒假，放寒假了又无聊，她们不自觉地往广场上凑，镇上的广场离家都不远，她们都借口到学校有集训，几乎每天都要到广场上来玩半天。广场上有个书报亭，畏畏缩缩地蜷缩在"凹"字口，书报亭门敞开着，里面空荡荡的。杨波问孙苁，文化站为啥不利用？孙苁说她问过爷爷，爷爷还都不是太清楚。"没人管我们管！"李怡怡抢先提出她的主张。杨波建议说："寒假也没事干，都把自己的好书拿来，集中起来分享，到这里来也热闹。"同学们都说这个办法好。她们当即就动手收拾书报亭卫生，杨波安排殷梅去买锁，自己就和孙苁排起寒假值日表来。赵凯乐听说孩子们在广场办书报亭，觉得很有意义，他高兴地信口承诺，说拿出几千元钱来帮她们购买新图书。孙苁听老师口头承诺，信不过，硬要赵凯乐写承诺，同学们都起哄，硬是逼着写字据。赵凯乐无奈，只好写个欠条。其实同学们不知道，赵凯乐这一年下来根本没剩下几个钱，这年这个年，还不知道咋过呢。

4

新的学年，杨波她们每一个人都要面临中考。首要面对的是体育中考，体育成绩要算入升学考试的成绩总分里，所以每一个人都不敢怠慢，女足队员全体进入了战备状态。全班投入到紧张的备战阶段。足球带给她们太多的幸福与回忆，可是到了中考这个节骨眼上的时候，她们每一个人都心底暗暗地使劲，赛场上的拼搏精神已经深入到了骨髓，她们都把中考当成是最后一场球赛。

这天早上要进行中考模拟训练，杨波第一次点名，孙苡和殷梅没到。杨波很担心，怕她们出了啥事，就找班主任陆雁汇报，陆雁听说，也觉得奇怪，赶紧去家访。陆雁到了孙苡的家，看见殷亚军老师正在拉琴，拉的是《二泉映月》，陆雁从旋律中听出了挣扎，无奈还有希望。她很奇怪，为什么自己对这首曲子从来没有这样感触过？她意识到殷老师家里肯定出事了。

陆雁喊了声殷主任，殷亚军抬头看见她来，站起身招呼，说本来要去学校，想拉琴，拉着就忘记时间了，亏得你来。两个孩子正在洗衣服，厨房内的炊烟从各个缝隙里挤出来，呛得她们一阵咳嗽，陆雁对着她们温和地笑了笑。殷老师说他督促过了，叫她们先上学，不忙着洗，她们答应了的。陆雁问殷梅为啥急着洗这些，殷梅说妈妈要回来，洗干净了，能给她妈妈留个好印象。陆雁对殷老师说，咋突然要回来？殷老师笑说，工厂倒闭，失业了。陆雁坐下来，她想和孩子们一起把剩下的几件衣服洗完。孙苡的爷爷赶紧来阻止，对俩孩子说："快收拾，跟老师去学校！"

陆雁有下午的课，课堂上，同学们的学习热情都不高，课间也没有笑声，陆雁是多么希望教室里有一声灿烂的笑声啊。她猜测，这一切肯定跟服装厂倒闭有关。陆雁即兴组织了一个辩论会，围绕家长打工谈看法。

杨波说："在城里，干得再好也是给别人干的，返乡创业未必不好！"

刘欣劝孙苡说："真要有能力，在哪儿都能把事干成，你爸爸妈妈是有能力的人，不用担心！"

李怡怡说："怕什么，回头我跟爸爸商量，一定帮你家！"

赵璐说："对呀，建议他们搞合作社呀！"

辩论会结束以后，陆雁总结同学们的看法，她对同学们说："对于回乡创业人员政府是有优惠政策的，关于孙苡和殷梅同学家庭的情况，我们会向政府反映，帮忙解决的，请同学们放心！"这一节课在歌声里结束了，全班同学集体唱了一首歌：《从头再来》，陆雁走出教室的时候长舒了口气。

第 十 六 章

双休日早晨，校园一片宁静，旭日初升，红光透过校园东边的水杉林，几缕阳光落在赵凯乐的窗台上，红彤彤的。赵凯乐猛然想起一件事，他那天答应过学生，今天要到广场上的书屋去陪学生开展活动呢。他看了一下时间，快九点了，他赶紧撕开一桶方便面，冲上开水。广场书屋是同学们参加足球交流会回来以后开辟出的一个读书沙龙，它标志着足球对少年的精神塑造成果。赵凯乐是这么认为的，作为一个老师，教练，他有义务去帮助他们。在校门口，赵凯乐遇到了一批男教师，正在整理钓鱼装备，他们要钓鱼去。

这两年，周末不再补课了，老师们才有了修身养性的时间。乡村文化生活单一，教师的年龄结构偏老，钓鱼就成了填补精神空缺的第一选择。赵凯乐不钓鱼，他觉得钓鱼不应该是唯一的选项，他年轻，年轻人就应该多读书，尽管现在乡村里教书的不读书。他也曾发起建立了个读书群，但参与的除了陆雁、殷亚军、余牧扬夫妇外，就没几个人，后来强拉了几个人进去，开展过几次活动，人员还是慢慢流失了，都纷纷跑到了钓鱼群里去了。看着钓鱼群热热闹闹，赵凯乐心里有说不出的滋味。教书的不读书，开展读书活动还只能和孩子们混？迷茫中，赵凯乐觉得这是莫大的讽刺。赵凯乐吃着方便面，信步往那"凹"字形广场走，他看见同学们正在颠球玩，杨波和段梅在擦洗书亭上的污渍，殷亚军老师也在，他坐在凳子上练琴，他拉的是《夜深沉》。有几个老人在京腔京韵里散步。赵凯乐的情绪亢奋起来，他快步朝他们走去。

书亭里的书籍寥寥，多是杂七杂八的通俗读物，真正有价值的书没几本，摆在书亭里就像是个幌子。赵凯乐能理解，同学们也只是为了一个据点罢了。杨波埋怨说，学校不是说要建图书室吗，咋还不建？赵凯乐说，这个，不仅你们想，老师们也想。他说完，自己先笑起来，他笑老师们为"欢乐豆"而争执，为"欢乐豆"而悲伤。孙艿拿出赵凯乐打的欠条，问啥时候买书？赵凯乐说没空，等有空去城里，一定买些书带回来。几天以后，赵凯乐真赶了趟城，他买了书，给余牧扬校长打电话，余校长要赵凯乐看着办。赵凯乐回来找学校出纳，说报销事宜，出纳很不理解，让他等。钓鱼群里的老师听说学校资助学生读书活动，就说钓鱼也是老师的业余文化生活，学校也要提供资金支持。很多不好听的话传到赵凯乐耳朵，赵凯乐憋屈得慌，说这钱不要学校出，算是自己向学校借的。实际上赵凯乐买书的钱也是借别人的。

殷亚军知道赵凯乐的郁闷，他找赵凯乐聊天，他们一起聊学校的第二课堂开展，聊乡村文化建设，聊到了读书会，殷亚军说，读书要有风气，只要有牵头人，形成风气还需要个过程。殷亚军问赵凯乐，说有陈美好的消息了，愿不愿听？赵凯乐听殷亚军说有陈美好的消息，精神头立刻好起来。殷亚军告诉赵凯乐，说襄北市有个读书会搞得好，还获得省文化样板工程，你猜那个读书会是谁发起的？陈美好。赵凯乐问："陈美好在襄北市，她不教书了？"殷亚军说："听说她还是离婚了，开了个家政服务公司……"殷亚军问赵凯乐，想不想去考察一趟？赵凯乐说那个读书会的事迹他了解一点，好像是一群女人，他在报纸上看过报道，就是不知道是陈美好。殷亚军笑着问他现在想不想去？赵凯乐说，我再想想。

那次邀请赛以后，赵凯乐身体不舒服，他看医生去了。他是一个人回来的，回来的那天，他在车站等车，他看见一张报纸，是一张《襄北日报》。大概是某个旅客遗留在座位上的，报纸上一个醒目的标题《读书会里的正能量》，报道的是读书会的事迹，赵凯乐只浏览了一眼，根本没认真看。他坐在座位上，对这群女人产生了敬仰感，他也想起过陈美好，就是没料到这事与她有关。他当时还把这群女性和陆雁比较，比较来比较去，他断定，一群热爱读书的女人，至少是雅致的。赵凯乐决定去一趟襄北，至少观摩一下读书会活动。

襄北市原本是一个古色古香的县城，赵凯乐去过多次，这次专程去，感觉很不一样：他似乎嗅到了浓郁的全民阅读风气。赵凯乐去得匆忙，他没有预约陈美好。赵凯乐到了以后，才联系陈美好，电话处于关机状态。他打听到陈美好开的那家叫"长生鸟"的家政服务公司，是读书会的基地，读书会的活动也经常在那里开展，他就直接去了家政服务公司。陈美好不在公司，她的同事说她去参加一个重要的活动了。公司里一个姓张的女主管接待了他。张主管给他倒了杯茶，说等会儿再联系。他们就开始聊陈美好，聊读书会。

姓张的女主管介绍说，襄北市民热衷广场舞。那时节，健身健美，快乐生活的观念已深入到人心。广场舞大妈们热情高涨，整个城市一到黄昏，大凡有空地的地方，都是跳健身舞的中老年群体。张主管说广场舞大妈们很执着，好像要把远去的青春或者失去的快乐找回来似的。张主管说，有一天她和陈美好散步到广场，受到音乐的感召，也跟着跳了一会儿，陈美好把她叫到僻静的地方问她，问她想过没有，城里有各种各样的活动团体，是不是少了个啥团体？张主管说她不知道。陈美好说就是没有读书团体。是啊，张主管感叹说现在各种团体、各种活动都闹得热火，为啥就不能有"读书会"呢？当时她们就决心组织一个读书会……

张主管正在和赵凯乐谈话的时候，她的电话铃响了，是陈美好的电话，电话里的声音很陌生。张主管告诉赵凯乐，说她已经汇报了，陈美好让他们晚点儿时间去茶楼等她。张主管收起电话，赵凯乐问："你们读书会最初，应该很难吧？"

张主管摇头叹息了一声，她很快笑了，说非常难！他们第一次阅读活动在公园的墓地，还有那边的读者！张主管回忆这些，先嘿嘿笑出声。她说当时有九个文友，带着各自读过的书，在公园的一块草坪上相聚了。那一天，大家以书会友，以文会友，畅谈读书体会，推荐好书新书，介绍各自欣赏的作家作品……张主管说她当天带去的是俄国作品《复活》，她笑说可惜了，墓地里没埋一个俄国读者。那次人数不多，内容简单，先是你一段他一段地阅读，然后是分享心得。每一个人都积极发言，除了躺在墓地里的……那一次感觉很特别，每一个墓碑就像是一个人，它们也在倾听。活动结束，离开的时候，陈美好还采了一束野花，放在临近的墓碑前，说了声对不起。当时大家都笑，说别把幽灵招进了读书会……谈话时间过得很快，张主管看时间差不多了，他们就一起往指定的那个茶楼去。他们到了茶楼，陈美好早就到了。

赵凯乐见到了陈美好，他惊呆了，这个陈美好并不是他要找的陈美好，是殷老师弄错了，张主管也弄错了。陈美好以为赵凯乐是记者，赵凯乐就假装自己是记者，他们坐下来谈话，谈话过程中他总担心陈美好要看他的记者证。很多话题都谈完了，赵凯乐不敢贸然开口了，他终于忍不住问陈美好的家庭状况。陈美好说："离婚了，孩子断给了男方。"赵凯乐有些蒙，推说赶回去整理稿子，要告辞离开。陈美好也没挽留。

赵凯乐回到雁潭中学已经深夜了，可他感觉好像不累，他满脑子都是和陈美好在一起工作的日子，尽管那段日子很短暂。赵凯乐下定决心，决定重新把读书会搞起来。因为他坚信，老师的任务不仅是教授学生文化，更重要的是展示一种精神品位，这种精神品位对学生的影响比知识更重要。他拟了个方案，去找陆雁，陆雁当时正在寝室吃饭，她一边吃一边看书，见赵凯乐来，赶紧收拾了碗筷。赵凯乐拿起她那本刚翻开的书，是《历史的教训》，书是余校长的，他也借阅过。赵凯乐坐下来，把办读书会的打算说给陆雁听，他想征求她的意见。陆雁说这方案对学生有用，对老师就不行了。赵凯乐说难道老师只要求学生读书，自己就不读书吗？陆雁苦笑着摇头，说她还是支持他，说一起试试看。赵凯乐又找到余牧扬，余校长鼓励他大胆地去做。赵凯乐想先在学生中把读书活动开展起来，他给读书会取了个好听的名字，叫"红苹果读书会"。大姚老师说赵凯乐是堵得慌，赵凯乐说："读书和你们钓鱼一回事，图的也是个乐。"赵凯乐虽然嘴上这么说，他心里却有另外的想法：学生的阅读积极性调动起来了，要是没有几个老师参与阅读，那伤害的不仅是学生感情，还可能对学生健康的人生观产生极大的破坏作用。

赵凯乐原来的方案把目光盯在教师群体上，陆雁觉得不合适，方案修订以后，把活动的重点放在学生层面上。课外阅读活动时间定在周末，地点可以放在学校，也可以放在"凹"字形文化广场。在文化广场开展活动，初期只有学生，后来同学们在这里踢球，跳舞，吸引了留守老人带了孩子来，人气一点点地聚集，休闲的人始终不多，阅读也只有孩子们。引导学生搞阅读活动不仅忙还累，但陆雁老师一直陪着孩子们，赵凯乐已经很满足了。

这一天早晨，赵凯乐正帮陆雁组织广场晨读，凯乐妈妈来了。"您咋又来了？"赵凯乐似乎不耐烦，凯乐妈反而赔着笑脸。凯乐妈觉得，上次到学校发泄了一通，给儿子丢下了难堪，她知道儿子还没原谅她。她听说儿子在广场上办了个什么会就想来看看。凯乐妈并非是纯粹来看热闹的，她有自己的打算：既然是什么会肯定热闹，肯定人多，只要人多，漂亮的姑娘肯定也少不了，她要是也参加这个会，说不准能对上个儿媳妇。陆雁老师热情地招呼凯乐妈妈，凯乐妈妈只顾盯着陆雁看，她觉得这个陆老师很不错。赵凯乐赶紧把母亲拉到一边，说："这里没你什么事，您还是回去吧！"凯乐妈说她可以义务给他们打理这书报亭，说学校食堂的伙食太差，年轻人远离父母不容易，她还可以做饭……她还打算在广场上卖饮料、小吃啥的，挣些钱可以帮他们把书报亭做大。赵凯乐理解妈妈的心思，但他不喜欢父母跟在身边，那样他就觉得不自在。他说："我们会有办法的，你还是回去，把老爸照顾好就行了！"

凯乐妈妈见儿子不肯答应，很生气地说："电视上夸你们照亮乡村文明，能照亮别人，老娘就例外了？"凯乐妈妈读过高中，当初和赵凯乐爸爸是一个班的。两人学习成绩都不好，又偷偷地谈恋爱，凯乐妈妈也因此经常抱怨说赵凯乐根本不像老子，只怕要打光棍一辈子。陆雁见赵妈妈还有些文化水平，不像是人们说的那种"麻辣烫"，就劝赵凯乐答应她，把她留下来。

"麻辣烫"是凯乐妈的诨名，村里人不大招惹她。凯乐妈妈工作果然很努力，她说为了儿子她乐意吃苦。

"红苹果读书会"的影响渐渐大起来。那天省电视台记者来采访，来的那个记者正好是陆雁大学校园里遇到的那个学长，多年未见，要说的话自然很多，凯乐妈首先不悦起来。记者离开的那天，陆雁班的女足队员集体病倒了。陆雁来到女生宿舍，她一个个地摸孩子们的额头，感觉不像是发烧，她们的面色也不像是有病的样子，只是精神有些萎靡。陆雁观察那一个个逃避的眼神，马上意识到了什么，她默默地坐在杨波的床上，心里有些难受。杨波见老师不言语反而主动搭腔，问："老师，您是不是不打算带我们毕业了？"

刘欣问："老师，我们是不是做错啥了？您说，我们改！"

孙苡不耐烦了，说："咋说的呢！把我们一直带下去，老师就不成家了吗？"

"还是把我们带毕业吧?""小蘑菇"几乎是乞求。陆雁想了一下，觉得好笑，就说："谁说我要走了? 放心吧，我不会丢下大家的!"

同学们听到老师亲口说不走，立刻高兴起来。陆雁问："要是真不舒服，都去医院看医生。"

"我们没病! 哈哈哈!"孙苡第一个就冲出了寝室门。

学生的周末读书活动坚持了很长一段时间，后来由于同学们要忙中考，暂时停下来。"凹"形文化广场上的书报亭就由赵凯乐妈妈打理了。赵凯乐妈妈在亭子旁竖起了个大的太阳伞，做起了零食饮料生意。小镇的人们已经习惯了早晚到广场上来散步，聊天，尽管读书的人少，但赵凯乐妈妈的小生意却意外地火起来。

第 十 七 章

1

　　2016 年中考结束，雁潭中学的校车载着考生归来，已经是下午一点钟了，站在学校门口公路边的家长们个个脸上洋溢着轻松的喜悦。"终于可以松口气了。"有家长感叹。有一个家长听孩子说考得很好，高兴了，还跑到小卖部，买了一串鞭炮放起来。同学们一个个地从车上走下来，脸上洋溢着喜气，那分明是凯旋的喜气。每一个家长都急切地迎过去询问情况，结果已经不重要，重要的是孩子顺利完成了学业，安全地回来了。殷梅的妈妈也站在公路边，她也许盼了很久了，脸上有掩饰不住的焦虑。殷梅跟爸爸是最后一批下车的，殷梅以为妈妈不会来接她，她知道妈妈刚回来，有很多事情要忙，但是她下车的时候还是看了一眼公路边，她看到了妈妈，殷梅激动地朝妈妈跑去。妈妈没问她考得怎样，殷梅首先汇报起来，她说她感觉不错，估计成绩也差不了。她看着妈妈开心的笑脸，主动地挽起了妈妈的手臂，殷梅感觉很幸福。殷梅中考回来心情很好，她快乐地忘记了同伴，整天跟在妈妈的身边，有时候孙苡喊她，她也是应付了事，她要把妈妈不在身边的快乐时光补回来。

这天殷梅正帮妈妈扫地，镇里主管宣传的领导来了，他来请殷亚军老师帮忙，说省里要举办社区广场舞大赛，雁潭镇社区也报名了，看他是否能担任个导演。殷老师还没开口，殷梅就答应了。殷梅问妈妈能不能参加？领导说就是来请她妈妈的，殷梅高兴地跳着，把妈妈抱起来。殷亚军瞄了那母女一眼，好像哼了一声，算是答应了。

殷梅建议爸爸改编学校的京韵操，爸爸说："京韵操太单调了，功能只是健身，要想参加省一级的比赛，艺术性就差了，别以为简单！"

殷梅说："妈妈本来就懂舞蹈，能有多复杂？况且还有我的嘛！"

殷亚军看了女儿一眼，知道她是为了妈妈开心，也没反对，只是说人员难找。殷梅就出主意说她能找同学帮忙，最好把她们的妈妈都请来。殷亚军想了下，同意了。殷梅和孙苡商量了一阵，她们就跑到每个同学家里，请同学帮忙。她们跑了一遍，还真找出了几个人选，有赵璐的妈妈还有李怡怡的妈妈。年轻的妈妈们都有城里生活过的经历，形象当然好，大都很灵活，多数妈妈都很乐意，只有刘欣的妈妈不愿参加，刘欣也希望妈妈能快乐，不再有精神负担，然而她妈妈就是不同意。刘欣没辙，殷梅几个跟着傻了眼。杨波想出了办法，说找班主任帮忙，让班主任以身作则去做思想工作，这样不就多出了两个人了吗？大家恍然大悟，叽叽喳喳往学校去。班主任陆雁和吴桂英老师在一起，她正收拾东西准备回家，见孩子们来，问清原委，才知道她们想什么。陆雁没有顾忌吴桂英老师的反对，她答应了孩子们。比赛队伍很快组织起来，大家情绪都很高，舞蹈的名字就叫"家校乐"。

梅雨季还没过去，老天也没好好地下几场雨，天气很炎热。排练的间隙，殷梅见年轻的妈妈们老拿天气说事，她知道她们放不下家里的一切。终于盼到了比赛的日子，江汉平原开始下雨，雨凶猛地下几天再晴一两天，河水迅速上涨再慢慢回落，这让殷梅的心里有些毛毛的。

比赛如期举行。

去武汉的那天，白天明明是艳阳高照，可到了晚上又下起了大雨。一群妈妈们各自想着心事，殷梅担心，妈妈们要是老想家里，分了心，表演有可能搞砸，搞砸了她就特没面子。殷梅想用故事打消妈妈们的忧虑，就给她们讲《六号球衣》的故事，讲在青岛的演出经历，讲得妈妈们真把心事全忘了。

比赛夺得了一等奖，殷梅悬着的心总算放下来。返途的汽车出了武汉城，天气有点闷热，殷梅心情无缘无故地烦躁起来。她每天都听到汛情预警，她看到长江和汉水在不断地上涨，曾经美丽的河流在她的脑子里已经不再美好，而是面目有些狰狞，她隐隐感觉出"红色预警"意味着什么。殷梅透过汽车的玻璃，看到了很多民居已经浸泡在水中，她当时只有一个心思，快点离开武汉，赶紧回家。

车上，每个人都无精打采的，车里的气氛凝重而寂寥，殷梅觉得气氛还有些悲凉，她就把头从后面伸过来，问妈妈在想什么，妈妈也只是笑了笑。妈妈们都很疲惫，她们在汽车的摇晃下渐渐睡着了。汽车在江汉平原上一路向西，旷野上的阴云低垂着，前方的天边不时有闪电划过，殷梅就把车窗打开，偶尔有几滴雨从车窗外飘进来，落在熟睡者的脸上，渐渐地都醒了。醒来的人们开始谈论天气，最后都觉得这鬼天气里好像有什么大事要发生。

大暴雨是晚上九点开始下的。

那个时候，殷梅刚从广场上回来，她去广场是看那个书报亭情况。殷梅正准备洗澡，忽然一道火光从窗户外划过，接着就是一声惊天动地的爆炸声。惊骇中她手中的盆子落在地上，她感觉到天塌地陷了。她还没回过神，雨就如同天河奔流般地倾泻，哗哗啦啦的雨声在窗外咆哮，不一会儿电也停了。殷梅刚点燃蜡烛，爸爸就来敲门了，雨淋湿了他的衣裤，像刚从水里捞出来一般。殷梅听爸爸说，他去了一趟学校，说水已经淹没了综合楼下的第一个台阶了。殷梅就问班主任走了没有，要是走不了咋办呢？她看着爸爸，希望他能说接班主任到家里住，可是爸爸没说。爸爸叮嘱了她几句，出门时用力地把门关上，门碰响了又一个炸雷。

第二天是个大晴天，殷梅到学校看望班主任陆雁，雨后的太阳很毒辣，气温高达 38 度，整个校园像是蒸笼一般，班主任陆雁果真没走。殷梅知道她还有很多工作要做，升学成绩已经下来了，班上同学都考得很好，有很多同学都踩在录取分数线上。殷梅主动要求帮班主任做些力所能及的小事。

殷梅来到学校，陆雁的妈妈早就到了，殷梅站在一边听她们说话，她听班主任的妈妈念叨"女大当嫁"，还问那个记者是怎么回事，班主任回答说："什么事也没有！"殷梅只顾看着老师的妈妈，她的脸色有沧桑、关切、焦虑、无奈，还有心酸的疼。殷梅想起自己曾经问妈妈爱不爱自己，她记得妈妈说，天下妈妈的心都是一样的，只是儿女的心不一样而已。殷梅想不明白，她知趣地从老师的寝室走出去。

暴雨后连续晴了三天，气温一路蹿升，一直在38度左右摇摆。这天是学生到校拿期末成绩单的日子，殷梅起床的时候天气还有些闷热，太阳光线还是那么强烈，她看见班主任从校长办拿回喜报，把喜报贴在校门口，殷梅看见班主任转身往回走。起风了。殷梅看了看天，漫天的乌云开始在头顶翻滚、奔跑，刹那间除了东南两边的地平线上还有一道亮光外黑云铺天盖地，殷梅赶紧往家里跑。半个小时不到，天地间就黑暗起来，没有雷声，没有闪电，风也停了，突然之间雨就撕天扯地地下起来。雨一直下到下午两点，整个镇子好像积水挺严重，排不出去的水就形成大大小小的湖泊。

2

由于天气状况很糟，学校要求老师们把学生的成绩单送到每个家庭，为了避免学生到校遇到危险。老师紧急集中开会，赵凯乐没有按时到会。陆雁刚下楼就看见赵凯乐钻出他的那辆现代轿车向她招手。她过去问："休息好了？"

赵凯乐笑着摇头，说："啥休息啊，忙排涝呢！"

陆雁不解地问："你家里？"

"村里，你知道，这农村水利还是几十年前的古董，七（吃）了几十年老本了，没人维修，现在都不管用了！"赵凯乐说。

"哦！"陆雁随便应了声。

"今天还有时间，把学生们的成绩单先给送出克（去）！"赵凯乐说。

雨后的天气恢复了一点凉爽。雁潭镇地处偏僻，村与村之间的公路基本上是石子路，有几段还是土路。土路不能走，有的路段积了水也不能走。赵凯乐开着车，就在各个村子里绕，下午回来的时候他们绕到陈桥村。

河水已经漫过了大坝上的水泥路，他们看见堤坝低处内侧的养猪场被水围困，跟随着叉车的有几个老人和妇女，正急着把猪往出运，一辆大卡车就停在堤坝上。赵凯乐把车停下来，询问了几句，他让陆雁把车先开回去，说这情况蛮紧急，人手显然不够，咱能帮就帮一把。

陆雁说："那你也要注意安全，回头我给你妈回个电话。"

赵凯乐说了声"好"，他飞快地朝不远处的猪场跑去。

当晚陆雁回到学校的时候天空又开始飘起细雨，她查看了天气预报，预报说今明还有大到暴雨，她的心开始紧张起来。

夜里果然又是大雨瓢泼，风雨声里陆雁难以入眠，她不知道自己担心什么。断断续续的睡眠终于熬到天亮，她给赵凯乐打了个电话，赵凯乐说他刚回家洗了个澡正要休息。陆雁挂断电话心里马上就踏实多了。

陆雁起床，冲了一杯牛奶，放在桌子上然后开始洗漱，这时候她听到一片嘈杂的吵闹声，接着就有汽车马达声响彻校园。余牧扬的电话也打来了，原来是民兵预备役正帮着把陈桥村等几个靠近河岸的村民转移到学校里来，学校作为临时安置点。余校长要陆雁去帮忙协助安置工作。

陆雁到教学楼前就遇到了杨波、孙苡和殷梅。李怡怡跑过来抱住陆雁就哭，杨波说："她们合作社的粮库有好几百吨呢，村里缺人手搬运，都被水淹了。"

杨波请求组织同学们去帮忙，陆雁说："你们还都是孩子，那很危险……"

赵凯乐来了，跟他来的有刘欣、沈雪、赵璐、殷梅，还有她们的爸爸妈妈们。赵凯乐通红着眼说："孩子们说得对，一家有难大家支援……"

赵璐的爸爸也说："我就在抢险小分队里，是赵璐硬把我拉来了，她还说，帮人家就是帮自己！"

李怡怡家、孙苡家、殷梅家今年刚联合成立了合作社，粮食仓库在临河公路边。大家到水灾现场的时候，河水上涨已经漫过公路，大半个仓库已经浸泡在水中，接应货物的几辆载重汽车停在公路上。正在搬运的都是一些老弱病残，他们盼来了援兵别提有多高兴了。他们把自己还没来得及喝的矿泉水递给孩子们，让她们先歇会儿再帮忙。一袋粮食三十公斤是有的，大人们见孩子们每人都扛一袋跑，男人们也就扛两袋三袋地跟着跑。

孩子们在一起好像不知道累，他们不懂眼前的危难，笑着，闹着，奔跑着，一个个像快乐的小泥鳅，也许是受孩子们的情绪感染，救灾的气氛从原来的沉闷变得轻松起来。

救灾伙房就设在河岸高处的一个瓜棚旁边，大皮锅下的柴火烧得啪啪响，陆雁老师就在那里帮厨。孩子们累了就往那里看一眼，然后再跟随在大人们的后面，听从吩咐把该搬的都搬向高处。

中午吃饭的时候，水又上涨了几分。孙苡和李怡怡圪蹴在一处，讨论她们家合作社的损失，这时孙苡突然把饭碗扔下朝河坡跑，原来河湾内侧回水处有一头猪在水里挣扎。杨波一边喊危险一边也跟着跑。孙苡仗着自己水性好，不顾一切地跳进激流中。杨波从小在汉江边长大，水性也不差，她见孙苡跳下去，也就跳下去帮忙。李怡怡不会游泳，把手指向河边，只啊啊地喊，吃饭的人们反应过来，都往河边跑。

猪被救了起来，陆雁惊出了一身汗，批评两个孩子不懂事。孙苡本来想争辩，杨波拉了下她的衣角，她明白了，她看见班主任的脸上渗出了汗滴，她愧疚地低下头。

陆雁怕孩子们再弄出什么危险，就跟家长们商量说："学校安置工作也需要人手，我还是把她们带回去吧？"家长们都表示同意。陆雁带领学生返回学校以后，班上学生基本上都回来帮忙了，没有谁通知他们，他们都能自觉地回报社会，这让陆雁很感动也很荣耀。

老师们都到了抗洪第一线，学校作为临时安置点确实需要人手。需要安置的村民有好几个村，住宿安排，物资存放都需要人手。陆雁就带领自己的学生打扫所有的房间，按照村组贴上标签，再把运来的物资存放在规定的地方。下午，五点半左右雨停了，四周出现了亮光。这个时候校园里的一切已经井井有条了。休息的时候陆雁问同学们累不累？同学们都说不累！

"假话，真不累？"陆雁开心地问。

"累！"大家都改口了说。陆雁老师说："吃饭时间还早，咱们出去看看天气，咋样？"同学们又来了精神。陆雁带领学生来到刘英大桥上，桥下是湍急的浊流，它一路从学校的正北林荫处奔腾过来，林荫已经被洪水淹没。

"老师快看哪！"有人惊叫起来，陆雁顺着同学的手指向西北看去，淡墨色的云把残阳挤在了一条狭长地带，就在地平线的边缘出现了一抹金亮亮的云彩，那地带就像是碎金子连缀成的，陆雁问大家，那云彩下方是什么？有同学说是山，有同学说是海。

3

天终于放晴了。

雁潭中学安置点里，村民和往常一样起得很早，他们三五成群地在一起议论天气，预计着回家的日子。校园北面临河的围墙已经坍塌，水快要漫到校园内的车库棚了。有人在那里用网罾子网鱼，也围了一些人在观看。校门口进进出出的是买早点的人，小镇平日里经营惨淡的小吃店一下子火起来。陆雁要去买早餐，刚到校门口手机就响了，电话是爸爸打来的，爸爸告诉她说，新的工作单位已经帮她找好了，要她抽空回去一趟。上一周她接到妈妈的电话，妈妈说邻居阿姨又给她介绍了个对象，在政府工作，要她回去见见面，她回答说过几天再说。她想推一天算一天。

每次接到电话陆雁都要想到赵凯乐，陆雁断定爸爸妈妈是不会接受赵凯乐的，主要原因是赵凯乐的乡村教师身份，还有一个就是赵凯乐有点口吃。她也不知道从哪一天开始，她竟然害怕接到家里的电话了。每次挂了电话以后，她的心情都无比沮丧。已经三年了！她想，今年除多了一次洪灾外好像没什么不同，洪涝灾害逼迫学生返校了。有老师玩笑说，学生就像是一个个皮球，被家长又踢回来了。学生回来后陆雁就把留守学生的父母组成一个班，开展家庭教育培训。天气晴了两天，河水开始有退的迹象，于是每天早早地就有很多人跑到河边看水，水退得很慢，灾民开始有了烦躁情绪。

又一个早晨，杨波和孙苡跑来找陆雁，她们建议踢一场足球表演赛。负责灾民安置工作的导听了陆雁的汇报，别提有多高兴了，他们当即就把全体灾民都集中到了足球场上。灾民们本来情绪不稳，听喇叭喊叫说足球场有足球表演赛就都到球场来。农民平日里忙，很少有时间看足球，他们中间也有喜欢看球的，只是近些年国家队成绩不佳，也就渐渐远离了电视机，前些日子他们也看到媒体对雁潭中学足球文化的宣传，内心的余温还在。"表演赛不求结果，只求过程。"赵凯乐说着就秀了下球技。陆雁问学生，赵老师帅不帅？"不——帅——！"同学们异口同声地回答，接着就是一阵哄笑。

表演赛是男女混合，孙苡和杨波分别担任队长。比赛哨响起，杨波就拿到了球权，她带球连过了两个人，头也不抬拔脚怒射，球进了！场下的气氛马上就活跃起来。几分钟后孙苡也不甘示弱，她从后场启动，传球、接应、传边、中路插上，接队友传球临空抽射，足球应声入网。孩子们球场上的表演吸引着每一位家长，大家在欢笑，所有的人暂时忘掉了洪涝灾害的烦恼。

天气晴朗了，气温还没有降下来，水位也开始明显降落，人们的心情也好起来。中午饭后，有人吼叫着跑进校园，说："稀奇了，古雁潭又出现了！"

人们纷纷往镇子北面的河沿子跑，古雁潭就在孙苡家的门前。河水已经见清，孙苡家门口的河段水位退下去很多。大家果真看见了一个隐隐约约的潭，因为水位还没有完全退下去，潭口还没有冒出来，水面的上空有只雪白的鹭鸶在盘旋，白鹭也不失时机地鸣叫了几声。

孙苡的奶奶又在那棵被天火烧过的古树下摆起香案，焚起了香炉，整个河岸就氤氲在香火的缭绕中。人们议论纷纷，说这是天降祥瑞，也有人说未必。有人玩笑着问孙奶奶："您老人家能通神，您说这是好还是不好？"人们哄笑着散了。看了一天的稀奇，议论了一天的稀奇，都估摸着明天又是个晴好的日子，洪水可能全退下去，人们也都希望回到村子里看看，看看那些还没来得及搬走的东西还在不在。在平静的夜里，陆雁睡到半夜，听到旷野里偶尔传来几声狗的叫声。

"水退了！水退下去了！"大清早有人喊。起床的人们蜂拥到水边。水退去后，学校北面的围墙哗啦啦一路倒塌过去，就像是多米诺骨牌效应一般。水位线就在墙基处荡漾，墙内有几处低洼还积着水，水里有鱼在拼命地蹦跶，早有人赶过去用竹篮打捞。

中午前就有人要急着返回村子去。正午的太阳已经很炙烤了，饭后人们正要午休，又有人喊："涨水了，又涨水了！"

"晴朗的天，又没下雨，哪来的水？"没有人愿意相信，可是有几个回来报告说真的是涨水了呢！午睡的人们这才意识到有些不妙，纷纷向水边跑。

水涨得很快，瞬间回升到倒塌的围墙处，水越过围墙还在上涨，仅一个小时就越过了原来的水位线。青天白日，水位疯涨，这让所有的人慌了。河水越过了教师住宅区的桂花园，越过了校道，一路朝教学楼前的足球场攀爬。

两个小时以后，整个校园完全成了一片汪洋，水还在涨。开始的时候，人们把一楼的东西搬到二楼，一楼进水以后水还在上涨，人们就接着把东西往楼顶搬。要搬的东西太多，大家搬了一会儿，干脆放弃了。

教学楼的楼道上挤满了人，大家讨论着水的来源。

有人提出疑问："该不是汉江又倒堤了吧?"虽然这只是轻轻地一问，但这一问却激起了一股人浪，瞬间不安情绪就传染开来，因为历史上的汉江倒堤每一次都是毁灭性的灾难。年轻人没见过汉江溃坝灾难，有几个年长经见过的就讲给大家听，听得每个人都浑身毛瑟瑟的。讲述的老人说："活这么大岁数了，还没见过这么大的水!"

不断有人向外打电话，想询问涨水原因，没有人能打通。下午四点多一点，校园内所有的楼房几乎都进了一尺深的水，而教学楼一楼的水深竟两尺多。

陆雁把学生们都集中在教学楼顶，楼顶上扯起帆布，铺两排板铺。陆雁和吴桂英老师就守在南北两边，她们几乎是背对背坐着。

校园的四周一片汪洋，庄稼已沉入水底，远处的村庄就像是航行在大海上的破船，随时都有沉没的危险。

凌晨，赵凯乐回来了，他浑身是伤。陆雁问是咋回事，赵凯乐说应急分队绕过杨丰河的时候，河对岸楼房里有人喊救命。楼房已经被水淹了，是一个老太!他游过去救人，他是砸窗进去的，这些伤都是玻璃划的。

"老人怎样了?"陆雁问。

赵凯乐说："肯定安全，我都安全地在这儿了!"陆雁望着赵凯乐的脸，说他真是个苕，她嘴上虽然这样说，脑子里却在努力地想象着他救人的情形。

"你干吗这样看呢? 看得我都有些难受了!"赵凯乐笑着说。

"今天你咋就这么可爱呢！"陆雁笑起来问，"这水，是汉江大堤决口了吗？"

赵凯乐说："不是！"

"那水从哪里来的？"陆雁很迷茫。

赵凯乐说："是几个大水库放的水，为了保大武汉安全。可不敢跟灾民说！"陆雁说知道。文化广场是整个镇子里最高的地方，有几个重灾区的村民被安置在这里。阳光下密密麻麻的帐篷就像是雨后的蘑菇。

第二天早晨，陆雁带着杨波、孙苡等女足队员们在广场上帮忙，她们洗碗、烧水、搬运物资。记者的镜头一路拍摄过来，杨波正在洗盘子，她被记者叫住问话，她回答了几句，记者似乎很满意地笑了。午后一点钟左右，采访结束，领导一行要回去汇报工作，电视台的同志也要急于回去制作新闻片。学校领导就安排赵凯乐用他的私家车送记者去火车站。太阳正毒，陆雁递给赵凯乐一瓶风油精，说："这个能用上。"赵凯乐接过风油精，他指着远方，说："好多白鹭，真漂亮！"陆雁果然看见洪水覆盖的原野上盘旋着很多白鹭，阳光下闪着耀眼的白光。赵凯乐的车已经离校门口很远了，陆雁还站在原地，她感觉有点蒙。陆雁做好了午饭，她要等赵凯乐回来一起吃，然而她接到电话说赵凯乐出车祸了。

赵凯乐和记者都负伤送到市医院。陆雁的脑子一片空白，她跑到操场上……一条狗蹿出来，她认得那条狗，它叫龙，是一只被遗弃的，被赵凯乐收养的狗。它毛色雪白，浓密浑圆又丰满的尾巴始终翘着，让人看了总要忍不住前去摸它一把。它的确是一只萨摩耶犬，身体不长但肌肉发达，前躯直而腰部非常结实。

那还是今春开学后不久的一个傍晚，陆雁在球场上发现了这只小狗，它活泼地在足球场绿茵上扑蝴蝶，腾挪、跳跃，像一团雪球在夕阳里划出一道道美丽的弧线。赵凯乐刚好要去上晚自习，它竟然蹿到他的脚下不断地亲吻，赵凯乐善意地赶它离开，它吠叫了一声，还瞪起眼睛……陆雁当时还看着赵凯乐，说："我给它取个名字，叫尨，可好?"尨就对她叫了三声。

第 十 八 章

1

连续的晴天让气温居高不下，每天都是白花花的太阳，灾民
们的情绪都能闻出被烤煳的焦味。洪水切断了大多运输线路，大
量外来救灾物资一时难以运进来。为了响应"抗灾减灾，生产自
救"的号召，学校教师全部投入到了救灾第一线。陆雁班上的同
学已经毕业了，由于陆雁还在雁潭中学，班上的足球队员们还是
定时往学校来，她们的心还在依恋着自己的母校，况且现在是灾
难的时刻。她们能做的就是动员留守的孩子们开展宣传工作。

孙苡几个镇子上的同学离学校近，她们每天来得最早。李怡
怡终于比镇上的同学们早到了一回学校，那天她带着同学们到各
个安全地带去张贴标语，标语贴完的第二天，通向外面的道路就
通了，外援物资源源不断地运了进来。李怡怡的爸爸每天忙着配
送救灾物资，把粮油、水和方便面派送到各个村子里去。杨波怪
李怡怡单独行动，没有约上她和"小蘑菇"，让李怡怡跟她爸爸

说说，带上她们一起去帮忙。李怡怡的爸爸答应了她们。他们每天早上跑三个村，下午三个村。每到一个村，三个孩子也不等吩咐就忙着把物资往车下搬。这一天早晨他们到了夏场村，他们送完第三趟，正准备休息，李怡怡看见有一间屋子里几个村民正悠闲地打着麻将，她向杨波招了招手，努努嘴。车上的物资都已经搬运完毕，李怡怡的爸爸就让她们先喝水休息一会儿。几个孩子聚在一起，讨论起打麻将的那几个村民。李怡怡很不满，说："这些人，心里没事，都什么人啊！"

"难道他们等别人来救助就那么心安理得？""小蘑菇"附和说。

杨波说："也许是精神空虚吧，或者自暴自弃？"

李怡怡说："我咋觉得……"

"你觉得什么？"杨波问。

"一种被欺骗的感觉，"李怡怡问，"这究竟是为什么？"

几个孩子坐在一起讨论了半天也没个结果，回家的路上，李怡怡问爸爸对那打麻将的村民有啥看法，李怡怡的爸爸告诉她们，说大人世界里的很多事她们不懂。"小蘑菇"不同意李怡怡爸爸的含糊其词，说还不如跟老师讨论呢！迷惑的孩子们想起了老师，她们很想从老师那里得到答案。杨波说她很想给陆雁老师打电话，她们已经有几天没见到班主任了，怪想的。班主任的电话打不通，赵凯乐老师的电话也不通，奇怪了！几个孩子开始有点不祥的感觉，她们赶紧四处打听，有消息说："赵凯乐遭遇车祸了。"

几个孩子很震惊，她们迅速地召集足球队员集中，商量着去医院看望赵凯乐。杨波说："他不仅是我们的教练，是老师，更是朋友。"

她们是搭乘公共汽车到城里的，进城以后四处打听花店在哪里，她们凑份子买了一大束康乃馨，还买了一些杂七杂八的营养品。到了医院住院部四楼，她们转了几个来回，没找到赵凯乐老师住的病室。突然间龙出现了，它热情地和她们嬉闹，一派无忧无虑的样子。沈雪蹲下来摸着龙，问它，赵老师在哪个病室？龙从沈雪怀里跳下来，带着她们往前跑。

陆雁很吃惊，她显然不知道她们要来，问她们经过家长同意了没有？大家都说同意了。

赵凯乐的腿上还缠着石膏，他让妈妈把他扶起来靠床坐着，孩子们叽叽喳喳地把花插起来，问伤得重不重？疼不疼？想不想大家？总之没完没了。李怡怡突然想起救灾活动中的所见，就把所见说给老师听。赵凯乐感叹："自然灾害好救，精神上的缺失谁能救……"同学们似懂非懂。

"小蘑菇"转换了个话题，说："乡村就是没有城市好！"

陆雁问她城市好在哪儿，她说城里的孩子有妈妈陪。

孙苡说，城市还有很多好玩的，乡村就没有！

陆雁接着问大家说："你们希望未来的乡村会是个什么样子呢？"

李怡怡说："应该有很多大商场、文化宫、游乐园，还有……"

"人都走了，屋都空着，亏本啊？"殷梅说，"我下晚自习，一个人走在青石街上，好怕哦！"

杨波说："要是有什么办法，让走出去的人回来就好了！"

孙苡想了下说："有啊，大人们打工的地方，有什么厂咱们就办什么厂，人不都回来了？"赵凯乐觉得孩子们虽然幼稚，但想法很浪漫，很可爱，他笑了，问："哪个老板愿意到这里办厂呢？招商引资，那是政府部门的事！不是你们孩子操心的！"

陆雁见他给孩子们泼冷水，就说："孩子们的想法是对的，我们可以借这次灾情向上级部门建议嘛！"

陆雁的话鼓舞了一群孩子的信心，她们就议论起来：如何为建设美丽的雁潭镇贡献力量。"小蘑菇"提议，可以把雁潭建设成一个足球小镇。殷梅说可以与学校合作建设成校园剧之乡。孙苡说，那也得先把外流人口收回来，这就得先办企业。杨波听她这样说，睁大了眼睛，仿佛下定决心，说我也可以让妈妈回来投资啊。殷梅听她们这么说也不甘示弱，说我爸爸懂音乐，我早听他说要办一个民俗文化中心的，前几天还说要帮孙爷爷搞个乡村大舞台呢！

赵凯乐说："现在乡村受灾倒塌房屋很多，可建议政府先把灾民集中安置到镇边上来，人口集中了才好办事……"陆雁也受到启发，说你们的意见很有前瞻性，真的可以给政府建议，向全社会求助！同学们听她这样说很高兴，她们感觉到了老师对她们的信任。

2

余牧扬来看望赵凯乐了。

赵凯乐要下床迎接，却被余牧扬挡住了。赵凯乐问他怎么有时间来，余牧扬说顺便，他是到市里办事。赵凯乐问，什么事？余牧扬说，是建教师周转房的事。赵凯乐发牢骚说："年轻教师派不来，建房子谁来住？"

"这也是教育均衡发展的需要嘛……"余牧扬话没说完,从包里掏出一份文件和两张表格,让他和陆雁看。文件是关于申报全国模范教师群体的通知,他把两张省模范教师登记表递给陆雁,余牧扬的意思很明确。赵凯乐看了一眼申报表:政治面貌?他不是党员。何时何地受过何种表彰?他没有。他似乎想说点什么,但没有说,最后只冷冷地笑了下,他把表格递给了陆雁。陆雁能猜到他想说什么,就岔开话题,介绍赵凯乐的伤情,说是不幸中的万幸,痊愈也只是时间问题。余牧扬坐了一会儿说要走,陆雁说:"都到我家门口了,吃个饭再走吧!"

陆雁说的是客气话,没想到余牧扬竟满口答应了,这让陆雁很意外。陆雁并不知道,余牧扬今天来还有一个打算,就是想和她的爸妈谈谈。他是受了吴桂英的叮嘱,来撮合赵凯乐和陆雁婚事的。余牧扬知道吴桂英的想法,她是怕陆雁走了,自己落单。余牧扬想:乡村教育的未来还真在陆雁这样的年轻人身上。

陆雁赶紧给家里打电话,说学校领导想要来拜访他们。电话是她妈妈接的,她妈妈说家里这会儿没人,余牧扬听出了那头赌气的口吻,就笑着说:"没关系,改日,改日吧!"说着就朝外走。

陆雁很尴尬,连连给余牧扬道歉,余牧扬宽慰她,说:"没事,没关系,来日方长嘛!"陆雁担心孩子们的安全,她让赵凯乐安心休养,说过几天再来,她得把学生安全送回去。

"不要操心我,你,也不要,累着。"赵凯乐小声说着,好像底气不足。

陆雁回到学校的第二天早晨,陆雁遇到吴桂英老师,吴老师告诉她,余牧扬从城里回来,为她的婚姻大事失眠了一夜。吴老师说："他担心的，是今年能派几个年轻教师来，他说学校的师资不足，今年又退休了几个，要是再派不来教师，他可真是揭不开锅了。"

陆雁觉得，余牧扬当一个乡村中学校长也挺可怜的。城市化抽空了乡村的血液，乡村教育的未来，也只能是他一厢情愿的设想。从足球进校园的短期效果上看，很好地培养了孩子们的悲悯情怀，但是乡村教育可借力的地方有限，目前的这个局面也不知道能维持多久？吴桂英赞扬了陆雁这几年对学生精神世界的改变。陆雁感叹说，孩子们的世界固然与成人的世界无关，但她们能思考成人世界里的缺失，这是难能可贵的，她也只是肯定了他们而已。

陆雁问吴桂英："余校长回来忙什么？"

吴桂英说："天蒙蒙亮就匆匆地朝镇政府去了，说是什么计划，联谊会，艺术节什么的。"陆雁哦了一声，自言自语，说："他该不是真想建议，把灾后重建重点放在文化建设上吧！"

乡村救灾工作告一段落，老师们大多放假回家休息，只留少数老师帮忙统计受灾情况。

孩子们听说陆雁也要下乡搞统计，就闹着要参加统计工作。陆雁能猜得出他们心底的想法：他们想尽可能地多报些倒塌房屋数量，让尽量多的灾民都集中到镇上来居住。

陆雁第一天带孩子们下乡，晚上回来以后孩子们突然集体失踪了，她没想到，吓得浑身冒汗。她打电话问当天下乡的老师，都说不知道。她就组织老师四处寻找。半夜的时候，陆雁接到余牧扬校长的电话，说孩子们都在镇政府里等下乡的领导回来呢。

陆雁得到消息就急忙往镇政府赶，她必须先要确定孩子们是否安全。孩子们都围坐在镇政府办公室的门口，见陆雁来了都站起来，她们磨磨蹭蹭，看着老师的脸。陆雁没有发怒，她温和地询问原委，原来孙苡在白天做统计的时候少统计了一家危房，孙苡见大家相互怪来怪去，很自责，她说就是一夜不睡觉，也要等到领导，把错误更正过来。

"是我们坚持跟她来的，不怪孙苡。"杨波说。陆雁没有责备任何一个学生，她能够猜测到同学们的心底想法：受灾搬迁，这镇上多一户人家就多一分繁荣。

3

陆雁带学生离开医院以后，赵凯乐的情绪一直很低落。

他住进医院后陆雁来看望过两次。这第二次他本想和她多做些交流，但被孩子们给搅黄了，他只能把自己的想法先压在心底，等以后有机会再告诉她。赵凯乐又在医院住了一个月，已经能动步了。他心里记挂着足球班的那帮孩子们，她们都已毕业，都被哪些学校录取了呢？赵凯乐给余校长打了一个电话，余校长说陆雁正和孩子们在一起，忙着统计被洪水毁坏的农户房屋数量。赵凯乐就给陆雁打电话，陆雁兴奋地告诉他，说学校已经申报了全国模范教师群体，他的那张表格也帮他填了。赵凯乐说他决定出院，他实在受不了医院消毒水的味道。

赵妈妈心疼儿子，极力劝他安心养病。赵凯乐说："整日窝在床上心烦！"

赵妈妈叹息："娘心长在儿身上，儿心长在石头上啊！"

赵凯乐听妈妈这样说，心里就有说不出的愧疚：妈妈爱他是因为他是她的儿子，没有任何条件，可是他自己呢？他马上给妈妈道歉说："我想家了。"其实他想什么，只有他自己知道，也许他以后决定要干的事，对妈妈，对陆雁，对所有人都是一种伤害。

赵凯乐曾经觉得：自己和陆雁的关系就像是聋子和哑巴的关系，这种感觉来自沈雪的父母，他在不断地思考以后，明白了他和陆雁之间的那种感觉。赵凯乐回到雁潭镇，走了一遍青石街，他隐隐地感觉似乎有一种希望，但又觉得像雾又像风。

学校周转房动工的这一天，赵凯乐回到学校，当挖掘机开进校园南边那块荒地的时候，赵凯乐看见了老余，老余已经正式退休了，今天也来了，他正和大姚老师聊天，赵凯乐主动过去和老余打招呼，问他最近忙啥，老余说忙着修缮房屋，闹水灾的时候，家里的老房子被水浸泡坏了。大姚老师就编排老余笑话，说老余前几天和哥哥一起去武汉买材料，他哥哥一生没出过门，看见长江大桥的宏伟，很惊奇，说建这样的桥，可能得花几万块钱吧？老余批评哥哥见识短，说你苕吧，这么大的工程，没几十万能建得起来？大姚说完，围观工地的人都笑。老余也不生气，他知道大姚笑料的含义，是说他见的世面小。事实上，老余在乡村教了一辈子书，跑得最远的地方也就是武汉。他清苦地教了一生书，以后也没本钱去城里买房子养老了，他这一生的世面也就是老祖屋那么大的天。老余有点尴尬，赵凯乐没笑，甚至感觉有些悲凉，他从老余的身上，看到一个守候乡村教育者的悲苦。

赵凯乐不忍看老余的尴尬，他抬头之际看见孙苡的爷爷带着几个乡邻进了校园，孙爷爷先是在挖掘机上绑定了一块红绸子，然后选择一个方位摆上四果（香蕉、红枣、桂圆、苹果），他然后在基地的四角插上香，点燃鞭炮，然后再撒一遍五色豆（黄豆、赤豆、白豆、黑豆、绿豆）。余牧扬本想阻止，但孙爷爷已经手持焚着的香念起来：百秽藏九地，金钟响玉音。群魔护荟林，法鼓振迷尘……后面就是听不清的一串念叨。孙苡的奶奶硬拉着余牧扬跪拜，余牧扬不肯，老余就把他摁在地上。余牧扬只好闭了眼，象征性地双手合十。来看热闹的群众很多，大家都跪下去，黑压压一片。也有人不断地买来鞭炮，一挂挂地鸣放。

赵凯乐看着余牧扬和老余，两人的虔诚度正形成着对比。他想，此刻的余校长心底所祈祷的是什么呢？赵凯乐抬眼，看见了学校北边的那块高耸的广告牌，广告牌上金色的大字在阳光下非常醒目：人民有信仰，国家有力量，民族有希望。赵凯乐暗暗地推敲了一遍，觉得这三句话之间原来是因果关系。

4

学校周转房开工的第二天，余牧扬没有找到赵凯乐，问陆雁，陆雁说自己也没碰见他，电话也打不通。余牧扬告诉陆雁说："学校获得全国模范教师群体荣誉，你和凯乐功不可没，你已经评上了省劳模，这些正在公示中，只是凯乐，他不是党员，以往也没获得过啥荣誉，指标只能让给另一个老师……"余牧扬没有继续说下去，但陆雁非常明白。

余牧扬找赵凯乐还要商量另一件事：学校要筹备"灾后英雄群体对话会"，这是上级的决定，学校女子足球队已获得"小英雄群体"称号，赵凯乐不能缺席活动，活动很重要，还要全程电视直播。

陆雁想：顶替赵凯乐工作没问题，问题是赵凯乐从医院回来后似乎是有意躲着自己，她有种苦涩的不祥预感，她又不能把这种感觉说给余牧扬听，只觉得心底有一股股心酸往上涌。余牧扬看着她疲惫的神态，叹了口气，摇头走了。学校在筹备活动的过程中，各级各类媒体记者纷纷涌到这个江汉平原上的小镇，来到了雁潭中学。赵凯乐还是没露面，电话还是打不通。陆雁有些忙不过来，学校里年轻教师少，吴桂英就带着几个快退休的女教师来帮忙。

召开对话会的那天早晨，电视台的直播车队就开进了校园。十点钟各项准备工作已经展开。学校周围聚集了很多市民。也有前来打探消息的，他们的身上还带着太阳烤焦的干草味儿，脸上还看得出疲倦消退的痕迹。校园里的学生统一身着球衣，各自忙碌着，校园广播里播放着校园剧《六号球衣》的主题曲。

陆雁和她的学生们忙着布置会场，接待来宾。下午四点半，女足队员开始化妆，有同学问赵凯乐老师哪里去了，陆雁说，赵老师腿脚不便，需要休息。大家无精打采地歪在一起，偷偷地议论着什么，陆雁只当着没看见。对话会主会场就设在新建的灯光球场，时间定在晚七点。陆雁从早五点一直忙到下午五点，下午五点半她带着学生开始走台彩排。参加对话会的有省教育厅领导，市委市政府领导，教育局、文体新局领导和社会各界代表。庄严的国歌声里对话会开始了。在热烈的掌声中，孩子们迈着整齐的步伐，身穿自己的球衣入场，聚光灯下她们逐一和陆雁老师拥抱。主持人问陆雁自豪吗？陆雁说自豪没有，激动是有的。问她为什么激动？陆雁说因为我们的教育让孩子们拥有了悲悯情怀。主持人又问陆雁的幸福感和获得感。陆雁回答说教育需要爱，乡村的孩子更需要爱，需要的不是广泛意义上的爱，而是具体的母爱！

"说得太好了！"主持人评价说，"学校教育离不开家庭教育的支撑，如何给孩子一个温暖的家，这关乎着学校教育的成果！下面我们在采访小英雄之前，先要放一段录像。"

录像里是杨波的妈妈。

"闺女，你好吗？妈妈也想你！妈妈知道欠你的太多，妈妈也不想啊！天下没有不爱孩子的父母！我和所有的妈妈一样，想给你们多挣钱……妈妈现在才明白，你们不怕苦，怕失去妈妈的陪伴！你写来的信，我收到了。你说得对，乡村现在比过去好，以后会更好。孩子们，你们是幸运的，遇到了好时候，好老师！你们能懂得感恩，我非常高兴。灾害已经过去了，我答应你，很快回家！……"

主持人问杨波有什么愿望，杨波看着自己的同伴，说："我们，都希望老师也幸福！"台下响起了赞许的掌声……接着就是颁奖环节。

颁奖的领导已经站到台上，他们要给陆雁和孩子们颁奖。陆雁是最后一个站起来的，她走了两步，对，是两步！她感觉一阵眩晕，倒在了舞台上。她当时好像是背对着观众的，也许观众只能看见她秀美的长发在风中飘……

陆雁住进了医院，医生说她是疲劳过度所致，休息几天就没事了。

陆雁出院的这一天赵凯乐的妈妈来了。陆雁问赵妈妈："赵凯乐老师人呢？"凯乐妈妈支吾了半天，说："我，我也说不清楚，你还是问你们余校长吧！"

这个时候恰好余牧扬进来了，大家眼睛都看着他，余牧扬好像明白了什么，他从皮包里抽出一封信，丢在病床上。陆雁快速地打开信封，她的脸色渐渐变得灰暗，她看完信把信丢在床上，所有人都看清了信的内容：

"对不起，我的朋友，我的所爱！我不相信，老师一辈子不读书，而能光荣地教书一辈子。我不信这个光荣！我想出去看看，在中国的大地上，是不是所有的地方都是这个样子！……"

余牧扬告诉陆雁说赵凯乐报名参加了援疆支教团，已经走了。陆雁问余校长："赵凯乐的事，你，早就知道，是吗?"

余牧扬点点头，说："对不起！真的，对不起！那是他的选择，领导也这么说。"

陆雁的眼泪喷涌而出，她赶紧把头深深地埋进被窝里，余牧扬还说了些什么，她没听见，她仿佛听到一声尖厉的雁叫声从天空划过。

耕耘与收获

陶书治

  长篇小说《雁潭扬波》即刻就要与读者见面了，一种欣喜、敬佩之情在我心中满满洋溢着，久久不能散去。我为敖维老师感到自豪，四年的辛勤耕耘终于结出了丰硕的果实。我真心希望，有更多的人特别是从事乡村教育和建设美丽乡村的人们，用心读读这部小说，从中体会其蕴含的意味。

  这是一部在文火中熬出来的艰辛力作。敖维老师从陕西师范大学毕业后，一直在天门市的拖市一中教书，至今有三十多年。在长期的乡村教学中，他总是在思考，乡村文化土壤较为贫瘠，如何才能生长出健康的教育？如何才能为社会培养更多有用的人才？他加入了天门教师作家群，尝试创作，爱上了文学，他希望用文学的雨露来滋润这片土壤，为乡村教育提供一些借鉴和启示。他发表了数十万字的作品，编创的校园剧《红雨伞》《六号球衣》获得国家级、省级奖励。有了这些积淀和多年的思考，他于2017年年初开始构思，草拟大纲，决定创作一部乡村校园题材的长篇小说。我对这部小说充满期待，和拖市一中的老师们一起，成功地将其纳入省委宣传部的思想政治工作创新项目，给敖维老师解除了经费的后顾之忧。天门市作协主席李国胜老师将小说初稿连载在《竟陵文学》上，并组织了三次改稿会。我记得在2018年5月的改稿会上，我和十多位同志发表了许多中肯尖锐的意见，敖维老师认真倾听，积极回应大家的意见，表现出谦虚好学、精益求精的创作态度。

为了打造精品力作，敖维老师在确保教学的同时，对小说九易其稿。创作和教学的劳累，压在他瘦弱的肩上。2019年夏天，敖维老师的眼睛发生了视觉神经病变，不得不住进了医院。住院十六天后，视力还没有完全恢复，他就拿着修改的第四稿，到市委宣传部找我。他步履蹒跚、跌跌撞撞，全然不顾病情、悉心修改小说的神态，令我感动回味了许久许久。

由于敖维老师是第一次创作长篇小说，经验相对缺乏。后面几稿的修改，几乎是在市作协辅导老师们手把手的指导下完成的。天门作协的老师们这种甘当人梯、诲人不倦、勇于担当的精神，既帮助敖维老师有效提高了小说的品位和质量，又鼓励督促着他不断发掘动力、精心修改、克服困难、奋力前行。

这是一篇有益于学校思想道德建设的生动教材。小说讲述的故事发生在江汉平原，一个叫雁潭镇的乡村中学里。以足球进校园为线索展开，以校园内外发生的事件为载体，特别是以2016年百年不遇的洪涝灾害为舞台，塑造了一批正直向上的艺术形象。如勇于改革的校长余牧扬，乐于奉献的女教师陆雁，大胆进取的体育教师赵凯乐，勤劳一生的老余；还有勤俭上进的杨波，爱憎分明的孙苡，才艺突出的殷梅，等等。这些人物个性鲜明，给人留下深刻印象。

在足球活动和社会实践中，教师们正确的核心价值观影响带动着学生们。学生们逐步养成了勤劳朴实、团结宽容、勇敢上进的品德，在洪涝灾害面前，教师和学生都经受了考验，向社会交出了满意答卷。小说以文学的形式，回答了"教育为什么人"的问题，凸显了文学作品的认识和教化功能。

小说还提出了一个探索乡村教育改革的重要话题。历史地看，我国的乡村教育一直处于相对弱小的地位。西周时期的统治者明确规定"学在官府"，形成"惟官有书而民无书，惟官有器而民无器，惟官有学而民无学"的现象。春秋战国时期，由于列国纷争、大国称霸、官学衰废，造成部分没落的贵族及其后裔以及文职官员流落民间，兴起私学，乡村教育有了一些微弱的进步。以后几千年的封建统治，乡村教育都没有多大改变。在现代教育中，晏阳初、梁漱溟、陶行知积极进行乡村教育实践，取得了一些典型经验，却未能有实质性的推广。

中国共产党十分重视乡村教育和群众教育，在革命根据地就兴办冬学、民校、夜校、识字班。中华人民共和国成立以后，特别是改革开放以来，党和政府致力于发展乡村教育，取得了明显的成绩。近些年来，以习近平同志为核心的党中央，把农村义务教育摆在重要位置，有力推动了城乡义务教育一体化发展。随着城市化和信息化进程的不断加快，农村大批家长外出打工，留守少年儿童的教育成为乡村教育中一个高难度的社会问题。小说中描写的亲密的师生关系，学生互帮互学，启发人们要坚定文化自信，发挥资源优势，办好特色教育，都是对乡村教育改革的积极探索，是敖维老师多年来对乡村教育观照和思考的结晶。

在创作中，敖维老师力求用诗的语言来渲染环境，可见其语言功力是扎实的。语言的更加精到和准确，这似乎也是他需要进一步努力的地方。

　　在欣喜、敬佩的同时，我衷心祝贺敖维老师，这部描写乡村教育小说的出版，其意义将远远超出乡村教育本身。一分耕耘，一分收获，要收获得好，必须耕耘得好。敖维老师用自己的创作实践，诠释了这一通俗而深刻的道理。

（陶书治，湖北省天门市委宣传部副部长）

足球，乡村校园的第二重生活

唐道明

2020 年 7 月，这个不同寻常的高考季结束后没几天，我们几个文友正在商讨一个剧本的结构问题，拖市中心学校的原领导朱国亮同志打来电话，说是给我们报喜。原来，从拖市一中走出去的那批校园足球小将们，高中三年，备战备考，而今都心想事成，考上了她们理想的大学，其中还有两个是国家 211 大学。彭柳萍西南大学，朱慧琳暨南大学，巴冰雨山东大学体育运动系，王秋晨湖北武汉体院……

这真是一个可喜可贺的成绩。这是拖市一中足球进校园活动开展五年来，结出的最丰硕的成果。

这使我想到了拖市一中当年开办校园足球的那段红红火火的日子，想到了敖维老师的这部长篇小说《雁潭扬波》。

2015 年春，拖市一中响应教育部、国家体育总局联合发出的《关于开展全国青少年校园足球活动的通知》的指示精神，申报并确定为全国青少年校园足球特色学校，这是教育部、国家体育总局审批确定的全国 7000 所校园足球特色学校之一，也是天门市唯一的校园足球特色学校。3 月 20 日，市教育局领导及拖市中心学校朱校长应邀参加了教育部全国青少年校园足球行政管理人员和校长培训班学习，会议在江苏省无锡市召开。朱校长参加培训结束回校以后，在全校师生中召开了动员大会，要求全校教师要站在时代的高度，充分认识到校园足球的重要意义，发展校园足球运动上升为国家战略，建设足球特色学校，培养足球人口，全民健身，深入体育赛制改革，培养高素质足球人才，已势在必行。

拖市一中全校上下齐心协力着手筹备并启动校园足球工程。

2015 年 5 月 13 日，一个阳光灿烂的日子，菖蒲悬绿，榴花绽红，经过周密策划和一个多月紧张的筹备和排练，天门市青少年校园足球启动仪式在拖市一中隆重举行。这一天，拖市一中成了一个欢乐的海洋，校园里欢歌阵阵，彩旗飘扬，鼓乐声声，笑脸盈盈，沉浸在一片欢腾热烈的喜庆中。来自拖市一中、拖市小学、拖市中心幼儿园的足球运动员和小演员，在拖市小学鼓号队的前导下，身着节日的盛装，在拖市镇区的街道上展示一道亮丽的风景。在拖市一中足球场，一个个天真活泼的少年，一个个朝气蓬勃的中学生翩翩起舞，放声高歌。深情的倾诉，热情的赞颂，优美的舞姿，一次次把启动仪式推向欢乐的高潮，给全市青少年校园足球启动仪式添上一笔浓墨重彩的华章。

天门市政府和武汉体育学院领导，市教育局、市体育局、拖市镇委领导，全市各中小学校长、幼儿园园长参加了活动。

与会者参加了拖市一中升旗仪式，拖市中心学校喜庆欢快的迎宾舞和足球啦啦操表演，拉开了活动序幕。东道主灵活多变的足球展示，拖市一中与江汉学校初中部、拖市小学与江汉学校小学部的精彩友谊赛将活动推向了高潮。赛后，举行了颁奖。启动仪式上学校领导向全市与会代表介绍了我校今后三年创建足球特色学校的总目标，提出"普及足球知识，体验运动激情，分享足球快乐，感悟足球文化"的校园足球新理念。

这是一次空前的盛会，场面宏大壮阔，节目精彩纷呈。拖市一中的校园足球拉开了靓丽的帷幕。

自从拖市一中成功跻身国家足球教育试点学校行列以来，学校坚定不移地坚持特色教育与普及教育相结合的办学方向，一手抓质量，一手抓特色。一个学期的教育探索过程，既是特色与普及的碰撞，也是特色与普及的对接。足球特色课堂的开展为我市乡村教育的未来放飞了种种构想。

走进拖市一中校园，橱窗、海报、标语宣传的是足球；广播、聊天说的是足球；孩子的手上拿的是足球，绿茵场上踢的是足球。足球文化氛围传递出的是团结、协作、进取的足球精神。足球特色课堂建设吸引着广大师生的眼球。为积极营造校园足球良好氛围，学校充分利用校园广播、校园网络、橱窗、黑板报等形式广泛宣传足球文化，在校园内掀起爱足球、懂足球、踢足球、看足球的热潮，形成学校积极组织、学生广泛参与、家长大力支持、社会共同关心的良好氛围。

科学合理安排足球课及足球课外训练，每周一节足球课，两节足球课外训练，一月一次小型足球赛，一学期一次大型足球赛。建立教学、训练、比赛的足球管理体制，评估督导检查的措施，推出教育改革方案，自愿报名，选拔足球特长生，组建阳光足球俱乐部或课外体育兴趣小组。力争实现"一年打基础，两年建球队，三年出成绩"的总体构想。积版开展足球教学的竞赛活动，确保足球特色活动的有效落实。

2015年9月15日下午，拖市一中"校园足球"班际联赛开幕式隆重举行，为金秋季节的校园足球运动拉开了序幕。来自全校的各班级足球代表队参加了开幕仪式。在开幕仪式上教练员和运动员代表分别做了宣誓发言。在简短的开幕式后，拖市一中"校园足球"班际联赛就鸣哨开球，新学年的校园足球运动也由此全面展开。

只见绿茵场上，一场精彩的足球比赛正紧张激烈地进行着：颠球、带球、过人，射门、进球……顿时，场边响起了热烈的欢呼声，整个校园沉浸在足球带来的欢乐中。

2015年10月5日，湖北省第二届体育特色项目学校田径运动会于在湖北黄石一中圆满落幕。拖市一中田径代表队作为唯一的一所乡村特色中学代表队，代表天门市参加了所有项目的角逐。全体运动员团结拼搏、尽展风采赢得了广泛尊重。省教育厅领导对来自偏远乡村的中学代表队给予了高度赞扬，并对我校的办学目标提出了很高的期待。拖市一中代表队获得了道德风尚奖。

2016年开学伊始，拖市一中足球队就为备战省联赛展开了紧锣密鼓的足球训练。每天早上6点20分，足球场上就有球员热身，接下来新一天的足球训练又开始了。在校足球队的影响下，校园迅速掀起当年春天的足球运动热潮。课间时间，随时都可以看到孩子们一招一式、有模有样的足球运动。足球热已经成为拖市一中校园里的一道风景。

　　自 2016 年起，省教育厅、体育局在全省范围内启动"足球明星进校园""精英教练进校园""足球器材进校园""荆楚足球小将评选"的足球"四进校园"活动。2016 年 12 月 1 日，天门市 2016 年青少年足球"四进校园"活动启动仪式又一次在拖市一中华丽登场。出席启动仪式的领导和来宾，有省体育局青少处调研员、省足球运动管理中心竞赛部副部长、武汉女子足球俱乐部总经理、去年亚足联评为女子"亚洲之星"的国家女子集训队队员、市文化体育新闻出版广电局局长、市教育局工会主席。到会观摩的还有全市各乡镇中心学校的领导以及各学校教师代表。开展青少年足球"四进校园"活动是我市认真贯彻落实党中央国务院《关于加强青少年体育　增强青少年体质》的精神，大力推广和普及校园足球活动的重要举措。

　　经典诵读《我的祖国》、足球训练操、诗歌朗诵《怒吼吧，黄河》、舞蹈表演《足球来了》……一个个精彩的暖场节目不断上演。随后，启动仪式在庄严的国歌声中拉开序幕，足球队员代表宣读了《校园足球活动倡议书》，与会领导向江汉学校、拖市一中、实验小学、天门一小、育才小学、渔薪龙华中学代表赠送了足球器材，用于支持青少年足球"四进校园"活动，引导更多学生参与到足球运动中来。

　　拖市一中的校园足球走出了它的高光时刻。

　　2015 年 9 月 15 日，湖北省体育局评估组领导一行莅临天门拖市对拖市一中的青少年体育俱乐部进行了全方位评估。评估验收百分百达标，俱乐部升级为国家级青少年体育俱乐部。

　　2015 年 11 月，拖市一中体育代表队首次出征，参加了在黄石举行的湖北省中学生田径运动会，获道德风尚奖。

2015年11月，拖市一中女子足球队代表天门市参加湖北省在黄冈举行的中学生足球联赛，成功打入八强，并取得第七名的好成绩。

2016年7月，带队在宜昌参加全国青少年"未来之星"阳光体育（分区赛），获第三名。

2016年10月，拖市第一初级中学成为湖北省首批青少年足球俱乐部。

2017年5月，带队在黄石市参加湖北省第十四届中学生运动会女子足球比赛，获第七名的好成绩。

2017年11月，在荆州参加湖北省第三届中学生足球锦标赛总决赛，获男子组第七名。

2018年11月，在宜昌市参加湖北省第四届中学生校园足球总决赛，获女子组第八名及精神文明奖。

2019年5月，参加天门市第四届校园足球联赛，获男子组第三名、女子组第一名。

……

不仅如此，拖市一中以校园足球为载体的校园文化也结出了丰硕的成果。

2015年湖北省第十届黄鹤美育节在江城武汉落幕，我校以校园足球为素材编写的校园剧《六号球衣》代表天门市参赛，一举夺得一等奖中的第一名。《六号球衣》夺魁后代表湖北省出席次年全国的第五届美育节。消息在我市传开，社会各界无不欢欣鼓舞。它是拖市一中校园文化建设所取得的又一成果。《六号球衣》以拖市一中这个国家级足球试点学校的学生校园生活为背景，讲述的是一个足球特色学校里学生第二重生活中的足球小故事，表现了教育转型期校园里孩子们的苦与乐，传达出阳光体育、快乐足球的时代主题。就在艺术节刚刚结束之际，校园剧《六号球衣》所描述的那群足球队女队员们又在湖北省初中组足球联赛中打入八强，取得了第七名的好成绩。

2016 年 4 月 10 日至 17 日，由中华人民共和国教育部、青岛市政府联合举办的全国第五届中小学艺术展演活动在青岛大剧院举行。在为期六天的展演活动中，有来自全国 31 个省（区、市）及新疆建设兵团和香港澳门特别行政区共计 7100 余名师生参加了本次展演活动，展演单位 134 个。整个展演活动包括开幕式、闭幕式、9 场艺术类节目演出。其中声乐 2 场、器乐 2 场、舞蹈 2 场、校园剧和朗诵 2 场，以及 40 个学生艺术实践工作坊展示。活动中有专家点评、观摩交流，内容丰富多彩。从整个活动内容全程看，各省市代表队都拿出了自己最具特色和艺术素养最优的作品展出。从展演单位的组成看，参演学校都来自大都市名校或者是艺术类专业学校。学生素养之高实属罕见。

作为本次盛会里唯一一支来自农村中学的代表队，走进青岛盛会本身就是这次盛会的一道风景。拖市一中的这群孩子们把农村孩子的天真活泼与青春激情真实地展现出来，通过校园剧《六号球衣》秀出了我市乡村中学文化特色，获得了普遍点赞。中国戏曲家协会的专家指出："《六号球衣》具有鲜明的校园特色和学生特点，思想性、艺术性都很高。特别是作为一所最基层的学校，足球活动开展得如此扎实，文学氛围如此浓烈，学生生活如此多彩实属罕见，让我看到了国家文学艺术发展的希望。"北京师范大学教授、博士生导师评价说："《六号球衣》朴素，贴近生活，我们的学校就是要向拖市一中学习，我希望能看到更多反映基层学校学生生活的好作品。"湖北省教育厅主管领导在得知我们的展演结果后激动地说："我们就是一等奖！因为我们是唯一来自乡村学校的队伍！"

2016 年，天门市教育局决定，天门高中对口拖市一中成建制招足球特长生 40 人。《六号球衣》的演员、也是女足队员的学生有 7 名被天门中学优录。今年高考如愿的 4 名学生就出于其中。

比赛早已落下帷幕，但同学们在绿茵场上奔跑的身影，灿烂的笑容无不给我们留下了深深的印象，并且，今天的拖市一中，校园足球仍然是学生们丰富多彩的第二重生活。始终和校园足球联系在一起的教师作家敖维老师，亲身参与和见证了这一幕幕精彩时刻。他以一个作家的敏锐眼光和深刻的思考，归纳和总结了近几年拖市一中校园足球的成功经验和巨大成就，欣喜地看到乡村教育创建特色学校的一条新路子，于是，他用两年时间酝酿构思并创作完成了这部小说《雁潭扬波》。

《雁潭扬波》是一部反映当代农村教育题材的校园文学作品。它基本就是以拖市一中为素材原型，描写的故事发生在江汉平原西北角，一个叫雁潭镇的乡村中学里，从 2013 年夏到 2016 年秋三年间发生的一系列故事，围绕足球进校园这一中心事件展开，分别从教师视角和学生视角去讲述，既塑造了陆雁、赵凯乐、余牧扬为代表的教师形象，也塑造了以杨波、孙苡为代表的学生形象；既表现了以陆雁为代表的乡村中学教师们的坚守、思索以及爱情，也讲述了不同家庭状况的留守学生的成长经历。小说着重描写了足球对乡村孩子的精神改变，尤其是在 2016 年百年不遇的洪涝灾害面前，这群乡村留守孩子经受住了考验，交出了自己的成长答卷。

小说告诉我们：老师不应该只教书，他的责任是教学生做人；学生不应该只读书，他们的任务是学习做人之道。教育的自信来源于文化自信。在乡村，只有特色办学、内涵发展教育才有出路，足球培育的不仅是文化，更是精神。乡村教育应该走出一条不同于城市的特色之路。

《雁潭扬波》是加强思想道德建设的生动教材。

农村学校如何加强思想道德建设，一直都是很值得探索的课题。因为农村学生的家长大部分在外地打工，有的由爷爷奶奶抚养，有的寄宿在别的家庭，有的直接在学校住读。对这些学生的道德教育、人格教育比城市学生要更难。小说中描写的社团组织、足球班，以及多种社会活动，可以培养学生健全奋进团结的人格，激励学生多参加社会实践，对学生更好地认识社会，培养学生知行合一的品德，都是大有益处的。

《雁潭扬波》是加强乡村文明的参考资料。乡村文明怎么抓，学校在乡村文明中应扮演什么样的角色，承担什么样的责任，如何延伸学校的手臂，用学校的阅读带动乡村的阅读，用学校的文明去点燃带动乡村的文明，促进乡村振兴，该书做了有益的探索。应该说，这是一部反映我国现代农村学校教育改革的好小说。

感谢敖维老师的《雁潭扬波》。它用文学的方式记录了一段历史，他用文字刻写了一座纪念碑，记录了这些人、这些事，记录了这些年我们一起感动过的时光。

（唐道明，湖北省作协会员、拖市一中教师）